El Club Filosófico de los domingos

El Club Filosófico
de los domingos

Alexander McCall Smith

Traducción de Enrique Alda

Rocaeditorial

Título original inglés: *The Sunday Philosophy Club*
© Alexander McCall Smith, 2004

Primera edición: julio de 2004
Segunda edición: septiembre de 2004

© de la traducción: Enrique Alda
© de esta edición: Roca Editorial de Libros, S.L.
Marquès de l'Argentera, 17. Pral. 1.ª
08003 Barcelona.
correo@rocaeditorial.com
www.rocaeditorial.com

Impreso por Industria Gráfica Domingo, S.A.
Industria, 1
Sant Joan Despí (Barcelona)

ISBN: 84-96284-22-0
Depósito legal: B. 40.695-2004

1

*I*sabel Dalhousie vio caer al joven desde lo alto del anfiteatro, desde el gallinero. Su caída fue inesperada y breve, y sólo lo entreví una fracción de segundo: el pelo alborotado, cabeza abajo... Después, tras golpear con la parte saliente del primer palco, desapareció de cabeza hacia el patio de butacas.

Curiosamente, lo primero que le vino a la mente fue el poema sobre Ícaro, de Auden. Según él, ese tipo de cosas suceden en presencia de gente ocupada en sus asuntos cotidianos. No están mirando hacia arriba esperando a que alguien caiga. «Estaba hablando con una amiga —pensó—. Estaba hablando con una amiga y ha caído del cielo.»

Se habría acordado de esa tarde aunque aquello no hubiese ocurrido. En un primer momento había dudado —se trataba de un concierto de la Sinfónica de Reikiavik, de la que jamás había oído hablar— y, si un vecino no le hubiese insistido en que le sobraba una entrada, no habría ido. ¿Tenía Reikiavik una orquesta sinfónica profesional, o eran músicos aficionados? Sin duda, aunque lo fueran, si habían ido hasta Edimburgo para actuar a finales de primavera, se merecían tener público; habría sido vergonzoso que viajaran desde Islandia para encontrarse un auditorio vacío. Así que había ido al concierto y había escuchado una primera parte compuesta por una romántica combinación de alemanes y escoceses: Mahler, Schubert y Hamish McCunn.

Era una tarde calurosa —algo inusual para finales de

marzo— y el ambiente en el Usher Hall era sofocante. Se había puesto poca ropa, por precaución, y se alegró de haberlo hecho ya que la temperatura en el primer palco siempre era mucho más elevada. Durante el intermedio, había bajado para disfrutar del alivio que procuraba el aire frío del exterior, renunciando al abarrotado bar y a su cacofonía de conversaciones. Sabía que allí se encontraría con gente conocida; en Edimburgo resultaba imposible salir y no ver a alguna cara familiar, pero aquella tarde no le apetecía hablar con nadie. Cuando llegó el momento de volver a entrar, acarició la idea de ahorrarse la segunda parte, pero siempre reprimía cualquier acto que sugiriera falta de concentración o, lo que es peor, de seriedad. Así que decidió regresar a su asiento, cogió el programa del apoyabrazos y estudió lo que tenía por delante. Inspiró profundamente, ¡Stockhausen!

Se había provisto de unos prismáticos —muy necesarios incluso desde la moderada altura del palco—. Con ellos, enfocados en el lejano escenario, escrutaba a los músicos uno a uno, actividad a la que no podía resistirse durante los conciertos. Normalmente no se mira fijamente a las personas a través de unos binoculares, pero allí, en una sala de conciertos, estaba permitido y, si se detenían en el público de vez en cuando, ¿quién iba a darse cuenta? La sección de cuerda no era nada del otro mundo, pero se había fijado en que uno de los clarinetistas tenía un rostro fuera de lo común: pómulos pronunciados, ojos hundidos y mentón partido, con toda seguridad por un hacha. Detuvo en él la mirada y pensó en las generaciones de robustos islandeses —y daneses antes que ellos—, que habían contribuido a esculpir aquella fisonomía: en los hombres y mujeres que habían arrancado su sustento del escaso suelo de las granjas de las tierras altas; en los pescadores que habían buscado bacalao en aguas grises como el acero; en las mujeres que a duras penas habían mantenido vivos a sus hijos con pescado en salazón y harina de avena; y delante de ella tenía al último eslabón de aquella cadena de sacrificios: un clarinetista.

Apartó los prismáticos y se recostó en el asiento. La orquesta era bastante buena y había interpretado a McCunn con entusiasmo, pero ¿por qué seguía tocando Stockhausen? Quizá se trataba de algún tipo de proclama de sofisticación cultural: «Puede que seamos de Reikiavik y que sea una ciudad alejada de todo pero, al menos, interpretamos a Stockhausen tan bien como el que más». Cerró los ojos. Era una música verdaderamente imposible, que una orquesta visitante no debería infligir a sus anfitriones. Pasó un rato meditando sobre la cortesía orquestal. Evidentemente, debía evitarse cualquier tipo de ofensa política: por supuesto, las orquestas alemanas procuraban no interpretar a Wagner cuando viajaban al extranjero, al menos en determinados países, y en vez de ello elegían a compositores alemanes que tenían un tono un poco más… de disculpa. Aquello le venía bien a Isabel, que detestaba a Wagner.

Stockhausen ocupaba la segunda parte del programa. Cuando finalmente el director se retiró y los aplausos cesaron, «no tan cálidos como podrían haber sido —pensó—, y seguramente a causa de Stockhausen», abandonó su asiento y se dirigió al lavabo de señoras. Abrió un grifo, bebió de él haciendo un hueco con la mano —en el Usher Hall no había modernidades como fuentes de agua—, y se remojó la cara. Cuando se sintió refrescada, salió al descansillo. De repente vio a su amiga Jennifer al final del reducido tramo de escaleras que conducía al anfiteatro.

Dudó un momento. En el interior seguía haciendo un desagradable calor, pero hacía más de un año que no la veía y no podía pasar delante de ella sin saludarla.

Se abrió paso entre la multitud.

—Estoy esperando a David —dijo Jennifer señalando hacia arriba—. ¿Te quieres creer que ha perdido una lentilla?

9

Una acomodadora le ha dejado una linterna para que la busque debajo de los asientos. Ya perdió una en el tren a Glasgow, y ahora lo ha vuelto a hacer.

Siguieron hablando hasta que el resto del público bajó por las escaleras que había detrás de ellas. Jennifer, una mujer guapa de poco más de cuarenta años —como Isabel—, llevaba un traje chaqueta rojo adornado con un gran broche de oro en forma de cabeza de zorro. Isabel no pudo evitar fijarse en él y en sus ojos hechos con rubíes, que parecían mirarla. «El Hermano Zorro —pensó—. Es igual que el Hermano Zorro.»

Al cabo de unos minutos, Jennifer miró inquieta hacia las escaleras.

—Quizá deberíamos ir a ver si necesita ayuda —sugirió molesta—. Si pierde otra, será un auténtico fastidio.

Subieron unos cuantos escalones y miraron hacia abajo, donde divisaron la espalda de David encorvada bajo una butaca y la luz de una linterna que brillaba entre los asientos. Fue en ese momento, mientras estaban allí, cuando aquel joven cayó del piso de arriba, en silencio, sin decir una palabra, agitando los brazos como si intentara volar o esquivar el suelo; después, desapareció de su vista.

Durante un momento, se miraron la una a la otra con mutua incredulidad. Más tarde, desde arriba, les llegó un chillido, una voz femenina, aguda; después, el grito de un hombre y el sonido de una puerta que se cerraba en algún sitio.

—¡Dios mío! ¡Dios mío! —exclamó Isabel agarrando a Jennifer por el brazo.

El marido de ésta se incorporó.

—¿Qué ha sido eso? —les preguntó—. ¿Qué ha pasado?

—¡Alguien se ha caído! —contestó Jennifer. Hizo un gesto hacia el anfiteatro, hacia el punto en el que el piso de arriba se unía con la pared—. Ha caído desde allí.

Volvieron a mirarse la una a la otra e Isabel se acercó al borde del palco. A lo largo del pretil había un pasamanos de latón, al que se agarró para asomarse.

Abajo, hundido en el extremo de una butaca, con las piernas retorcidas sobre los brazos de los asientos y un pie —se fijó— sin zapato pero con el calcetín puesto, estaba el joven. No pudo verle la cabeza, que quedaba bajo el asiento, pero sí un brazo extendido que se había quedado como si quisiera alcanzar algo. A su lado había dos hombres en traje de etiqueta; uno de ellos lo estaba tocando y el otro miraba hacia la puerta.

—¡Rápido! —gritó uno—. ¡Dese prisa!

Una mujer pidió algo a gritos y un tercer hombre corrió por el pasillo hasta donde se encontraba el joven, se inclinó y lo levantó de la butaca. En ese momento, la cabeza que colgaba, como si se hubiera desprendido del cuerpo, se hizo visible. Isabel se apartó y miró a Jennifer.

—Tendremos que bajar —dijo—. Nosotras hemos visto lo que ha pasado y lo mejor es que se lo contemos a alguien.

—No es que hayamos visto mucho —dijo Jennifer asintiendo con la cabeza—. Ha sido todo tan rápido… ¡Qué horror!

Isabel se fijó en que su amiga estaba temblando y le puso un brazo sobre los hombros.

—¡Ha sido espantoso! —exclamó—. ¡Horrible!

—Ha caído… tan rápido. —Jennifer cerró los ojos—. ¿Estará vivo? ¿Has podido verlo?

—Seguramente estará malherido —contestó Isabel pensando en algo mucho peor.

Bajaron. Alrededor de la puerta que daba al patio de butacas se había congregado un grupo de personas y se oía un confuso murmullo de voces. Cuando Isabel y Jennifer se acercaron, una mujer se volvió hacia ellas y dijo:

11

—¡Alguien ha caído del gallinero! Está ahí.

—Lo hemos visto. Estábamos arriba —aseguró Isabel.

—¿Sí? —preguntó la mujer—. ¿Realmente han visto lo que ha pasado?

—Hemos visto cómo caía —contestó Jennifer—. Estábamos en el primer palco. Pasó a nuestro lado.

—¡Qué horror haberlo presenciado! —exclamó la mujer.

—Sí.

La mujer miró a Isabel con esa súbita y humana intimidad que se establece con los testigos de una tragedia.

—No sé si deberíamos estar aquí —murmuró Jennifer medio a sí misma, medio a la mujer—. Sólo conseguiremos estorbar.

—Me gustaría ayudar—replicó de forma poco convincente, echándose hacia atrás.

—Espero que esté bien —dijo Jennifer—. ¡Caer desde tan alto!… Aunque se ha golpeado en los palcos y puede que eso haya amortiguado la caída.

«No —pensó Isabel—, lo habrá empeorado; se ha dado contra el borde del palco y después se ha estrellado contra el suelo.» Miró a su espalda. En la entrada había una actividad frenética y la pared reflejaba la intermitente luz azul de una ambulancia.

—Tenemos que dejarles paso —sugirió Jennifer, apartándose del grupo de gente que obstaculizaba la puerta—. Los camilleros tendrán que pasar por aquí.

Se retiraron justo a tiempo de que dos hombres con unos holgados monos verdes pasaran corriendo a su lado con una camilla doblada. No tardaron mucho en salir —puede que menos de un minuto— y, cuando lo hicieron, llevaban al joven con los brazos cruzados sobre el pecho. Isabel se dio la vuelta, preocupada por no molestar, pero alcanzó a verle la cara antes de apartar la vista. Divisó el halo de su oscuro pelo revuelto y sus hermosos rasgos, intactos. «Tan guapo —pensó—, y haber muerto.» Cerró los ojos. Se sintió desgarrada. Pobre joven, amado por alguien en algún sitio, cuyo mundo acabaría aquella noche cuando le dieran la cruel noticia. Tanto amor invertido en un futuro que no llegaría a materializarse; extinguido en un segundo, en una caída desde el gallinero.

—Voy a subir un momento —comentó en voz baja, volviéndose hacia Jennifer—. Diles que lo hemos visto y que volveré enseguida.

Jennifer asintió y miró a su alrededor en busca de algún responsable; reinaba la confusión. Una mujer —que seguramente estaba en el patio de butacas en el momento de la caída— sollozaba y un hombre vestido de etiqueta la confortaba.

Isabel se apartó y se dirigió hacia una de las escaleras que llevaban al gallinero. Se sentía intranquila y miró hacia atrás, pero no había nadie a su alrededor. Subió el último tramo a través de un pasaje abovedado que conducía a las empinadas butacas. No se oía nada y unas bolas de cristal decorado atenuaban las luces que colgaban del techo. Miró hacia abajo, hacia el borde por el que había caído el joven. No hacía mucho estaban justamente debajo del punto por el que se había precipitado, lo que le permitió calcular el lugar en el que se encontraba antes de resbalar.

Se dirigió hacia el pretil y bordeó la primera fila de butacas. Había un pasamanos de latón en el que debía de haberse apoyado y, un poco más allá, en el suelo, un programa. Se inclinó y lo recogió; se fijó en que la portada estaba ligeramente rota, pero eso era todo. Volvió a dejarlo donde lo había encontrado, se incorporó y miró al vacío por encima del pretil. Seguramente se había sentado allí, en la última butaca de la fila, donde el anfiteatro se une a la pared. Si hubiera estado más hacia el centro, habría aterrizado en los palcos; sólo desde los extremos se podía caer directamente al patio de butacas.

13

Durante un momento sintió que se balanceaba por el vértigo y cerró los ojos. Después, los abrió de nuevo y miró hacia la platea, a unos buenos quince metros de distancia. Debajo de ella, de pie junto al sitio en el que había aterrizado el joven, un hombre con cazadora azul levantó la vista y la miró directamente a los ojos. Los dos se sorprendieron e Isabel se echó hacia atrás, como amedrentada por aquella mirada.

Se retiró y volvió por el pasillo que había entre las butacas. No tenía ni idea de lo que esperaba encontrar —si es que esperaba encontrar algo— y se sintió avergonzada de que aquel hombre la hubiera descubierto. ¿Qué habría pensado de ella? Sin duda, que era una vulgar fisgona que intentaba imaginar lo que había visto aquel pobre chico durante sus últimos segundos en este mundo. Pero eso no era cierto; en absoluto.

Llegó hasta las escaleras y empezó a bajar, apoyándose en la barandilla. Los escalones eran de piedra, dispuestos en espiral, y era fácil resbalar. «Lo que seguramente le habrá pasado a él —pensó—. Debe de haberse asomado, quizá para ver si divisaba a alguien abajo, un amigo tal vez, habrá perdido pie y se habrá caído.» Tampoco era tan extraño, porque el pretil no era muy alto.

Se detuvo a mitad de camino. Estaba sola, pero había oído algo. ¿O se lo había imaginado? Aguzó el oído, pero no oyó nada más. Respiró. El joven debía de haber sido el último que quedaba arriba cuando ya se había ido todo el mundo y la chica del bar del descansillo estaba cerrando. Aquel chico estaba solo, se había asomado y se había precipitado, en silencio; quizá la había visto a ella y a Jennifer durante la caída, su último contacto humano.

Llegó al final de la escalera. El hombre de la cazadora azul estaba allí, a pocos metros de ella, y cuando fue hacia él, la miró con severidad.

—He visto lo que ha sucedido —le explicó mientras se acercaba—. Estaba en los palcos. Mi amiga y yo lo vimos caer.

—Tendremos que hablar con usted —aseguró el hombre sin dejar de mirarla—. Tenemos que tomar declaraciones.

—Casi no he visto nada. ¡Ha sido todo tan rápido! —exclamó Isabel.

—¿Por qué estaba ahí arriba? —preguntó frunciendo el entrecejo.

—Quería ver cómo había pasado. Ahora ya lo sé —confesó clavando la vista en el suelo.

—¿Ah, sí?

—Debió de asomarse y perdió el equilibrio. Estoy segura de que no es difícil.

—Ya veremos —concluyó el hombre apretando los labios—. No se deben hacer conjeturas.

Era un reproche, aunque no muy duro porque aquel hombre parecía haberse dado cuenta de que aquello la había afectado. Isabel temblaba pero él ya estaba acostumbrado. Cuando sucede algo terrible, la gente se pone a temblar. Es el aviso lo que nos aterroriza; el recuerdo de lo cerca del límite que estamos en esta vida, siempre, en todo momento.

2

A las nueve de la mañana siguiente, el ama de llaves de Isabel, Grace, entró en la casa, recogió el correo del suelo del recibidor y se dirigió hacia la cocina. Isabel había bajado y estaba sentada a la mesa con el periódico frente a ella y una taza de café a medio tomar al alcance de la mano.

Grace dejó las cartas en la mesa y se quitó el abrigo. Era una mujer alta, cercana a la cincuentena, seis años mayor que Isabel. Solía llevar un largo abrigo de espiguilla de corte anticuado y su oscuro pelo rojizo recogido en un moño.

—He tenido que esperar una hora el autobús. No venía. No había manera.

Isabel se levantó y fue a por la cafetera de émbolo que había sobre la cocina con café recién hecho.

—Esto te sentará bien —aseguró sirviéndole una taza. Después, mientras ésta tomaba un sorbo, señaló hacia el periódico que había sobre la mesa.

—En *The Scotman* viene un suceso terrible, un accidente. Lo vi anoche en el Usher Hall. Un joven cayó desde el gallinero.

Grace dejó escapar un grito ahogado.

—¡Pobrecito! Y…

—Murió. Lo llevaron al hospital, pero cuando llegó ya no había nada que hacer.

—¿Saltó? —preguntó mirándola por encima de la taza.

—No hay razón para pensar algo así —aseguró Isabel negando con la cabeza.

Se calló. No había pensado en esa posibilidad. La gente no se suicida de esa forma; si alguien quiere saltar, se va al puente Forth o al puente Dean, en caso de que se prefiera la tierra al agua. El puente Dean... Ruthven Todd había escrito un poema sobre él, ¿no? Decía que sus pinchos de hierro «repelían curiosamente a los suicidas»; curiosamente, porque no tiene sentido temer un dolor leve cuando uno se enfrenta a la destrucción total. Pensó en Ruthven Todd, completamente olvidado a pesar de su excelente poesía; en una ocasión ella misma había asegurado que uno de sus versos valía más que cincuenta de McDiarmid, tan afectados. Sin embargo, ya nadie recordaba a Ruthven Todd.

Una vez, cuando aún iba al colegio y paseaba con su padre por Hanover Street, vio a McDiarmid delante del Milnes Bar. El poeta salía de allí acompañado por un caballero alto y distinguido, que saludó a su padre. Éste la presentó a los dos; el hombre alto le estrechó la mano cortésmente y McDiarmid sonrió y asintió con la cabeza. Le sorprendieron sus ojos, que parecían emitir una penetrante luz azul. Llevaba un *kilt* y un gastado maletín de cuero que apretaba contra su pecho, como si lo usara para protegerse contra el frío.

Más tarde, su padre le dijo:

—El mejor poeta de Escocia y el más farragoso, juntos.

—¿Cuál es cuál? —le preguntó. En el colegio leían a Burns y algo de Ramsey y Henryson, pero a ningún contemporáneo.

—McDiarmid, o Christopher Grieve, su verdadero nombre, es el farragoso. El mejor es el alto, Norman McCaig. Aunque nunca se le reconocerá totalmente porque, la literatura escocesa actual sólo habla de quejas, lamentos y heridas en el alma. —Hizo una pausa y luego le preguntó—: ¿Sabes a lo que me refiero?

—No —respondió Isabel.

—¿Cree que saltó? —volvió a preguntarle Grace.

—La verdad es que no lo vimos caer desde arriba —contestó Isabel abriendo el periódico por la hoja del crucigrama—. Sólo vimos la caída, después de que resbalara, o lo que fuera. Es lo que le dije a la policía. Esta noche me tomarán declaración.

—La gente no resbala tan fácilmente —murmuró Grace.

—Sí que lo hace. Resbalan a todas horas. Una vez leí que alguien había patinado en su viaje de novios. La pareja estaba viendo unas cataratas en Sudamérica y el hombre resbaló.

—Una mujer se cayó en los riscos —comentó Grace arqueando las cejas. Aquí mismo, en Edimburgo, y también estaba de viaje de novios.

—¿Lo ves? Resbaló.

—Sólo que hubo quien pensó que la habían empujado —replicó Grace—. El marido había contratado un seguro de vida para ella unas cuantas semanas antes. Reclamó el dinero y la compañía se negó a pagarlo.

—Bueno, en algunos casos puede pasar. Hay gente a la que empujan. Otros se caen.

Se calló e imagino a la pareja de Sudamérica: la bruma de la catarata elevándose, el hombre precipitándose en esa blancura, la joven novia corriendo por el sendero, hacia el vacío. Quieres a otra persona y eso te hace vulnerable; un par de centímetros demasiado cerca del borde y tu mundo puede cambiar.

Cogió la taza de café y se dispuso a abandonar la cocina. Grace prefería trabajar sin que nadie la observara y a ella le gustaba hacer el crucigrama en el saloncito en el que se sentaba por las mañanas, mirando al jardín. Un ritual que venía cumpliendo desde hacía muchos años, desde que había vuelto a esa casa. Empezaba el día con el crucigrama y, después, leía las noticias intentando evitar los salaces casos de los juzgados que parecían ocupar cada vez más y más columnas del periódico. Había una auténtica obsesión por la debilidad humana y sus defectos, por las tragedias de las vidas de las personas, por las banales aventuras amorosas de los actores y cantantes. Por supuesto, se ha de ser consciente de la debilidad humana, porque existe, pero deleitarse en ella le parecía un acto de voyeurismo o incluso una forma de chismorreo moralista. «Y sin embargo —pensó—, ¿acaso no leo yo esas cosas? Lo hago: soy tan mala como cualquiera; los escándalos me atraen.» Sonrió con tristeza al descubrir el titular en un recuadro, en negrita: «La inmoralidad del ministro escandaliza a sus feligreses». Página cuatro. Por supuesto que lo leería, como todo el mundo, aunque sabía que en el fondo de aquella historia no había más que una tragedia personal y la vergüenza que le iba a acarrear.

Movió una silla para ponerla frente a la ventana. Era un día despejado y el sol se posaba sobre las flores de los manzanos que bordeaban un lado de su amurallado jardín. Aquel año habían florecido tarde y se preguntaba si volverían a dar manzanas aquel verano. De vez en cuando, aquellos árboles se volvían estériles y dejaban de dar fruta; sin embargo, al año siguiente aparecían cargados de innumerables manzanas rojas, que recogía para hacer *chutney* y salsas, según las recetas que le había dado su madre.

Su madre —su bendita madre americana— había muerto cuando Isabel tenía once años y sus recuerdos se iban borrando. Se habían mezclado unos con otros a lo largo de los años y la imagen mental de la cara que la miraba cuando la metía en la cama por la noche era ya muy vaga. Con todo, aún oía su voz, como un eco en alguna parte de su mente; esa suave voz sureña que su padre decía que le recordaba al musgo de los árboles y a los personajes de las obras de Tennessee Williams.

Sentada en aquella habitación, con una taza de café —la segunda—, sobre la mesita auxiliar de cristal, se encontró inexplicablemente atascada en la primera etapa del crucigrama. La uno horizontal había sido un regalo, casi un insulto: «Tienen hambre en la industria del juego (11)». Tragaperras. Después: «Quebranten la ley (6)», violen, por supuesto. Pero tras unas cuantas preguntas de ese nivel, se encontró con: «Quedarse en el dique seco (10)» y «Actuad con decisión (5)», que seguían sin resolver y arruinaban el resto del crucigrama. Se sintió frustrada y enfadada consigo misma. Las respuestas vendrían por sí solas a su debido tiempo, se le ocurrirían a lo largo del día, aunque en ese momento la habían derrotado.

Sabía muy bien lo que le pasaba. Los sucesos de la noche anterior la habían afectado más de lo que pensaba. Tuvo problemas para conciliar el sueño y se había despertado de madrugada. Se levantó y bajó a la cocina para prepararse un vaso de leche. Intentó leer, pero no pudo concentrarse; apagó la luz y permaneció despierta en la cama, pensando en aquel joven y en su hermoso y sereno rostro. ¿Se sentiría de otra manera si hubiera sido alguien mayor? ¿Se habría conmovido de igual forma si esa cabeza que colgaba hubiera estado llena de canas y su cara surcada de arrugas por la edad en vez de resplandecer juventud?

Tras una noche de sueño interrumpido y un sobresalto de ese calibre, no era de extrañar que no consiguiera dar con unas respuestas tan evidentes. Dejó el periódico y se levantó. Quería hablar con alguien, comentar lo que había sucedido la noche anterior. No tenía sentido hablarlo más con Grace, que sólo aportaría inverosímiles especulaciones y divagaría contando largas historias sobre desastres de los que había oído hablar a sus amigas: si las leyendas urbanas tenían un origen, ése debía de ser Grace. Decidió acercarse a Bruntsfield para ver a su sobrina Cat. Tenía una tienda de *delicatessen* en una concurrida esquina de esa populosa zona comercial y, si no tenía demasiados clientes, no tendría inconveniente en tomar un café con su tía.

Cat era comprensiva y, cuando Isabel necesitaba valorar algo en su justa medida, era el primer puerto donde recalaba. A su sobrina le ocurría lo mismo cuando tenía problemas con algún novio, algo que parecía ser una constante en su vida y el tema principal de sus confidencias.

—Supongo que ya sabes lo que te voy a decir —le había dicho Isabel hacía seis meses, justo antes de que apareciera Toby.

—Y tú sabes lo que voy a contestar.

—Sí, supongo que sí. Y sé que no debería comentarte nada porque no se debe decir a la gente lo que ha de hacer, pero…

—Pero piensas que debería volver con Hugo.

—Exactamente —corroboró pensando en él, en su encantadora sonrisa y en su hermosa voz de tenor.

—Sí, pero ya lo sabes, ¿no? No le quiero. Sencillamente no le amo.

Ante aquello no había respuesta y la conversación murió en silencio.

Cogió su abrigo y le gritó a Grace que salía, pero que volvería a la hora de comer. No estaba muy segura de si ésta le había oído —en algún lugar de la casa resonaba el gemido de la aspiradora— y volvió a gritar. Esa vez, el sonido cesó y obtuvo una respuesta.

—¡No prepares nada para comer! —gritó—. No tengo mucha hambre.

Cuando llegó a la tienda, Cat estaba ocupada. En el interior había varios clientes: dos de ellos, enfrascados en la elección de una botella de vino, señalaban hacia las etiquetas y discutían las superiores cualidades del *brunello* sobre el *chianti*, mientras Cat daba a probar a otro un trozo de queso después de cortarlo de un gran bloque de *pecorino* que había sobre una tabla de mármol. Miró a su tía, sonrió y la saludó moviendo los labios. Isabel indicó hacia una de las mesas en las que su sobrina servía café a sus clientes; la esperaría allí hasta que éstos se marchasen.

Junto a la mesa, cuidadosamente apilados, había periódicos y revistas europeos y cogió un ejemplar de hacía dos días del *Corriere della Sera*. Hablaba italiano, igual que su sobrina, y, tras saltarse las páginas dedicadas a la política —que le parecían incomprensibles—, llegó a la sección de cultura. En ella encontró una extensa reinterpretación de Calvino y un breve artículo sobre la próxima temporada de La Scala. Ninguna de las dos cosas le interesaba: no conocía a ninguno de los cantantes a los que hacía referencia el titular y, en su opinión, Calvino no necesitaba nuevos estudios. Por eliminación, sólo le quedaba un artículo sobre un director de cine albanés que se había establecido en Roma y que intentaba hacer películas sobre su país natal. Resultó ser bastante serio: al parecer, en la Albania de Hoxa no había cámaras, sólo existían las que pertenecían a la policía secreta y que utilizaban para fotografiar a los sospechosos. Aquel director contaba que hasta los treinta años no consiguió tener una cámara de fotos en las manos: «Estaba temblando —dijo—. Creía que se me iba a caer».

Isabel acabó el artículo y dejó el periódico. Pobre hombre. Cuántos años desperdiciados. Vidas enteras vividas bajo la opresión y la privación de oportunidades. Aunque el pueblo supiera, o sospechara, que aquello tendría un final, muchos pensarían que para ellos sería demasiado tarde. ¿Ayuda saber que los hijos tendrán lo que a uno no se le ha permitido disfrutar? Miró a Cat: sólo tenía veinticuatro años, jamás se había enterado realmente de cómo se vivía cuando la mitad del mundo —o eso parecía— no podía hablar con la otra mitad. Era muy joven cuando cayó el muro de Berlín y para ella, Stalin, Hitler y el resto de tiranos eran distantes figuras históricas, casi tan lejanas como los Borgia. ¿Quién era para ella el coco? ¿Quién, si existía, había aterrorizado realmente a su generación? Unos días antes había oído a alguien en la radio que decía que debería enseñarse a los niños que no existen las personas malvadas, que el mal era simplemente lo que éstas hacen. Aquella observación le había llamado la atención: cuando la oyó estaba atareada en la cocina y se quedó paralizada, mirando cómo se movían las hojas de un árbol contra el cielo. «No existen las personas malvadas.» ¿Había dicho eso realmente? Siempre hay gente dispuesta a decir ese tipo de cosas, sólo para demostrar que no están anticuados, aunque supuso que jamás oiría ese tipo de comentarios de boca de aquel albanés, que había vivido rodeado por el mal, como si fuera los muros de una prisión.

Cuando regresó de sus pensamientos se encontró mirando la etiqueta de una botella de aceite de oliva que Cat había colocado en un lugar destacado, en una estantería cercana a la mesa. Su estilo evocaba una imagen rural del siglo XIX que los italianos utilizan para probar la pureza de sus productos agrícolas. No había salido de una fábrica, la imagen lo dejaba bien claro; venía de una granja de verdad, en la que mujeres como la de la imagen prensaban sus propias olivas para hacer aceite, en la que había enormes bueyes de agradable olor y, al fondo, un granjero con bigote y azada. Era gente decente que creía en el mal, en la Virgen y en una buena retahíla de santos. Pero, por supuesto, ya no existe gente así y, con toda seguridad, el aceite procedía de algún lugar del norte de África y lo embotellaba algún cínico negociante napolitano que sólo daba gracias a la Virgen cuando su madre estaba cerca para oírlo.

—Estás pensando —aseguró Cat sentándose en la otra silla—. Siempre sé cuándo tienes algún pensamiento profundo. Pareces ausente.

—Estaba pensando en Italia, en el mal, en cosas de ese tipo —comentó sonriendo.

—Pues yo pensaba en quesos —contestó Cat secándose las manos con un trapo—. Esa mujer ha probado ocho quesos italianos distintos y después ha comprado un trozo pequeño de *cheddar*.

—Tendrá gustos sencillos; no la culpes.

—Creo que mis clientes no acaban de convencerme. Me gustaría tener una tienda privada. Un sitio en el que la gente tuviera que hacerse socia para poder entrar, en la que necesitaran mi aprobación. Algo parecido a los miembros de tu club de filósofos o lo que sea.

—La verdad es que el Club Filosófico de los domingos no es muy activo que digamos, pero un día de estos tendremos una reunión.

—Me parece una idea fantástica. Yo iría, pero los domingos no me va muy bien. Nunca consigo hacer nada, ya sabes lo que pasa, ¿no?

Lo sabía. Era lo mismo que sin duda aquejaba a los miembros de su club.

—¿Va todo bien? —preguntó Cat—. Pareces un poco alicaída. Siempre te lo noto.

Isabel permaneció callada un momento. Miró el dibujo del mantel y, después, levantó la vista.

—Sí, supongo que no estoy muy alegre. Anoche pasó algo. Vi algo terrible.

Cat arrugó el entrecejo y estiró la mano por encima de la mesa para ponerla en el brazo de su tía.

—¿Qué pasó?

—¿Has leído el periódico esta mañana?

—Sí.

—¿Has visto la nota sobre el joven del Usher Hall?

—¡Ah! ¿Lo viste? ¿Estuviste en el concierto?

—Sí, lo vi caer del gallinero; pasó delante de mí.

—Vaya… —dijo Cat apretándole suavemente el brazo—. ¡Debió de ser terrible! —Hizo una pausa—. Por cierto, sé quién era. Esta mañana ha venido una clienta y me lo ha contado; yo lo conocía de vista.

Isabel no dijo nada. Esperaba simplemente contarle lo que había pasado; no había imaginado que su sobrina podía conocer al pobre chico.

—Vivía cerca de aquí —le explicó—. En Marchmont. En uno de esos pisos pequeños, justo al lado de The Meadows, creo. Entraba en la tienda de vez en cuando, pero la verdad es que conozco más a sus compañeros de piso.

—¿Quién era? —le preguntó.

—Mark nosequé. Me dijeron su apellido, pero no lo recuerdo. Esta mañana ha venido alguien que los conocía mejor y me ha contado lo que había pasado. Me ha impresionado mucho, igual que a ti.

—¿Los conocía, a quiénes? ¿Estaba casado o…? —Se calló. A menudo, la gente no se toma la molestia de casarse, tuvo que recordarse, y, sin embargo, en muchas ocasiones es lo mismo. ¿Pero cómo se formula esa pregunta? ¿Tenía compañera? Compañero puede ser cualquiera, desde el más temporal o reciente hasta la esposa o marido con el que se ha vivido cincuenta años. Quizá debería preguntar simplemente: «¿Vivía con alguien?». Algo lo suficientemente vago como para cubrir cualquier situación.

Cat negó con la cabeza.

—No creo. Tenía dos compañeros de piso. Un chico y una chica. Compartían la casa entre tres. La chica es del oeste, de Glasgow o así, es la que viene a veces. El otro, no estoy segura. Creo que se llama Neil, pero puede que lo confunda.

El ayudante de Cat, un silencioso joven llamado Eddie que siempre evitaba mirar a los ojos a la gente, les llevó dos tazas de café con leche, muy calientes. Isabel le dio las gracias y sonrió, pero él miró en otra dirección y volvió detrás del mostrador.

—¿Qué le pasa? —susurró Isabel—. No me mira nunca. ¿Tanto miedo doy?

—Trabaja mucho y es honrado —aseguró Cat sonriendo.

—Pero nunca mira a nadie.

—Puede que tenga una razón para no hacerlo —replicó Cat, e Isabel estudió su cara, preguntándose si esa vez se lo contaría. Ya habían hablado de Eddie anteriormente, e Isabel la había sondeado con delicadeza.

—¿Es que ya sabes por qué parece estar tan asustado? —le preguntó.

Cat no respondió directamente.

—La otra noche me lo encontré sentado en la habitación del fondo, con los pies sobre la mesa. Tenía la cabeza metida entre las manos y al principio no me di cuenta, pero estaba llorando.

—¿Por qué? —preguntó Isabel—. ¿Te lo dijo?

—Me contó algo, aunque no mucho —contestó Cat tras dudar un instante.

Isabel esperó, pero estaba claro que no quería revelar lo que Eddie le había confesado. Y desde luego, tampoco parecía que fuera a hacerlo en ese momento, ya que volvió a llevar la conversación hacia el suceso de la noche anterior. ¿Cómo podía haber caído desde el gallinero si había un pasamanos de latón precisamente para evitar ese tipo de cosas? ¿Había sido un suicidio? ¿Realmente saltaría alguien desde allí? Sin duda era una forma egoísta de morir, ya que abajo podría haber alguien que resultara herido o incluso muerto si le caían encima.

—No fue un suicidio —dijo Isabel con firmeza—. De ninguna manera.

—¿Cómo lo sabes? Has dicho que realmente no lo viste caer desde arriba. ¿Cómo puedes estar tan segura?

—Cayó de cabeza —contestó Isabel recordando la imagen de la chaqueta y la camisa alborotadas, como un niño que se tira desde un acantilado, hacia un mar que no existe.

—¿Y? Me imagino que se daría la vuelta mientras caía. Eso no quiere decir nada.

—No tuvo tiempo —replicó Isabel negando con la cabeza—. Recuerda que estaba justo encima de nosotras y que la gente no se tira de cabeza cuando se suicida. Lo hacen con los pies por delante.

Cat pensó un momento. Seguramente tenía razón. De vez en cuando, los periódicos publicaban fotografías de gente en el momento de lanzarse desde algún edificio o puente y solían hacerlo de pie. Pero seguía pareciéndole poco probable que alguien pudiera caer por encima de ese pretil por equivocación, a menos que fuera más bajo de lo que recordaba. La próxima vez que fuera al Usher Hall se fijaría.

Tomaron un trago de café. Cat fue la primera en romper el silencio.

—Debes de sentirte muy mal. Recuerdo que una vez vi un accidente en George Street y lo pasé fatal. Esas cosas dejan huella.

—No he venido para quejarme y tampoco tenía intención de contarte cosas tristes. Lo siento.

—No tienes por qué disculparte —la excusó, cogiéndole la mano—. Quédate todo el tiempo que quieras; luego podemos ir a comer fuera. ¿Qué te parece si me tomo la tarde libre para estar contigo?

Isabel agradeció la propuesta, pero aquella tarde quería dormir. Tampoco se quedaría mucho rato en la mesa, ya que era para los clientes.

—Si quieres puedes venir a cenar esta noche a casa. Improvisaré alguna cosa.

Cat abrió la boca para decir algo, pero después dudó. Isabel cayó en la cuenta. Salía con uno de sus novios.

—Me encantaría —dijo finalmente—. El problema es que he quedado con Toby en el pub.

—No te preocupes —repuso Isabel rápidamente—. Otro día.

—A menos que pueda venir él también —añadió Cat—. ¡Estoy segura de que estaría encantado! ¿Qué te parece si hago unos entrantes y los llevo?

Isabel estuvo a punto de rechazar la propuesta, ya que imaginó que quizá no les apetecía cenar con ella, pero su sobrina insistió y quedaron en que ella y Toby irían poco después de las ocho. Cuando Isabel echó a andar en dirección a su casa, pensó en Toby. Había aparecido en la vida de Cat hacía unos meses pero recelaba de él igual que lo había hecho del anterior, Andrew. No sabía exactamente por qué, pero estaba segura de que tenía sus razones.

3

$\mathcal{A}$quella tarde durmió. Cuando se despertó, un poco antes de las cinco, se sintió mucho mejor. Grace se había ido, pero había dejado una nota en la mesa de la cocina: «Ha llamado alguien. No ha querido decir quién era. Le he dicho que estaba dormida y ha contestado que volvería a llamar. No me ha gustado su tono de voz». Estaba acostumbrada a ese tipo de notas, sus mensajes siempre iban acompañados de una glosa sobre el personaje implicado: «Ese fontanero, que no es de mi confianza, ha llamado para decir que vendría mañana. No ha dicho a qué hora» o «Mientras estaba fuera, esa señora ha traído el libro que se llevó prestado. Por fin».

Por lo general, esos comentarios le desconcertaban, pero con el tiempo había descubierto que las percepciones de Grace eran muy útiles. Pocas veces se equivocaba sobre una persona, y sus juicios eran demoledores. A menudo sólo contenían una palabra: «embaucador», decía de alguien o «ladrón», o «borracho». Si su opinión era positiva, podían ser ligeramente más extensos: «muy generoso» o «realmente amable», pero ese tipo de alabanzas eran difíciles de conseguir. En una ocasión, Isabel le insistió en que le contara en qué se basaba para hacer esa valoración de la gente, pero no dijo palabra.

—Simplemente lo veo —aseguró—. Analizar a la gente es muy fácil. Eso es todo.

—Pero a veces tienen muchas más cosas dentro de lo que

se piensa —alegó Isabel—. Sólo se pueden apreciar sus cualidades cuando se los conoce mejor.

—Hay gente que prefiero no conocer mejor —replicó Grace encogiéndose de hombros.

La conversación acabó allí. Isabel sabía que sería incapaz de cambiar la forma de pensar de aquella mujer. El mundo de Grace era transparente: para ella, por un lado estaba Edimburgo y los valores que la ciudad refrendaba, y por el otro, el resto. No era necesario decir que Edimburgo tenía razón y que lo mejor que podía esperarse de los que pensaban de forma diferente era que acabaran aceptando lo correcto. Cuando contrató a Grace —poco después de que enfermara su padre—, Isabel se asombró de haber encontrado a alguien tan firmemente arraigada en un mundo —el del Edimburgo formal, erigido sobre las rígidas jerarquías y las profundas convicciones del presbiterianismo escocés— que creía desaparecido hacía tiempo. Grace le demostró que estaba equivocada.

Ese mundo era el mismo del que provenía su padre y del que había querido escapar. Había sido abogado, descendiente de abogados. Podría haber seguido perteneciendo al restringido universo de su padre y de su abuelo, un territorio limitado por escrituras de fideicomiso y títulos de propiedad, pero siendo estudiante había conocido el derecho internacional y un mundo de mayores oportunidades. Se matriculó en un máster en legislación de tratados; Harvard, la universidad en la que lo cursó, pudo ser su vía de escape, pero no fue así. Su familia lo persuadió con la pesada carga de la moral para que regresara a Escocia. Estuvo a punto de quedarse, pero en el último momento decidió volver, acompañado de su reciente esposa, a la que había conocido en Boston y con la que se había casado allí mismo. De vuelta en Edimburgo, su familia lo arrastró de nuevo al ejercicio de la abogacía, en el que nunca fue feliz. En un momento de sinceridad le comentó a su hija que para él su vida profesional era una condena que había tenido que cumplir, una confesión que horrorizó a Isabel. Por eso, cuando le llegó el turno de ir a la universidad, desechó toda idea de hacer carrera y eligió lo que realmente le interesaba: la filosofía.

Sus padres habían tenido dos hijos, Isabel, la mayor, y un hermano. Ella fue al colegio en Edimburgo, pero a su hermano lo enviaron a los doce años a un internado en Inglaterra. Sus padres le habían elegido un colegio de excelente reputación por sus logros intelectuales y su capacidad de hacer infelices a los alumnos. ¿Qué podía esperarse? Poner juntos a quinientos niños y aislarlos del mundo era invitarlos a crear una comunidad en la que podía florecer todo tipo de crueldades y vicios, como así fue. Se convirtió en una persona desdichada e intransigente en sus puntos de vista, por pura defensa propia; la coraza del carácter de la que hablaba Wilheim Reich, la misma que guiaba a aquellos estirados e infelices hombres que hablaban con cautela y voces engoladas. Tras la universidad, que abandonó sin licenciarse, aceptó un trabajo en un banco mercantil de la City de Londres y llevó una vida tranquila y correcta, dedicada a lo que sea que hagan los trabajadores de la banca mercantil. Isabel y él jamás habían estado muy unidos y en su vida adulta la llamaba en raras ocasiones. Era casi un extraño; un cordial extraño cuya única pasión verdadera, que Isabel apreciara, consistía en un incontenible interés por coleccionar antiguos y coloridos títulos de acciones y bonos: acciones de ferrocarriles sudamericanos; bonos a largo plazo de los zares, el atrayente mundo del capitalismo al completo. Una vez le preguntó qué había detrás de todos aquellos certificados de propiedad floridamente impresos. ¿Días de catorce horas de trabajo en las plantaciones? ¿Hombres que trabajaban por una miseria hasta que estaban demasiado débiles por la silicosis o envenenados por toxinas como para seguir ha-

31

ciéndolo? (Injusticias distantes, una interesante cuestión en filosofía moral: ¿parece menos malo el mal remoto simplemente porque lo tenemos menos presente?)

Fue a la despensa y sacó los ingredientes para el *risotto* que iba a preparar para Cat y Toby. Aquel plato requería hongos *porcini* y ella los guardaba atados dentro de una bolsa de muselina. Cogió un puñado de aquellos hongos secos y se recreó con su extraño olor, penetrante y salado, tan difícil de catalogar. «¿A extracto de levadura?» Los dejaría en remojo media hora y después utilizaría el oscuro líquido que soltaran para hervir el arroz. Sabía que a Cat le gustaba el *risotto* y era uno de sus platos preferidos; en cuanto a Toby, imaginó que comería cualquier cosa. Ya había ido a cenar a su casa en una ocasión y fue entonces cuando confirmó las dudas que albergaba sobre su persona. Debería tener más cuidado o acabaría emitiendo juicios como los de Grace. «Infiel.» Ya lo había hecho.

Volvió a la cocina y encendió la radio. Escuchó el final de un informativo y el mundo, como de costumbre, seguía siendo un caos. Guerras y rumores de guerra. Presionaban a un ministro del Gobierno para que diera una respuesta, pero éste se negaba. Según él, no había crisis. Había que ver la verdadera dimensión de las cosas. Pero el entrevistador insistía en que sí había una crisis; era evidente. «Es cuestión de opiniones —respondía él—; no creo en que haya que alarmar a la población excesivamente.»

En mitad de aquella embarazosa situación para el político, sonó el timbre. Puso los hongos en un bol y fue hacia el recibidor para abrir la puerta. Grace le había sugerido poner una mirilla para ver a la gente antes de abrir, pero no lo había hecho. Si alguien llamaba muy tarde, siempre podía mirar a través de la rendija del buzón, aunque la mayoría de las veces abría confiada. Si viviéramos entre barrotes, estaríamos terriblemente aislados.

El hombre que había en el umbral le daba la espalda y miraba hacia el jardín de la parte delantera. Cuando la puerta se abrió, se dio la vuelta, casi con sentimiento de culpa, y sonrió.

—¿Isabel Dalhousie?

—Sí, soy yo —contestó asintiendo con la cabeza y observándolo detenidamente. Tenía unos treinta y cinco años, pelo oscuro y espeso, e iba vestido con suficiente elegancia: blázer oscuro y pantalones color carbón. Llevaba unas gafas pequeñas y redondas, y una corbata rojo oscuro. En el bolsillo de la camisa se distinguía un bolígrafo y algún tipo de agenda electrónica. Se imaginó la voz de Grace: «Sospechoso».

—Soy periodista —se presentó, al tiempo que le entregaba una tarjeta con el nombre del periódico para el que trabajaba—. Me llamo Geoffrey McManus.

Isabel asintió educadamente. Nunca leía esa publicación.

—¿Podría hablar con usted un momento? Tengo entendido que anoche presenció el infortunado accidente del Usher Hall. ¿Le importaría contarme cómo pasó?

Isabel dudó un momento, pero después se echó hacia atrás y le invitó a pasar. McManus entró rápidamente, como si le preocupara que de repente cambiara de opinión.

—Un asunto desagradable —comentó mientras la seguía hasta el cuarto de estar que había en la parte delantera de la casa—. Algo terrible.

Isabel le hizo un gesto para que se sentara y ella se colocó en el sofá que había junto a la chimenea. Se fijó en que mientras lo hacía, aquel hombre echaba un vistazo a las paredes, como si estuviese calculando el valor de los cuadros. Isabel se sintió violenta. No le gustaba hacer alarde de su fortuna y se sentía incómoda cuando alguien la examinaba.

Aunque también era posible que no supiera valorar las obras. Por ejemplo, el que había al lado de la puerta era un peploe, una creación temprana. Y el pequeño óleo junto a la chimenea era de Stanley Spencer, un boceto de un fragmento de *La resurrección*.

—Bonitos cuadros —los alabó—. ¿Le gusta el arte?

Aquel tono le era familiar.

—Sí, sí que me gusta.

—Una vez entrevisté a Robin Philipson. Fui a su estudio —aseguró Geoffrey McManus mientras miraba de nuevo las paredes.

—Debió de parecerle muy interesante.

—No —contestó de manera inexpresiva—. No me gusta el olor a pintura. Me da dolor de cabeza.

Isabel sonrió.

—Ese incidente… ¿Se sabe algo más de él?

34

—No mucho —contestó McManus mientras sacaba una libreta del bolsillo de su chaqueta—. Sabemos quién era el joven y lo que hizo. He hablado con sus compañeros de piso y estoy intentando ponerme en contacto con sus padres. Seguramente los veré esta noche. Viven en Perth.

Isabel lo miró. ¿Iba a hablar con ellos ese mismo día, en un momento de tanta tristeza?

—¿Por qué? —le preguntó—. ¿Por qué tiene que hablar con esa pobre gente?

—Estoy escribiendo un artículo —se defendió McManus pasando los dedos por la espiral de su libreta—. Necesito cubrir todos los puntos de vista. Incluso el de su familia.

—Pero estarán muy afectados. ¿Qué espera que le cuenten? ¿Que están profundamente apenados?

McManus la miró con gesto severo.

—El público tiene un legítimo interés en estas cosas. Ya veo que usted no lo aprueba, pero los lectores tienen derecho a estar informados. ¿Le parece mal?

Isabel quería responder que sí, pero prefirió no entablar una discusión con aquel visitante. Aunque le dijera lo que opinaba sobre el periodismo sensacionalista no conseguiría cambiar la forma en que él veía su trabajo. Si tenía algún escrúpulo moral respecto a hablar con los afligidos familiares del difunto, estaba claro que lo mantenía en segundo plano.

—¿Qué quiere saber de mí, señor McManus? —le preguntó mirando el reloj. Había decidido que no le ofrecería café.

—Bien. Me gustaría que me dijera qué es lo que vio. Cuéntemelo todo.

—No vi prácticamente nada. Cayó y después se lo llevaron en una camilla. Eso es todo.

—Sí, sí —continuó McManus asintiendo con la cabeza—. Pero hábleme de ello. ¿Qué aspecto tenía? ¿Le vio la cara?

Isabel bajó la vista hacia sus manos, apretadas en el regazo. Sí que la había visto y pensó que él la vio a ella. Tenía los ojos muy abiertos, por algo que podía ser sorpresa o terror. Sí, le había mirado a los ojos.

—¿Por qué quiere saber si le vi la cara?

—Puede que eso nos diga algo. Ya sabe. Sobre lo que estaba sintiendo, sobre lo que pasó.

Lo miró un momento e hizo un esfuerzo por superar la repugnancia que le producía su falta de sensibilidad.

—No le vi la cara, lo siento.

—¿Pero le vio la cabeza? ¿La tenía vuelta hacia usted o miraba hacia otro lado?

—Señor McManus —comenzó a decir Isabel después de dejar escapar un suspiro—, todo pasó muy rápido, fue cuestión de segundos. En realidad, no pude ver mucho, tan sólo un cuerpo que caía desde arriba: después todo acabó.

—Pero debió de observar algo en él —insistió McManus—. Los cuerpos están compuestos por caras y brazos y piernas y todo lo demás. Vemos las partes además del conjunto.

35

Isabel se preguntó si podría pedirle que se fuera y ya había decidido que iba a hacerlo de un momento a otro, cuando el tono de su interrogatorio cambió repentinamente.

—¿Qué pasó después? ¿Qué hizo?

—Bajé. En el vestíbulo había un grupo de personas. Todo el mundo estaba muy afectado.

—¿Fue entonces cuando vio cómo se lo llevaban?

—Sí.

—¿Y en ese momento le vio la cara?

—Supongo. Lo vi salir en la camilla.

—¿Y entonces? ¿Qué hizo? ¿Hizo algo más?

—Me fui a casa —contestó con brusquedad—. Presté declaración ante la policía y me fui a casa.

—¿Eso es todo lo que hizo? —insistió McManus jugueteando con el lápiz.

—Sí —contestó Isabel.

McManus anotó algo en su cuaderno.

—¿Qué aspecto tenía cuando lo sacaban en la camilla?

Isabel sintió que el corazón empezaba a latirle con fuerza. No tenía por qué aguantar aquello ni un momento más. Era un invitado —o algo parecido— y si no quería hablar de aquel asunto durante más tiempo, sólo tenía que pedirle que se fuera. Inspiró profundamente.

—Señor McManus —comenzó a decir—. Realmente no creo que haya ninguna necesidad de entrar en esas cuestiones y no entiendo qué relación puede tener con el artículo que quiere publicar sobre el incidente. Un joven cayó y se mató. Creo que eso es suficiente. ¿Necesitan sus lectores saber algo más sobre el aspecto que tenía durante la caída? ¿Qué quieren? ¿Que se estuviera riendo? ¿Que pareciera contento mientras lo llevaban en la camilla? Y sus padres, ¿qué esperan de ellos? ¿Que estén destrozados? ¡Vaya noticia!

—No quiera enseñarme mi oficio, Isabel —le pidió echándose a reír.

36

—Señora Dalhousie, si no le importa.

—Sí, claro, por supuesto. Señora Dalhousie. Solterona de esta parroquia. —Hizo una pausa—. Me sorprende. Es una mujer atractiva, sexy si me permite decirlo…

Isabel le echó una mirada asesina y él bajó la vista hacia su cuaderno.

—Tengo cosas que hacer —dijo ella poniéndose de pie—. ¿Le importaría?

McManus cerró el cuaderno, pero permaneció sentado.

—Acaba de echarme un sermón sobre cómo debería comportarse la prensa. Supongo que tiene derecho a hacerlo, pero es una pena que su autoridad moral se tambalee.

Lo miró como si no lo hubiera entendido, sin saber muy bien cómo interpretar aquel comentario.

—Me ha mentido —continuó McManus—. Dijo que se había ido a casa, mientras que sé, por lo que hablé con la policía y con alguien más, que subió al piso de arriba. La vieron mirando desde el punto exacto desde el que se produjo la caída, pero se ha cuidado bien de no mencionarlo. De hecho, ha asegurado que se fue a casa. Me pregunto por qué querría mentirme.

—No tengo ningún motivo para hacerlo —respondió rápidamente Isabel—. No tuve nada que ver con el accidente.

—¿De verdad? —preguntó McManus con sorna—. Pero ¿qué pasaría si le dijera que creo que sabe más de este incidente de lo que deja ver? ¿No cree que tengo derecho a llegar a esa conclusión?

Isabel se dirigió hacia la puerta y la abrió de forma harto significativa.

—No tengo por qué aguantar algo así en mi propia casa. Si no le importa, me gustaría que se fuera ahora mismo.

McManus se tomó su tiempo para ponerse de pie.

—Por supuesto. Es su casa y no tengo intención de abusar de su hospitalidad.

Isabel fue hasta el recibidor y abrió la puerta de la calle. McManus la siguió, y de camino se paró un instante para admirar un cuadro.

—Tiene cosas muy bonitas. ¿Es usted de posibles?

4

*C*ocinar cuando se está furioso requiere prudencia con la pimienta; por puro despecho se puede poner demasiada y arruinar un *risotto*. Isabel se sentía sucia por haber estado en contacto con McManus, tal como inevitablemente le pasaba cuando tenía que hablar con gente cuya actitud ante la vida era totalmente amoral. Existía una sorprendente plétora de personas de ese tipo —pensó— y cada vez abundaban más; gente ajena a cualquier valor moral. Lo que más le había horrorizado de McManus era el hecho de que tuviera intención de hablar con los padres de aquel joven, cuyo dolor tenía menos importancia para él que el deseo del público de ser testigo del sufrimiento ajeno. Sintió un escalofrío. Parecía no haber nadie a quien apelar; nadie dispuesto a decir: «Deje en paz a esa pobre gente».

Dio vueltas al *risotto* y lo probó para comprobar si necesitaba añadir más sal. El líquido que habían escurrido los hongos *porcini* había dado sabor al arroz, estaba perfecto. Muy pronto podría colocar la fuente en la parte de abajo del horno y dejarla allí hasta que Cat y Toby se sentaran con ella a la mesa. Mientras tanto, prepararía la ensalada y abriría una botella de vino.

Cuando sonó el timbre e hizo pasar a sus invitados, estaba más calmada. La tarde había refrescado y Cat llevaba un abrigo largo de color marrón que Isabel le había comprado por su cumpleaños hacía algún tiempo. Se lo quitó, lo puso en una silla del recibidor y dejó ver el vestido largo que llevaba debajo. Toby, un joven muy alto, uno o dos años mayor que Cat, llevaba una chaqueta de *tweed* marrón oscura y un jersey de cuello alto debajo. Isabel se fijó en sus pantalones: eran de pana de color fresa espachurrada; exactamente lo que esperaba que llevaría. Jamás la había sorprendido a ese respecto. «Tengo que intentarlo —pensó—. He de intentar que me guste.»

Cat traía una fuente de salmón ahumado que llevó directamente a la cocina con Isabel, mientras Toby esperaba en el salón.

—¿Estás mejor? —le preguntó Cat—. Esta mañana parecías muy triste.

Isabel cogió la fuente de su sobrina y quitó el papel de aluminio que la cubría.

—Sí, estoy mucho mejor —contestó, pero no mencionó la visita del periodista, en parte porque no quería que pensara que seguía dándole vueltas al asunto y en parte porque quería apartarlo de su mente.

Lo dejaron todo preparado y volvieron al salón. Toby estaba junto a la ventana con las manos detrás de la espalda. Isabel sacó algo de beber del mueble bar para ofrecer a sus invitados. Cuando le entregó su copa a Toby, éste la levantó hacia ella e hizo el brindis en gaélico.

—*Slange.*

Isabel alzó su copa tímidamente. Estaba segura de que era lo único en gaélico que sabía Toby y no le gustaba salpicar una lengua con palabras de otra; *pas de tout.* Así que dijo entre dientes:

—*Brindisi.*

—¿Brin qué? —preguntó Toby.

—*Brindisi* —le explicó Isabel—. En italiano se brinda así.

Cat la miró. Esperaba que no lo estuviera diciendo con malicia; era perfectamente capaz de tomarle el pelo a Toby.

—Isabel habla italiano muy bien —aseguró Cat.

—Muy útil. A mí no se me dan muy bien los idiomas. Sé unas cuantas palabras en francés, que supongo son reliquias del colegio, y un poco de alemán, pero nada más —aseguró Toby cogiendo un trozo de pan integral con salmón ahumado—. Me encantan estas cosas. Cat las compra a alguien de Argyll. Archie no sé cuantos, ¿verdad?

—Archie MacKinnon —completó ésta—. Los ahúma él mismo en su jardín, en una de esas antiguas cabañas. Los pone en remojo con ron y después los coloca encima de astillas de roble. Lo que les da ese maravilloso sabor es el ron.

Toby cogió otro de los trozos más grandes.

—Cuando vaya a Campbelltown pasaré a verlo —dijo Cat mientras cogía rápidamente la fuente para ofrecérsela a su tía—. Archie es un abuelo encantador. Tiene ochenta y tantos años, pero sigue saliendo en su barca. Tiene dos perros: Max y Morris.

—¿Como los niños? —preguntó Isabel.

—Sí —contestó Cat.

—¿Qué niños? —preguntó Toby mirando el salmón.

—Max y Morris —le explicó Isabel—. Dos niños alemanes, primeros personajes de cómic. Hacían todo tipo de travesuras hasta que al final un pastelero los cortó en pedazos e hizo galletas con ellos.

Miró a Toby. Max y Morris habían caído en la cuba de harina del pastelero y después los pusieron en la mezcladora. Unos patos acabaron comiéndose las galletas en las que se habían convertido —una idea muy alemana, pensó— y por un momento imaginó que le pasaba lo mismo a Toby, que caía en una de esas máquinas y hacían galletas con él.

—Estás sonriendo —dijo Cat.

—No era mi intención —se excusó Isabel. ¿Acaso se sonríe alguna vez intencionadamente?

Hablaron durante una media hora antes de la cena. Toby había estado esquiando con un grupo de amigos y les contó sus aventuras fuera de las pistas. Había habido algún momento delicado, como cuando provocaron una pequeña avalancha, pero consiguieron ponerse a salvo.

—Nos libramos por los pelos. ¿Sabe cómo suena una avalancha?

—¿Como las olas? —sugirió Isabel.

—Como un trueno —la corrigió Toby meneando la cabeza—. Igual que un trueno. Cada vez suena más fuerte.

Isabel se imaginó la escena: Toby con un traje de esquiar color fresa con un alud de nieve precipitándose hacia él y el sol sobre los blancos picos de las montañas. Entonces, durante un instante, vio que la nieve lo alcanzaba y le cubría las piernas, que se agitaban en un blanco remolino, y después la calma y el extremo de un bastón de esquí que marcaba el lugar. No: era un pensamiento indigno, igual de malo que cuando se lo había imaginado convertido en galletas, y lo apartó de su mente. ¿Por qué no habría ido Cat? A ella le gustaba esquiar; quizá Toby no la había invitado.

—¿No te apeteció ir, Cat? —Era una pregunta potencialmente incómoda, pero había algo en la seguridad en sí mismo de aquel joven que la hacía sentirse maliciosa.

—La tienda —suspiró Cat—. No puedo dejarla. Me habría encantado ir, pero no pude.

—¿Y qué me dices de Eddie? —intervino Toby—. Me parece lo suficientemente mayor como para ocuparse de ella una semana o así. ¿No confías en él?

—Por supuesto que sí —replicó Cat—. Lo que pasa es que es un poco… vulnerable.

Toby la miró de reojo. Estaba sentado a su lado, en el sofá que había cerca de la ventana y a Isabel le pareció percibir una incipiente actitud desdeñosa. Aquello se ponía interesante.

—¿Vulnerable? ¿Eso te parece?

Cat bajó la vista hacia su copa e Isabel observó a Toby. Bajo la superficie limpia y ligeramente rosácea de su rostro asomaba un sutil atisbo de crueldad. Tenía una cara carnosa y al cabo de diez años, la nariz empezaría a caérsele y… Se obligó a parar. No es que comenzara a parecerle agradable, pero la caridad, cuyas exigencias jamás pueden pasarse por alto, estaba llamando a su puerta.

—Es un buen chico —masculló Cat—. Lo ha pasado mal, pero puedo confiar en él plenamente. Es muy majo.

—Pues claro que lo es —confirmó Toby—. Aunque, un poco flojo, ¿no? Un poco… ya sabes.

Isabel había estado observándolo discretamente fascinada, pero sintió que debía intervenir. No iba a dejar que avergonzara a Cat de esa forma, por mucho que le agradase la perspectiva de que por fin se le cayera la venda de los ojos. ¿Qué había visto en él? ¿Tenía algo, aparte de ser el perfecto espécimen de un cierto tipo de irreflexiva masculinidad? El lenguaje de la generación de Cat era mucho más duro que el de la suya y mucho más correcto desde el punto de vista expresivo; para ellos era un *cachas*. Pero ¿por qué iba alguien a querer a un cachas cuando son mucho más interesantes los que no lo son?

Por ejemplo, John Liamor, que podía hablar horas seguidas sin que decayera el interés por lo que contaba. La gente se sentaba, más o menos a sus pies, y le escuchaba. Poco importaba que estuviera delgado y tuviera esa piel pálida y casi translúcida, tan apropiada para una tez celta. A ella le parecía guapo e interesante, y ahora, otra mujer, alguien a quien ella nunca vería, alguien lejos, en California o donde estuviera, lo tenía para ella sola.

Isabel lo había conocido en Cambridge. Ella estaba en Newnham, en el último curso de la carrera de filosofía. Él era un investigador unos cuantos años mayor que ella, un irlandés de cabello oscuro —licenciado en el University College de Dublín— al que habían concedido una beca posdoctoral para el Clare College, y que estaba escribiendo un libro sobre Synge. Su habitación estaba en la parte posterior del campus y daba al jardín del claustro, al otro lado del río; aquélla era la habitación a la que la invitaba, en la que se sentaba y fumaba, y la miraba. Aquella mirada la desconcertaba, pero se sentía curiosamente atraída por ella. No sabía cómo comportarse en su presencia, ya que él era completamente diferente a sus anteriores experiencias con hombres y, sin embargo, anhelaba su compañía. Daba la impresión de que se alegraba de estar con ella, aunque había una parte de su mundo de la que se sentía completamente excluida y se preguntaba si, en su ausencia, hablaba de ella con tanta condescendencia —y agudeza— como hacía de otras personas.

John Liamor pensaba que la mayoría de la gente que había en Cambridge eran unos provincianos, aunque él provenía de Cork, una ciudad que sólo puede definirse como provinciana. Despreciaba a la gente que salía de los colegios caros de Inglaterra —que se creían marqueses— y desdeñaba a los clérigos que todavía abundaban en la universidad; cambió reverendo, título que aún se daba a muchos catedráticos de materias tan distintas como matemáticas y clásicas, por «revertido», algo que Isabel, y otros, sin saber muy bien por qué, encontraban gracioso. Al decano, un hombre afable, historiador de economía que había sido muy generoso y servicial con sus huéspedes irlandeses, lo llamaba «El gran maestre oscurantista».

John Liamor reunía a su alrededor a un grupo de acólitos, estudiantes a los que atraía tanto su indudable inteligencia como el tufillo sulfúrico que emanaba de sus ideas. Eran los años setenta y la frivolidad de la década anterior había desaparecido. ¿Quedaba algo en qué creer o, de hecho, burlarse? La ambición y los logros personales, los dioses embriagadores del siguiente decenio aguardaban todavía entre bastidores y no en el centro del escenario, lo que convertía a un siniestro irlandés iconoclasta en una opción fascinante. Con él no era necesario creer en nada; lo único que hacía falta era capacidad para la burla. En eso residía su verdadero atractivo: podía mofarse de los irreverentes porque era irlandés y éstos, a pesar de su radicalismo, seguían siendo ingleses y por tanto, según él, parte irremediable de todo el aparato de opresión.

Isabel no encajaba muy bien en aquel círculo y la gente se fijaba en la insólita naturaleza de aquella naciente relación. Los detractores de John Liamor, que no era popular ni en su universidad ni en el Departamento de Filosofía, pensaban que era una relación muy extraña. A aquella gente le molestaba su condescendencia intelectual y su pompa; leía filosofía francesa y salpicaba sus comentarios con referencias a Foucault. ¿Qué podían hacer sino fingir indiferencia hacia los inquietantes mensajes que provenían de París y California? Para uno o dos de ellos como mínimo, aquellos que le tenían auténtica aversión, había algo más: Liamor no era inglés. «Nuestro amigo irlandés y su compañera escocesa —observaba uno de sus detractores—. Qué pareja más interesante. Ella es considerada, razonable y cortés, y él un presumido Brendan Behan. Uno espera que en cualquier momento se ponga a cantar una cancioncilla folk o algo parecido. Una muestra de desprecio por lo que se supone que les hicimos hace años. Ese rollo.»

45

A veces, ella misma se sorprendía de que le atrajera tanto. Era como si no hubiera otro sitio al que ir; eran dos personas unidas en un viaje, que habían coincidido en el mismo compartimento de tren y se habían resignado a la compañía del otro. Otros encontraron una explicación más prosaica: «Sexo —apuntó uno de los amigos de Isabel—. Es lo que une a todo tipo de gente, ¿no? Es así de simple y no tienen por qué gustarse».

—Los Pirineos —dijo Isabel de repente y Toby y Cat se volvieron para mirarla—. Sí —continuó ésta sin darle importancia—. Los Pirineos. ¿Sabéis que nunca he estado allí? Jamás.

—Yo sí —dijo Toby.

—Yo no —comentó Cat—. Pero me gustaría conocerlos.

—Podríamos ir juntas —sugirió Isabel, y añadió—: Y Toby también, por su puesto. Si quiere venir. Podríamos ir a escalar: él podría ir el primero y nosotras atarnos a él. Estaríamos muy seguras.

Cat se echó a reír.

—Resbalaría y nos mataríamos en la caída...

De repente se calló. Había hecho aquel comentario sin pensarlo y miró a Isabel con expresión de disculpa. El objetivo de aquella cena era hacerle olvidar lo que había sucedido en el Usher Hall.

—Los Andes —continuó Isabel alegremente—. Allí sí que he estado. Son espectaculares, pero casi no podía respirar, están tan altos...

—Yo fui una vez. Cuando estaba en la universidad, en un viaje con el club de montaña. Uno de los compañeros resbaló y cayó: ciento cincuenta metros, si no fueron más.

Se quedaron en silencio. Toby miró su copa, como si estuviera recordando, y Cat dirigió la vista hacia el techo. En una de las esquinas había unas diminutas grietas; su tía debería llamar a alguien para que les echara un vistazo. Las casas victorianas, por muy sólida que fuera su construcción, se asentaban y eso era lo que provocaba aquellas grietas.

Cuando los invitados se fueron antes de lo que esperaba, Isabel se detuvo en medio de la cocina y miró los platos apilados encima del lavavajillas. La velada no había sido un éxito. Habían continuado la conversación después de levantarse de la mesa, pero Toby estuvo hablando largo y tendido sobre vinos; su padre era un famoso importador y él trabajaba para la empresa familiar. Isabel se había fijado en la forma que olía el que ella le había servido; aunque Toby pensaba que ella no se daba cuenta, sí lo había hecho. No era malo: un cabernet sauvignon australiano, y no de los baratos, pero claro, los entendidos recelan de los vinos de las antípodas. Por mucho que dijeran lo contrario, en ese mundo había un esnobismo imposible de erradicar liderado por los franceses, y supuso que Toby se había imaginado que ella no sabía elegir nada mejor que un tinto de supermercado. La verdad era que ella sabía más de vinos que mucha gente y no había nada malo en el que había servido.

—Australiano —había comentado simplemente—. Del sur de Australia.

—Muy bueno —comentó Cat.

—Un poco afrutado —intervino Toby sin hacerle caso.

—Por supuesto, estás acostumbrado a cosas mejores —se excusó Isabel mirándolo con educación.

—¡Dios mío! —repuso éste—. Haces que parezca un esnob. Es muy… está muy bien. No le pasa nada. —Dejó la copa—. El otro día nos bebimos un exquisito rosado de primera prensada en la oficina, increíble. Mi viejo lo encontró no sé dónde, cubierto de polvo. Se estropeaba enseguida, pero si se tomaba rápidamente… ¡Qué bueno!

Isabel lo escuchó cortésmente. Se sintió ligeramente reconfortada por aquella actuación ya que pensó que Cat se cansaría de su conversación y, de paso, de él. El aburrimiento llegaría tarde o temprano y cuando eso ocurriera, eclipsaría cualquier cosa que le gustara de él. ¿Estaba realmente enamorada? Isabel pensó que era poco probable ya que había notado cierta susceptibilidad ante sus defectos; por ejemplo, ponía los ojos en blanco siempre que hacía un comentario que la avergonzaba. Aquellos a los que amamos no nos avergüenzan; puede que nos causen un fugaz desasosiego, pero nunca es vergüenza en el sentido estricto de la palabra. Les perdonamos sus defectos o puede que nunca nos demos cuenta de ellos. Por supuesto, ella había perdonado a John

47

Liamor, incluso cuando lo encontró con una estudiante en su habitación, una chica que simplemente soltó una risita tonta y se cubrió con la falda que se había quitado, mientras John se limitaba a mirar por la ventana y decir: «Mal momento, Liamor».

Era más sencillo no permitirse estar enamorada de nadie, ser solamente uno mismo, inmune al daño que nos causan los demás. Hay mucha gente así, que parecen contentos con sus vidas, aunque en realidad no lo estuvieran. Se preguntó cuántos estaban solos por elección propia y cuántos porque nadie había aparecido en sus vidas para aliviar su soledad. Hay una gran diferencia entre resignación o aceptación ante esta disyuntiva.

El mayor misterio es, por supuesto, por qué necesitamos estar enamorados. La respuesta reduccionista es que se trata simplemente de una cuestión biológica y que el amor nos proporciona la fuerza motivadora que estimula a las personas a estar juntas para tener hijos. Al igual que todos los argumentos de la psicología evolutiva, parece sencillo y evidente, pero si eso es lo único que somos, entonces, ¿por qué nos enamoramos de ideas, cosas y lugares? Auden captó ese potencial al señalar que cuando era un niño se enamoró de una bomba mecánica y la había encontrado «tan hermosa como tú». Desplazamiento, dirían los sociobiólogos; o también el viejo chiste freudiano de que el tenis es un sustituto del sexo ante el que sólo hay una respuesta: el sexo también puede convertirse en un sustituto del tenis.

—Muy divertido —dijo Cat cuando Isabel se lo contó—. Sin duda, es verdad. Parece que todas nuestras emociones están dirigidas a mantenernos sanos y salvos, como los animales, por así decirlo. Miedo y huida. Luchar por la comida. Odio y envidia. Todo muy físico y relacionado con la supervivencia.

—Pero ¿no podría decirse también que las emociones

desempeñan un papel en el desarrollo de nuestras cualidades más elevadas? —replicó Isabel—. Nos permiten la empatía con los demás. Si amo a alguien, sé lo que es ser esa otra persona. La lástima (que también es una emoción muy importante, ¿no?) me ayuda a comprender el sufrimiento de los demás. Así que nuestras emociones nos hacen crecer moralmente. Desarrollamos una imaginación moral.

—Es posible —dijo Cat, que había apartado la mirada hacia un bote de cebollas en vinagreta. La conversación había tenido lugar en el *delicatessen* y, evidentemente, no prestaba mucha atención. Aquellas cebollas no tenían nada que ver con la imaginación moral, pero eran importantes a su silenciosa y avinagrada manera.

Cuando Cat y Toby se fueron, Isabel salió afuera, a tomar el fresco de la noche. El extenso jardín vallado de la parte trasera de la casa, oculto a la calle, estaba a oscuras. El cielo estaba despejado y había estrellas que normalmente no son visibles en la ciudad debido a la luz que proyecta el entorno humano. Se dirigió hacia el césped que había junto al pequeño invernadero de madera, bajo el que hacía poco había descubierto una madriguera de zorro. Le puso al animal *Hermano Zorro* y de vez en cuando lo veía pasar, una esbelta figura que corría con pie firme por encima de la valla o cruzaba rápidamente la calle por la noche para ocuparse de insondables asuntos que sólo eran de su incumbencia. Lo recibió de buen grado y una noche, como regalo, le dejó un pollo asado. Por la mañana había desaparecido, aunque más tarde encontró en un arriate un hueso, bien roído y al que había sorbido el tuétano.

¿Qué quería para Cat? La respuesta era sencilla: quería felicidad, algo que sonaba muy manido, pero que no obstante era verdad. En el caso de su sobrina aquello significaba que encontrara el hombre adecuado, porque los hombres parecían ser muy importantes para ella. No le molestaban los novios, al menos, en principio, si lo hubieran hecho, la causa de su disgusto habría estado clara: celos. Pero no se trataba de eso. Aceptaba qué era importante para su sobrina y sólo deseaba que encontrara lo que estaba buscando, lo que realmente quería. En su opinión, ese algo era Hugo. «¿Y yo? —se preguntó—. ¿Qué es lo que quiero yo?»

«Quiero que John Liamor entre en casa y me diga: "Siento mucho que hayamos perdido todos estos años. Lo siento mucho".»

5

$\mathcal{L}$os periódicos que Isabel calificaba como «prensa menor» («lo son —se defendía a sí misma—, sólo hay que ver su contenido») no mencionaron nada más sobre el incidente, y los que catalogaba como «prensa moralmente seria», *The Scotman* y *The Herald*, también mantuvieron silencio sobre el tema. Quizá McManus no había averiguado nada más o, si había conseguido más información, su redactor jefe podía haberla considerado demasiado intrascendente como para publicarla. Lo que se puede hacer con una simple tragedia tiene un límite, incluso cuando ocurre en circunstancias poco corrientes. Supuso que se llevaría a cabo una investigación sobre las causas del accidente, habitual en casos de muerte en circunstancias repentinas o inesperadas, y que la prensa informaría de ello. Son audiencias públicas, en presencia de un juez de distrito, el *sheriff* y, en la mayoría de los casos, el proceso es rápido y concluyente; accidentes laborales en los que alguien olvida que un cable tiene corriente; un extractor de monóxido de carbono mal conectado; un arma que se creía descargada. No se tarda mucho en desentrañar la tragedia, y el *sheriff* dicta una resolución —así se denomina— y enumera pacientemente lo que está mal y lo que debe enmendarse; en ocasiones hace una advertencia, pero la mayoría de las veces no se alarga en sus comentarios. Después, el tribunal pasa a la siguiente muerte y los familiares del anterior caso salen a la calle en grupos de personas apenadas. En este caso, la conclusión más probable sería que se había producido un accidente. Como había tenido lugar en un lugar público, habría observaciones sobre la necesidad de mayores medidas de seguridad y el *sheriff* podría sugerir que se colocara una barandilla más alta en el gallinero. Podrían pasar meses antes de que eso ocurriera y para entonces, esperaba, lo habría olvidado todo.

Podría comentarlo de nuevo con Grace, pero su ama de llaves, al parecer, tenía otras cosas en mente. Una amiga estaba atravesando una crisis y Grace le había ofrecido su apoyo moral. Según le había explicado, se trataba de una cuestión de mal comportamiento masculino: el marido de su amiga estaba atravesando la crisis de los cuarenta y su esposa, la amiga de Grace, estaba desesperada.

—Ha renovado todo su vestuario —le explicó Grace poniendo los ojos en blanco.

—Puede que le apetezca cambiar de ropa —aventuró Isabel—. Yo he hecho lo mismo en una o dos ocasiones.

—Se ha comprado ropa de chico adolescente —le explicó meneando la cabeza—. Vaqueros ajustados. Jerséis con letras grandes. Ese tipo de cosas. Y va por ahí oyendo música rock. ¡Va a discotecas!

—¡Ah! —exclamó Isabel; eso ya era más inquietante—. ¿Cuántos años tiene?

—Cuarenta y cinco. Una edad muy peligrosa para los hombres, según dicen.

Isabel meditó un momento. ¿Qué podía hacerse ante un caso así?

Grace le facilitó la respuesta.

—Me reí de él. Fui y le solté que tenía un aspecto ridículo. Le dije que se dejara ya de ponerse esa ropa.

Isabel se lo imaginó.

—¿Y?

—Me dijo que no me metiera donde no me llamaban

—contestó Grace indignada—. Aseguró que porque yo ya estuviera acabada, él no tenía por qué estarlo. Así que le pregunté: «¿Acabada para qué?», y no me respondió.

—Difícil situación —comentó Isabel.

—Pobre Maggie —continuó Grace—. Él se va a la discoteca y nunca la lleva, aunque tampoco es que ella quiera. Se queda en casa y se preocupa por los líos en que se estará metiendo. Y yo no puede hacer gran cosa. Eso sí: le regalé un libro.

—¿Cuál?

—Uno viejo y manoseado que encontré en una librería de West Port. *Cien ideas para un adolescente*. No le hizo gracia.

Isabel se echó a reír. Grace era absolutamente franca, algo que provenía, se imaginó, de su infancia en una pequeña granja de Stirlingshire en donde no había mucho que hacer excepto trabajar y donde la gente decía lo que pensaba. Era consciente de la distancia que había entre su vida y la de Grace; ella había disfrutado de todos los privilegios, había tenido todas las oportunidades en materia de educación, mientras que su ama de llaves se había visto obligada a apañárselas con lo que había en un colegio mediocre de las afueras de Stirling. A veces sentía que su educación le había aportado dudas e inseguridad, mientras que la de Grace la había afianzado en los valores de aquella granja de Stirlingshire. En eso no había lugar a dudas, lo que la llevaba a preguntarse: ¿quién es más feliz, los que son conscientes y dudan o los que están seguros de lo que creen y nunca dudan ni lo cuestionan? La respuesta, había concluido, es que eso no tiene nada que ver: la felicidad se le echa a uno encima como el tiempo, determinada por la personalidad de cada uno.

—Mi amiga Maggie piensa que no se puede ser feliz sin un hombre —aseguró—. Y por eso se preocupa tanto por Bill y su ropa de adolescente. Si se va con una mujer más joven, no le quedará nada.

—Deberías decírselo. Deberías decirle que no necesita a un hombre para vivir.

Hizo ese comentario sin pensar cómo Grace lo interpretaría y de repente pensó que lo que podía concluir era que ella le estaba sugiriendo que era una solterona recalcitrante sin ninguna posibilidad de encontrar un hombre.

—Lo que quería decir —comenzó a explicarle Isabel—, es que una no necesita…

—No importa —la interrumpió Grace—. Sé a qué se refiere.

Isabel la miró rápidamente y después continuó:

—De todas formas, yo no soy quién para hablar de los hombres. La verdad es que no he tenido un éxito clamoroso.

«¿Pero por qué? —se preguntó—. ¿Por qué no he tenido éxito? ¿Por que era el hombre equivocado, por que era el momento inoportuno o por ambas cosas?»

—¿Qué ha sido de él, de su hombre? —preguntó Grace mirándola con socarronería—. ¿De ese John comosellame? El irlandés. Nunca llegó a decírmelo.

—Era infiel —contesto Isabel sin ningún tipo de rodeo—. Durante todo el tiempo que pasamos en Cambridge. Y después, cuando fuimos a Cornell y me dieron una beca de investigación, me dijo que se iba a California con otra mujer, una niña en realidad. Eso fue todo. Al día siguiente se fue.

—Así, sin más.

—Sí. Norteamérica se le había metido en la cabeza, decía que le liberaría. He oído que la gente que normalmente es prudente, allí enloquece, simplemente por sentirse liberados de lo que les retiene en su país. Él era así. Bebía más, tenía más novias y era más impulsivo.

—Supongo que sigue allí —dijo Grace después de asimilar todo aquello.

—Me imagino —contestó Isabel encogiéndose de hombros—. Pero seguro que está con otra persona. No sé.

—Pero ¿le gustaría saberlo?

La respuesta era que por supuesto. Porque contra todo razonamiento, contra todas sus convicciones personales, si volviera y le pidiera que lo perdonara —aunque eso era algo que evidentemente no iba a hacer—, ella lo perdonaría. Aquello la ponía a salvo de esa muestra de debilidad, porque John Liamor no intentaría seducirla nunca más, jamás volvería a encontrarse en ese particular y profundo peligro.

Dos semanas más tarde, cuando había empezado a olvidar el incidente del Usher Hall, recibió una invitación para asistir a la fiesta de inauguración de una exposición. Isabel compraba cuadros y eso significaba que a su casa llegaba un continuo torrente de invitaciones de galerías. La mayor parte de las veces evitaba esos acontecimientos —celebraciones ruidosas y abarrotadas, cargadas de pedantería—, pero cuando estaba segura de que los cuadros tenían interés, solía acudir, y llegaba pronto, para ver la obra antes de que hubiera puntos rojos rivales al lado de los títulos. Había espabilado después de llegar tarde un día a la inauguración de una retrospectiva de Cowie y darse cuenta de que habían comprado las pocas pinturas que habían salido a la venta en cuestión de quince minutos. Le gustaba Cowie; había pintado inolvidables retratos de gente que parecía envuelta en una anticuada quietud; habitaciones silenciosas en las que colegialas de triste semblante se entretenían dibujando o bordando; carreteras rurales y caminos de Escocia que parecían no llevar a otro sitio que a un silencio mayor; telas drapeadas en el estudio del artista. Tenía dos pequeños óleos de él y le habría encantado comprar otro, pero llegó demasiado tarde y aprendió la lección.

La inauguración de aquella noche mostraba la obra de Elizabeth Blackadder. Isabel había acariciado la idea de comprar una gran acuarela, pero había decidido ver el resto de cuadros antes. No encontró ninguna otra cosa que le atrajera y cuando volvió, bajo la acuarela había un punto rojo. Un joven, cercano a la treintena y que vestía un traje de finas rayas blancas sobre fondo oscuro, estaba de pie delante de él con una copa en la mano. Isabel miró el cuadro, que le pareció mucho más deseable por estar ya vendido, y después lo miró a él intentando no exteriorizar su enfado.

—Es maravilloso, ¿verdad? —le comentó él—. Siempre lo he asociado con la pintura china. Esa delicadeza, esas flores.

—Y los gatos —añadió Isabel, malhumorada—. Pinta gatos.

—Sí, en jardines. Muy delicado. No es exactamente lo que se denomina realismo social.

—Los gatos existen. Para ellos, los cuadros de Elizabeth deben de ser realismo social —comentó Isabel mirando el cuadro otra vez—. ¿Acaba de comprarlo?

—Es para mi prometida: un regalo por nuestro compromiso —contestó el joven asintiendo con la cabeza.

Lo dijo con orgullo —orgullo por el compromiso más que por la compra— e Isabel suavizó su actitud.

—Le va a encantar —aseguró—. Pensaba comprarlo, pero me alegro de que se lo haya quedado usted.

El rostro del joven adoptó una expresión preocupada.

—Lo siento muchísimo. Me dijeron que no lo había adquirido nadie. No había ninguna indicación de que…

—Por supuesto que no la había —dijo sin hacer caso de aquel comentario—. El primero que llega tiene prioridad, y usted se me ha adelantado. Las exposiciones están pensadas para que se luche con uñas y dientes.

—Hay más —dijo indicando la pared que tenían a su espalda—. Seguro que encontrará otro tan bueno como éste. Puede que mejor.

—Sí, claro —aseguró Isabel sonriendo—. De todas las

formas, tengo la casa tan llena que tendría que quitar algo. No necesito más cuadros.

El joven se rió ante aquella aclaración. Después, al fijarse en que tenía la copa vacía, se ofreció a llenársela e Isabel aceptó. Al volver, se presentó. Se llamaba Paul Hogg y vivía a una manzana de distancia, en Great King Street. La había visto en otras galerías de arte, estaba seguro, pero, claro, Edimburgo era un pueblo y siempre se veía gente con la que uno se había cruzado en una ocasión u otra, ¿no le parecía?

Así era. Sin duda, aquello tenía sus inconvenientes. ¿Y si alguien quería llevar una doble vida? ¿No sería difícil en una ciudad como ésa? ¿Tendría que irse a Glasgow para poder hacerlo?

Paul no lo creía así. Conocía a gente que la llevaba y, al parecer, lo hacía sin grandes problemas.

—¿Y cómo se ha enterado? ¿Se lo han contado ellos?

Paul pensó un momento.

—No; si me lo hubieran contado, habría dejado de ser un secreto.

—Entonces, lo descubrió. Lo que demuestra que estoy en lo cierto.

Paul tuvo que admitirlo y ambos se echaron a reír.

—Eso sí, no sé lo que haría en esa otra vida, si la tuviera, claro. ¿Se puede hacer algo en estos tiempos que la gente realmente vea con malos ojos? Todo el mundo hace la vista gorda ante las aventuras amorosas. Y los asesinos convictos escriben libros…

—Ciertamente. Pero ¿son buenos esos libros? ¿Dicen algo? Sólo los muy inmaduros o los muy tontos se dejan impresionar por los depravados. —Se quedó en silencio un momento y después añadió—: Supongo que habrá algo de lo que la gente se avergüence y tenga que guardar en secreto.

—Niños —dijo Paul—. Conozco una persona a la que le

gustan los niños. Nada ilegal. Tienen diecisiete o dieciocho años, pero siguen siendo niños igualmente.

Isabel miró el cuadro, las flores y los gatos. Aquello quedaba muy lejos del mundo de Elizabeth Blackadder.

—Niños —repitió Isabel—. Supongo que hay gente que los encuentra…, ¿cómo decirlo?…, interesantes. En eso hay que ser reservado. Aunque Cátulo no lo fue precisamente. Escribió poemas sobre esas cuestiones y no parecía avergonzarse lo más mínimo. Los niños son un género reconocido en la literatura clásica, ¿no?

—La persona que conozco va a Calton Hill, creo. Llega allí en un coche vacío y vuelve con un niño. En secreto, claro.

—Bueno, hay gente que hace ese tipo de cosas —aseguró Isabel arqueando una ceja.

En un lado de Edimburgo sucedían cosas de las que los habitantes del otro lado no se enteraban. Claro que se decía que la ciudad se había levantado sobre la hipocresía. Sin embargo, era la patria de Hume, hogar de la ilustración escocesa. Entonces, ¿qué había pasado? En el siglo XIX había florecido el calvinismo mezquino y las luces habían emigrado a otros sitios; de vuelta a París, Berlín o a Norteamérica, a Harvard y sitios así, en donde todo era posible. Edimburgo se convirtió en sinónimo de respetabilidad y de hacer las cosas como siempre se habían hecho. Sin embargo, mantener la respetabilidad suponía un esfuerzo y la gente tenía que ir a bares y discotecas en los que pudiera comportarse como realmente quería, ya que no se atrevía a hacerlo en público. El relato de Jekyll y Hyde se escribió en Edimburgo, y bajo este prisma, tenía mucho sentido.

—Le advierto que yo no llevo una doble vida. Soy muy convencional. En realidad soy gestor de fondos, nada apasionante, y mi prometida trabaja en Charlotte Square. Así que no somos muy…, ¿cómo diría?

—¿Bohemios? —sugirió Isabel riéndose.

—Eso es. Somos más…

—¿Como Elizabeth Blackadder? ¿Flores y gatos?

Continuaron la conversación y al cabo de unos quince minutos, Paul dejó su copa en el antepecho de una ventana.

—¿Por qué no vamos al Vincent Bar? —propuso—. He quedado con Minty a las nueve y no me apetece volver a casa. Podríamos tomar algo y seguir hablando, si le apetece, claro. A lo mejor tiene cosas que hacer.

Isabel aceptó encantada. La galería se había llenado de gente y empezaba a hacer mucho calor. Las conversaciones también habían subido de nivel y para poder oírse había que gritar. Si se quedaba, se le irritaría la garganta. Cogió el abrigo, dijo adiós a los propietarios de la galería y fue paseando con Paul hasta el pequeño bar que había al final de la calle y que aún conservaba su encanto original.

El local estaba prácticamente vacío y se decidieron por una mesa que había cerca de la puerta, deseosos de aire fresco.

—No voy casi nunca a los pubs —comentó Paul— y, sin embargo, me gustan estos sitios.

—Yo ni me acuerdo de la última vez que estuve en uno. Puede que en otra vida. —La verdad era que sí se acordaba de las tardes que había pasado con John Liamor, pero era un recuerdo demasiado doloroso.

—Supongo que en mi vida anterior también era gestor de fondos y seguramente también lo seré en la próxima.

Isabel se rió.

—Seguro que su trabajo tiene sus buenos momentos. Observa los mercados y espera a que pase algo. ¿No es así?

—De vez en cuando lo pasamos bien. Hay que leer mucho. Me siento en mi despacho y repaso la prensa financiera y las memorias anuales. La verdad es que soy una especie de espía. Reúno información.

—¿Es un sitio agradable para trabajar? —preguntó Isabel—. ¿Son amables sus compañeros?

Paul no contestó inmediatamente. Levantó el vaso y dio un buen trago a su cerveza; cuando contestó, lo hizo mirando a la mesa.

—En general, sí.

—Lo que quiere decir que no lo son.

—No, no es eso. Es simplemente que…, bueno, hace unas semanas perdí a alguien que trabajaba conmigo. Tengo…, tenía a dos colaboradores en mi departamento: éste era uno de ellos.

—¿Se ha ido a otro sitio? ¿Encontró una oferta mejor? Tengo entendido que todo el mundo anda frenético a la caza de talentos. ¿No?

Paul meneó la cabeza.

—Murió. O, más bien, se mató. En una caída.

Podía tratarse de un accidente de escalada; de esos que ocurren en las Highlands prácticamente todas las semanas, pero no lo era, e Isabel lo sabía.

—Creo que sé quién es. Fue en…

—En el Usher Hall. Sí, fue él. Mark Fraser. —Hizo una pausa—. ¿Lo conocía?

—No. Pero vi cómo pasó. Estaba allí, en el palco hablando con una amiga y cayó, a nuestro lado, como un…

Se calló y alargó la mano para tocarle el brazo. Paul apretaba el vaso con fuerza y miraba la mesa, horrorizado por lo que estaba escuchando.

6

*E*s algo que siempre ocurre cuando se está en una habitación con fumadores. Recordó haber leído en alguna parte que se debía a que la superficie destinada a los no fumadores estaba llena de iones negativos mientras que el humo del tabaco lo estaba de positivos, así que cuando había humo en el ambiente, inmediatamente lo atraía la superficie cargada con los contrarios, lo que hacía que la ropa oliera. Por eso, cuando levantó la chaqueta que había llevado puesta la noche anterior y que había dejado encima de la silla de su dormitorio, sintió el rancio y acre olor del humo de tabaco. En el Vincent Bar había fumadores, como siempre hay en los bares y, a pesar de que se habían sentado cerca de la puerta, aquello había sido suficiente para que éstos dejaran su marca.

Isabel la sacudió bien delante de la ventana, algo ayudaba, antes de guardarla en el armario. Después volvió a la ventana y miró hacia el jardín, a los árboles que había junto al muro, el alto sicómoro y los abedules gemelos que tan fácilmente se movían con el viento. Paul Hogg. Era un apellido de la región de los Borders y siempre que conocía a alguien que se llamaba así se acordaba de James Hogg, el escritor conocido como el Pastor de Ettrick, el más ilustre de los Hogg, aunque había otros, incluso ingleses. Como Quinton Hogg, lord Canciller (quizá de aspecto un tanto porcino, pero, tal como se recordó a sí misma, no se debe ser muy duro con los Hogg)* y su hijo, Douglas Hogg. Y muchos más. Tantos y tantos Hogg...

No se quedaron mucho rato en el bar. A Paul le había afectado el recuerdo de la caída de Mark Fraser y, a pesar de que cambió rápidamente de tema, la velada se ensombreció. Sin embargo, antes de que acabaran las bebidas y tomaran distintos caminos, Paul dijo algo que hizo que Isabel diera un respingo: «Es imposible que se cayera. No tenía vértigo. Era montañero. Subí con él el Buchaille Etive Mhor y llegó hasta la cima. No tenía miedo a las alturas».

Le interrumpió para preguntarle qué quería decir con aquello. Si no se había caído, entonces había saltado intencionalmente. Paul negó con la cabeza y contestó: «Lo dudo. Hay veces que la gente nos sorprende, pero no veo por qué él iba a hacer una cosa así. El día anterior pasé un buen rato con él (horas), y no estaba deprimido. Todo lo contrario: una de las empresas sobre las que nos había informado, y en la que habíamos invertido una gran cantidad de dinero, había obtenido unos espectaculares resultados provisionales. El presidente le había enviado un memorando para felicitarle por su perspicacia y estaba muy contento. No paraba de sonreír, como un niño con zapatos nuevos. ¿Por qué iba a matarse?».

Paul meneó la cabeza, después cambió de tema e Isabel se quedó pensando. Mientras bajaba a desayunar volvió a hacerlo. Grace había llegado temprano y había puesto un huevo a cocer. Los periódicos comentaban una noticia: un ministro se había mostrado evasivo en el turno de preguntas del Parlamento y se había negado a dar la información que le solicitaba la oposición. Grace ya lo había catalogado como mentiroso la primera vez que había visto publicada una fotografía suya y ahora tenía la prueba. Miró a su señora, de-

*Juego de palabras. Hog: cerdo en inglés. *(N. del T.)*

safiándola a que rebatiera su argumento, pero Isabel simplemente asintió con la cabeza.

—Sorprendente. No recuerdo en qué momento exacto comenzó a aceptarse la mentira en la vida pública. ¿Tú te acuerdas?

Grace se acordaba.

—Con el presidente Nixon. Mintió y después mintió más. Después, esa costumbre atravesó el Atlántico y nuestra gente empezó a mentir también. Así empezó la cosa. En la actualidad es una práctica habitual.

Isabel tuvo que darle la razón. Daba la impresión de que la gente hubiera perdido el norte moral y ése fuera simplemente otro ejemplo. Por supuesto, Grace nunca mentiría. Era absolutamente honrada, tanto en las cosas importantes como en las insignificantes, e Isabel confiaba en ella plenamente. Pero su ama de llaves no se dedicaba a la política y nunca podría hacerlo, ya que, supuso, las primeras mentiras debían decirse ante la comisión que seleccionaba a los candidatos.

Evidentemente, no todas las mentiras son malas: otra cuestión en la que Kant estaba equivocado. Una de las cosas más ridículas que había dicho era que existía la obligación de decir la verdad al asesino que busca a su víctima. Si un asesino viene a tu puerta y te pregunta si esa persona está dentro, se está obligado a decir la verdad, aunque suponga la muerte de una persona inocente: un auténtico disparate. Isabel recordaba aquel ofensivo pasaje: «La sinceridad en las declaraciones que no pueden evitarse es el deber formal de una persona hacia todo el mundo, por grande que sea el perjuicio que eso pueda causarle a él o a otra persona». No es de extrañar que Benjamin Constant se ofendiera por esas palabras, aunque Kant le contestó —de forma poco convincente— e intentó indicar que puede apresarse al asesino antes de que actúe, aprovechando la información que proporciona una respuesta sincera.

La respuesta, sin duda, es que la mentira en general está mal, pero que algunas mentiras, cuidadosamente calificadas como «la excepción», son aceptables. Por lo tanto, existen buenas mentiras y malas mentiras, y las primeras se dicen por motivos piadosos (para proteger los sentimientos de otra persona, por ejemplo). Si alguien te pregunta qué opinas de lo que se acaba de comprar —que es horrendo— y respondes honradamente, puedes herir sus sentimientos y privarla de disfrutar de su adquisición. Así que se miente, y alabado sea, lo que seguramente es lo más apropiado. ¿O no? Puede que no sea tan sencillo. Si uno se acostumbra a mentir en esas circunstancias, la línea que separa la verdad de la mentira podría difuminarse.

Isabel pensó que algún día reflexionaría en profundidad sobre esa cuestión y escribiría un ensayo. Un título adecuado podría ser *Elogio de la hipocresía* y el artículo podría comenzar así: «Normalmente, llamar hipócrita a una persona es acusarlo de falta de moral. Pero ¿es siempre mala la hipocresía? Algunos hipócritas merecen que se les preste mayor atención…».

Había otras posibilidades. La hipocresía no consistía solamente en decir mentiras, sino en decir una cosa y hacer lo contrario. Normalmente se censura a la gente que lo hace, pero tampoco es tan simple como creen algunos. ¿Se consideraría un acto de hipocresía que un alcohólico desaconsejara la ingesta de alcohol o que un glotón recomendara hacer dieta? En un caso la persona aconsejada podía acusar al otro de hipócrita, pero sólo si la persona que ofrecía su consejo aseguraba no beber ni comer demasiado. Si simplemente estaba ocultando sus vicios, seguiría pudiéndose considerarle hipócrita, aunque su hipocresía no sería mala. No haría daño a nadie e incluso podría servir de ayuda (siempre que no se descubriera). Un tema ideal para el Club Filosófico de los domingos. Quizá intentara reunir a un grupo de personas para hablar de esa cuestión. ¿Quién iba a resistirse ante semejante propuesta? Los miembros del club, supuso.

Una vez que tuvo el huevo cocido encima de la mesa, se sentó con un ejemplar de *The Scotman* y una taza de café recién hecho, mientras Grace salía a ocuparse de la colada. El periódico no traía nada digno de mención —no se sentía con valor suficiente para leer un informe sobre las actividades del Parlamento escocés—, así que pasó rápidamente al crucigrama. Cuatro horizontal: «Gran conquistador mongol». Tamerlán, por supuesto. Era una respuesta que sabía y que incluso aparecía en el último verso de un poema de Auden. A Wystan Hugh Auden, como siempre le llamaba ella, le gustaba hacer crucigramas y hacía que le enviaran *The Times* a Kirschtetten sólo por eso. Allí vivía en su legendario desorden doméstico, rodeado de manuscritos, libros y ceniceros llenos, resolviendo todos los días el crucigrama con su manoseado diccionario en una silla cercana. Le habría gustado conocerlo, hablar con él o incluso darle las gracias por todo lo que había escrito (excepto sus dos últimos libros), pero mucho se temía que la habría rechazado al igual que al resto de su caterva de marisabidillas admiradoras. Seis vertical: «Poeta popular, cerdo pastor (cuatro letras)». Hogg, estaba claro (aunque, no dejaba de ser una coincidencia).

Acabó el crucigrama en el saloncito y dejó que su segundo café se enfriara tanto como para no poder tomárselo. Por algún motivo, estaba nerviosa, casi inquieta y se preguntó si no habría bebido demasiado la noche anterior, pero, después de recordarla, llegó a la conclusión de que no. Había tomado dos vasitos de vino en la inauguración y otro más, aunque un poco más grande, en el Vincent Bar. No era suficiente como para hacerle daño en el estómago o provocarle dolor de cabeza. No, su intranquilidad no era por nada físico: estaba nerviosa. Creía estar recuperada de aquel horrible accidente, pero evidentemente no era así y aquello seguía afectándola

65

psicológicamente. Dejó el periódico, miró al techo y se preguntó si sería lo que llaman trastorno por estrés postraumático. Muchos soldados lo sufrieron durante la Primera Guerra Mundial, aunque entonces lo denominaban neurosis de guerra y los fusilaban por cobardía.

Pensó en lo que quedaba de mañana. Tenía cosas que hacer; al menos había tres artículos periodísticos esperando a que los enviase a los especialistas y tendría que encargarse de hacerlo antes de comer. También tenía que preparar el índice para una edición especial que aparecería más adelante. Era un trabajo que no le gustaba y que llevaba tiempo posponiendo. Pero tenía que enviarlo antes del fin de semana para que el editor diera su aprobación, lo que significaba que debía ponerse manos a la obra ese mismo día o al siguiente. Consultó el reloj. Eran casi las nueve y media. Si trabajaba tres horas, lograría acabar la mayor parte del índice, si no todo. Aquello la tendría ocupada hasta las doce y media, o quizá la una. Después podría irse a comer con Cat, si ésta no tenía nada que hacer. Aquella idea la animó: un buen rato de trabajo, seguido de una relajada charla con su sobrina era exactamente lo que necesitaba para superar ese transitorio sentimiento de tristeza; la cura perfecta para un trastorno por estrés postraumático.

Cat tenía tiempo, pero a la una y media, ya que Eddie le había pedido que le dejara salir antes para comer. Quedaron en el restaurante francés que había frente al *delicatessen*; Cat prefería ir a otro sitio antes que ocupar una de las pocas mesas de su establecimiento. Además, sabía que Eddie haría todo lo posible por escuchar su conversación y aquello le molestaba.

Avanzó bastante en su índice y lo acabó un poco después de las doce. Imprimió lo que había escrito y lo metió en un sobre con intención de echarlo al correo de camino a Bruntsfield. Terminar su trabajo le había elevado la moral considerablemente, pero no había conseguido apartar de su mente la conversación con Paul. Seguía preocupándole y pensó en los dos, en Paul y Mark, escalando juntos el Buchaille Etive Mhor, quizás en la misma cordada, y se imaginó a Mark dándose la vuelta para mirar a Paul, al que le daba el sol en la cara. Su foto había salido en los periódicos, y el hecho de que estuviera muy guapo había conseguido que todo le pareciera más triste, aunque no debería ser así. Que muera alguien bien parecido es lo mismo que si muere alguien menos bendecido por la belleza, qué duda cabe. Entonces, ¿por qué nos parece más trágica la muerte de Rupert Brook, o de Byron ya puestos, que la de otros jóvenes? Quizá se deba a que amamos más a los guapos; o porque la momentánea victoria de la muerte es mucho mayor. «Nadie —dice ésta sonriendo— es demasiado hermoso como para escapar.»

Cuando llegó al restaurante a la una y media, ya no había mucha gente. En la parte del fondo había dos mesas ocupadas, una por un grupo de mujeres con bolsas de compra amontonadas a sus pies y otra por tres estudiantes que se apiñaban para escuchar lo que estaba contando uno de ellos. Isabel se sentó en una mesa vacía y estudió el menú mientras esperaba a su sobrina. Las mujeres de la otra mesa comían prácticamente en silencio y se enfrentaban a largas hebras de *tagliatelle* con cucharas y tenedores; los estudiantes seguían con su conversación. No pudo evitar oír algunos fragmentos, en especial cuando uno de ellos, un joven que llevaba un jersey rojo levantó la voz.

—… y me dijo que si no me iba con ella a Grecia no podría quedarme en la casa, y ya sabéis lo barata que es. ¿Qué iba a hacer? ¿Qué habríais hecho vosotros en mi situación?

Se produjo un momentáneo silencio. Entonces, uno de ellos, una chica, dijo algo que no pudo entender y todos se echaron a reír.

Isabel levantó la vista y luego volvió a examinar el menú.

Aquel joven vivía en un piso que era propiedad de la chica sin nombre. Ésta quería que la acompañara a Grecia y evidentemente estaba dispuesta a utilizar todo el poder de negociación que tenía para conseguirlo. Pero si lo coaccionaba de esa forma, difícilmente sería un buen compañero de viaje.

—Le dije que… —El joven añadió algo más que Isabel no consiguió oír y después continuó—: Le dejé claro que sólo iría si me dejaba en paz. Tenía ganas de acabar con aquella historia y le dije que sabía lo que pensaba hacer…

—No te eches flores —intervino la chica.

—No lo está haciendo —lo defendió el otro joven—. No la conoces. Es una devoradora de hombres. Pregúntale a Tom y verás lo que te dice.

Isabel tenía ganas de preguntarle: «¿Lo hiciste? ¿Fuiste a Grecia?», pero no podía hacerlo, claro. Aquel joven era igual de malo que la chica que le había pedido que fuera con ella. Todos eran muy desagradables, allí sentados cotilleando de forma tan insidiosa. Jamás se deben comentar las proposiciones sexuales de otras personas. «A buen entendedor…» resumía perfectamente aquella cuestión. Pero esos estudiantes no lo entendían.

Volvió a enfrascarse en el menú, ansiosa por no pensar más en aquella conversación, pero afortunadamente Cat llegó en ese momento y pudo dejar la carta a un lado para prestar atención a su sobrina.

—Llego tarde —se disculpó casi sin aliento—. Hemos tenido una pequeña crisis: un cliente ha traído algo caducado. Ha dicho que nos lo había comprado a nosotros, lo que seguramente sería verdad. No sé cómo ha podido ocurrir. Después ha amenazado con quejarse a los inspectores de sanidad, y ya sabes lo que eso significa. Un auténtico escándalo.

Isabel se puso de su lado. Sabía que Cat jamás correría un riesgo deliberadamente.

—¿Has conseguido solucionarlo?

—Una botella de champán ha ayudado bastante. Y una disculpa.

Cat cogió el menú, lo miró y volvió a dejarlo en el portacartas. A mediodía no solía tener hambre y una ensalada minimalista sería suficiente. Isabel supuso que tendría algo que ver con el hecho de trabajar con comida a todas horas.

Intercambiaron noticias. Toby se había ido de viaje a comprar vino con su padre, pero la víspera había telefoneado desde Burdeos. Volvería al cabo de unos días e irían a Perth el fin de semana, porque él tenía amigos allí. Isabel la escuchó con educación, pero sin entusiasmo. ¿Qué iban a hacer en Perth?, se preguntó, ¿o era ésa una pregunta demasiado naif? Resultaba difícil volver a pensar como una jovencita veinteañera, pero tenía que hacerlo.

Cat la observaba.

—Tienes que darle una oportunidad —le pidió suavemente—. Es una buena persona, de verdad.

—Pues claro —dijo Isabel rápidamente—. No tengo nada contra él.

—No eres nada convincente cuando dices una mentira —aseguró Cat sonriendo—. Se te nota mucho que no te gusta nada. No puedes ocultarlo.

Isabel se sintió descubierta y pensó: «Soy una hipócrita poco convincente». La mesa de los estudiantes estaba en silencio y se dio cuenta de que estaban escuchando su conversación. Los miró y se fijó en que uno de ellos llevaba una pequeña tachuela en la oreja. «La gente que lleva *piercings* en la cara sólo se busca problemas», le había dicho una vez Grace. Isabel le había preguntado que por qué (¿acaso no había llevado siempre la gente pendientes y no les había pasado nada?) y su ama de llaves le había contestado que las piezas metálicas atraen los rayos y que había leído en algún sitio que un hombre que llevaba muchos había muerto durante una tormenta eléctrica, mientras que toda la gente que le rodeaba y que no llevaba ninguno había sobrevivido.

Los estudiantes intercambiaron miradas e Isabel volvió la cabeza.

—No es un sitio adecuado para hablar de esas cosas, Cat —le dijo en voz baja.

—Puede que tengas razón, pero me molesta. Quiero que lo intentes, que superes esa primera impresión.

—Mi reacción no fue totalmente negativa —susurró Isabel—. Puede que no me mostrara excesivamente afectuosa con él, pero fue simplemente porque no es mi tipo. Eso es todo.

—¿Y por qué no lo es? —preguntó Cat a la defensiva, elevando la voz—. ¿Qué tiene de malo?

Isabel miró a los estudiantes, que en ese momento sonreían. Se merecía que la estuvieran escuchando y pensó: «Todo lo que hagas volverá a ti, idénticamente, todos y cada uno de tus actos».

—No digo que tenga nada de malo. Es simplemente que…, ¿estás segura de que estáis a la misma altura… intelectual? Es algo muy importante, ya sabes.

Cat frunció el entrecejo e Isabel pensó si habría ido demasiado lejos.

—No es tonto —exclamó indignada—. Acuérdate de que se licenció en St. Andrews. Y ha viajado.

¡St. Andrews!, Isabel estuvo a punto de replicar: «Por eso mismo». Pero lo pensó mejor. Aquella universidad tenía fama de atraer a la gente joven acomodada de las clases altas de la sociedad y que buscaban un sitio agradable en el que pasar unos años yendo de fiesta en fiesta. Los norteamericanos las llaman «escuelas de la juerga». Era una reputación injusta —como casi siempre—, pero en todo caso había en esa fama un atisbo de verdad. Toby habría encajado de maravilla en aquella imagen de St. Andrews, pero mencionarlo habría sido cruel y, de todas formas, quería poner fin a aquella conversación. No tenía intención de enfrascarse en una discusión sobre Toby; estaba convencida de que no tenía derecho a intervenir y de que debía evitar enfrentarse con Cat. Eso sólo complicaría más las cosas en el futuro. Además, seguro que él se iría con otra enseguida y la historia acabaría ahí. A menos que —y ése era otro espantoso pensamiento— a Toby le interesara el dinero de su sobrina.

Isabel no solía darle mucha importancia al dinero: disfrutaba de una situación privilegiada, como ella misma reconocía. Había heredado de su madre la mitad de las acciones de la Louisiana and Gulf Land Company, al igual que su hermano, lo que los había hecho indiscutiblemente ricos. Isabel era muy discreta al respecto y utilizaba su dinero con sumo cuidado con ella misma y con gran generosidad para los demás, aunque el bien que hacía, lo hacía en secreto.

Cuando Cat cumplió veinte años, el hermano de Isabel le dio suficiente dinero a su hija como para comprarse un piso y, algunos años más tarde, el *delicatessen*. Aparte de eso, no le había dejado mucho más —una táctica inteligente por su parte—, aunque Cat era más rica de lo normal entre la gente de su edad, la mayoría de los cuales tenía que hacer verdaderos esfuerzos para poder pagar la entrada de un piso. Edimburgo era caro y para muchos estaba fuera de su alcance.

También Toby procedía de una familia acaudalada, aunque seguramente todo su capital estaba invertido en el negocio y probablemente su padre sólo le pagaba un sueldo. Ese tipo de jóvenes sabe muy bien lo importante que es el dinero y tiene facilidad para olerlo, lo que significaba que podía estar interesado en los bienes de Cat, aunque jamás haría en público ninguna insinuación de ese tipo. Le encantaría encontrar alguna prueba y demostrarlo, como en el desenlace de algún melodrama barato, pero parecía poco probable.

71

—No pasa nada con él —le aseguró a la vez que alargaba la mano para tranquilizar a su sobrina y cambiar de tema—. Haré un esfuerzo y estoy segura de que encontraré su lado bueno. Es culpa mía por tener… unos puntos de vista tan inflexibles. Lo siento.

Aquello pareció calmar a Cat e Isabel llevó la conversación hacia su encuentro con Paul Hogg. De camino al restaurante francés había decidido lo que iba a hacer al respecto y quería explicárselo a su sobrina.

—He intentado olvidar lo que vi, pero no he podido. Sigo pensando en ello y la conversación de la otra noche con Paul Hogg me ha afectado mucho. En el Usher Hall pasó algo muy extraño: no creo que fuera un accidente.

—Espero que no intervengas —le pidió Cat mirándola con recelo—. Siempre lo haces. Te metes en cosas que no son de tu incumbencia. En esta ocasión no creo que debas hacerlo.

Cat se dio cuenta de que reprenderla no tenía sentido, no cambiaría jamás. No tenía por qué meterse en los asuntos de otras personas, pero parecía que la atraían irremediablemente. Y cada vez que lo hacía, era simplemente porque creía tener una obligación moral. Su visión del mundo, pertrechada con una infinita provisión de potenciales reivindicaciones, hacía que recibiera de buen grado a cualquier persona que tuviera un problema y llamara a su puerta, puesto que de esa forma la necesidad de convergencia moral —o lo que ella entendía por convergencia moral— quedaba satisfecha.

Discutieron sobre la incapacidad de Isabel para decir no, que era donde, en opinión de Cat, radicaba el quid de la cuestión. «No puedes dejarte arrastrar por los asuntos de los demás», la había regañado Cat una vez en la que Isabel se vio implicada en los problemas de una familia que regentaba un hotel y no sabía qué hacer con el negocio. Pero Isabel, que cuando era niña solía ir a comer los domingos a aquel lugar, estimó que aquello era motivo suficiente para preocuparse por el destino de aquel establecimiento. Posteriormente, se vio envuelta en una desagradable pelea en la sala de juntas.

Cat expresó esa misma preocupación respecto al desafortunado joven del Usher Hall.

—Eso es asunto mío —le contestó Isabel—. Lo presencié todo, o gran parte. Soy la última persona a la que vio. La última. ¿No crees que la última persona que te ve en esta vida te debe algo?

—No te entiendo. No sé dónde quieres ir a parar.

—Lo que quiero decir es que no se pueden tener obligaciones morales con todo el mundo —aseguró mientras se recostaba en la silla—. Las tenemos con quien nos tropezamos, con quien entra en nuestro espacio moral, por así decirlo. Eso incluye a vecinos, personas con las que nos relacionamos, etcétera.

«¿Quién es, pues, nuestro vecino?», preguntaría al Club Filosófico de los domingos. Sus miembros reflexionarían detenidamente sobre aquella cuestión y llegarían a la conclusión —asumía— de que el único principio válido para esa proposición es el concepto de proximidad. Nuestros «vecinos morales» son aquellos que nos son cercanos, espacialmente o en otro sentido. Las peticiones lejanas no son tan poderosas como las que tenemos delante. Esas exigencias próximas son más vívidas y, por ende, más reales.

—Me parece razonable. Pero no estableciste contacto con él en ese sentido. Simplemente siento tener que decirlo, pasó por tu lado.

—Seguro que me vio. Y yo lo vi a él, en un estado de extrema vulnerabilidad. Siento mucho sonar como un filósofo pero, en mi opinión, eso crea un vínculo moral entre nosotros. No somos desconocidos, moralmente hablando.

—Pareces la *Revista de ética aplicada* —le espetó Cat secamente.

—Soy la *Revista de ética aplicada* —replicó Isabel.

73

Aquella observación hizo que las dos se echaran a reír y desapareciera la tensión que se había creado entre ellas.

—Bueno —comenzó a decir Cat—, evidentemente no puedo hacer nada para evitar que hagas lo que quieras. Así que es posible que hasta te ayude. ¿Qué necesitas?

—La dirección de sus compañeros de piso. Eso es todo.

—¿Quieres hablar con ellos?

—Sí.

—No creo que averigües gran cosa —sentenció Cat encogiéndose de hombros—. No estaban presentes. ¿Cómo van a saber lo que pasó?

—Necesito antecedentes. Información sobre su persona.

—Muy bien, ya me enteraré. No será difícil.

Mientras caminaba de regreso a casa después de comer, Isabel pensó en la conversación que habían mantenido. Cat tenía derecho a preguntarle por qué se inmiscuía en ese tipo de asuntos; era una cuestión que debería haberse planteado más a menudo, pero que no había hecho. Por supuesto, se trataba simplemente de entender por qué tenía obligaciones morales con los demás, aunque ése no era realmente el problema. La pregunta que debía hacerse era qué la impulsaba a comportarse de esa forma. Y una de las razones, si quería ser honrada con ella misma, era que involucrarse le resultaba intelectualmente estimulante. Quería saber por qué sucedían las cosas. Saber por qué las hacía la gente. Sentía curiosidad. «Y —se preguntó—, ¿qué hay de malo en ello?»

La curiosidad mató al gato —se acordó repentinamente— e inmediatamente se arrepintió de haberlo pensado. Cat* lo era todo para ella, la hija que nunca tuvo, su precaria posteridad.

---

* Juego de palabras. Cat: gato en inglés. *(N. del T.)*

7

*I*sabel tenía pensado pasar la tarde sola. Haber avanzado con el catálogo la había animado a acometer otra tarea que había estado postergando: trabajar en un artículo que le había devuelto un colaborador, acompañado de una extensa serie de comentarios y correcciones. Los había garabateado en los márgenes y se tenían que cotejar, algo que sus molestas abreviaciones e inseguros trazos hacían aún más difícil. Era la última vez que contaba con él —había decidido—, por muy eminente que fuera.

En vez de eso, Hugo llamó al timbre poco después de las seis. Lo recibió afectuosamente e inmediatamente le invitó a que se quedara a cenar, siempre que no tuviera planeado hacer otra cosa. Sabía que aceptaría y así lo hizo, tras una momentánea vacilación puramente formal. Y por cuestión de orgullo: Hugo tenía la misma edad que Cat, veinticuatro, y era viernes por la noche. Todo el mundo tendría planes y él no quería que Isabel pensara que no tenía vida social.

—Bueno. Había pensado quedar con un amigo, pero, si me invitas… ¿Por qué no?

—Tendrás que conformarte con lo que haya, como siempre, pero ya sé que no eres exigente —aseguró Isabel sonriendo.

Hugo se quitó la chaqueta y la dejó en el recibidor junto a su cartera.

—He traído algo de música. He pensado que quizá te apetecería acompañarme. Más tarde, claro está.

Isabel asintió. Tocaba el piano medianamente bien y normalmente conseguía mantenerse a la altura de Hugo, que era tenor. Tenía una voz educada y cantaba en un coro muy famoso, lo que constituía otra cualidad —pensó— que Cat podía haber tenido en cuenta. No tenía ni idea de si Toby sabía cantar, pero le extrañaría que así fuera. Tampoco era muy probable que tocara algún instrumento (excepto la gaita, quizás o como mucho, percusión), mientras que Hugo tocaba el fagot. Cat tenía oído para la música y era una pianista relativamente buena. Durante el breve periodo de tiempo en el que Cat y Hugo habían estado juntos, le había acompañado bien y había conseguido sacar de él lo mejor como intérprete. Juntos sonaban muy naturales, si tan sólo Cat se diera cuenta… Si viera a lo que había renunciado. Pero, por supuesto, Isabel sabía muy bien que en lo tocante a esas cuestiones no se podía ser objetivo. Existen dos tipos de pruebas: la de la conveniencia y la de la química personal. Estaba convencida de que Hugo era lo más conveniente para Cat, pero la química era harina de otro costal.

Isabel miró a su invitado. Cat debía de haberse sentido muy atraída a primera vista y sabía por qué sólo con mirarlo. A su sobrina le gustaban los hombres altos y Hugo lo era tanto como Toby o incluso más. No cabía duda de que era guapo: pómulos pronunciados, pelo oscuro que solía cortarse a cepillo y bronceado natural. Podría pasar por portugués o quizá por italiano, aunque era escocés por parte de padre y madre. ¿Qué más podía querer Cat? ¿Qué más podía necesitar una chica que un escocés con aspecto mediterráneo y que supiera cantar?

La respuesta le llegó de forma involuntaria, como una desagradable verdad que te llama la atención en el momento más inoportuno. Hugo era demasiado bueno. Había puesto toda su atención en Cat —quizás incluso la había adulado— y ella se había cansado. No nos gustan las personas que siempre están dispuestas, los que se dan por completo. Nos agobian. Nos hacen sentir incómodos.

Eso era. Si Hugo hubiera mantenido cierta distancia, incluso un punto de lejanía, Cat se habría sentido atraída por él. Por eso parecía tan feliz en ese momento. No podía poseer a Toby, que siempre parecía estar distante, como si la hubiera excluido de sus planes (Isabel estaba convencida de que así lo había hecho). Pensar que los hombres son los únicos depredadores es una equivocación: las mujeres tienen las mismas tendencias, aunque las muestran con mayor discreción. Toby era una presa adecuada. Hugo, al dejar claro que le prestaba su total y absoluta atención sin ningún tipo de restricciones, había dejado de interesarle. Era una conclusión desoladora.

—Eras demasiado bueno con ella —murmuró.

—¿Demasiado bueno? —preguntó Hugo desconcertado.

—Estaba pensando en voz alta. —Lo tranquilizó con una sonrisa—. Pensaba que fuiste demasiado bueno con Cat. Por eso lo vuestro no funcionó. Tendrías que haber sido más... evasivo. Deberías de haberle fallado de vez en cuando, haber mirado a otras chicas.

Hugo no dijo nada. Ya habían hablado de Cat en otras ocasiones y continuaba alimentando la esperanza de que Isabel fuera su vía de regreso al cariño de Cat o, al menos, eso era lo que imaginaba Isabel. Pero esa nueva idea que había expresado era sin duda inesperada. ¿Por qué tendría él que haberla defraudado?

—Perdona —le pidió Isabel suspirando—. Estoy segura de que no quieres volver a tocar ese tema.

—No importa —aseguró levantando las manos—. Me gusta hablar de ella; quiero hacerlo.

—Ya, ya sé. —Hizo una pausa. Quería decir algo que no

le hubiera dicho antes y se planteó si era el momento oportuno—. Todavía la quieres, ¿verdad? Sigues enamorado.

Violento, Hugo bajó la vista hacia la alfombra.

—Igual que yo. Los dos estamos en la misma situación. Todavía sigo un poco enamorada de alguien que conocí hace tiempo, hace años. ¡Vaya pareja que hacemos! ¿Por qué nos preocuparemos?

Hugo continuó en silencio un momento y después preguntó:

—¿Cómo se llamaba? Tu... ese hombre.

—John Liamor.

—¿Y qué pasó?

—Me abandonó. Ahora vive en California, con otra mujer.

—Eso debe de ser muy duro, ¿no?

—Sí, lo es. Pero es por mi culpa. Debería de haber encontrado otra persona en vez de pensar en él a todas horas. Y eso es lo que deberías hacer tú.

Aquel consejo sonó poco sincero, pero en el mismo momento en que pronunciaba aquellas palabras se dio cuenta de que era el más apropiado. Si Hugo encontrara a otra persona, a lo mejor Cat mostraría algún interés por él, una vez se hubiera deshecho de Toby. Deshecho. Qué siniestra sonaba esa palabra; como si fueran a planear un accidente entre los dos. Una avalancha quizá.

—¿Se puede provocar una avalancha?

—Qué pregunta tan extraña —contestó Hugo con los ojos como platos—. Supongo que sí. Si la nieve está en las condiciones idóneas, lo único que hay que hacer es moverla un poco, sólo con pisarla se desplaza. A veces puede provocarse hablando en voz alta. La vibración de la voz puede conseguir que la nieve se mueva.

Isabel sonrió. Volvió a imaginar a Toby en la ladera de una montaña, con un traje de esquiar de color fresa espachurrada, hablando a gritos sobre vinos. «¿Sabe que el otro día probé una maravillosa botella de Chablis. Increíble? Recio, intenso.» Se produciría un silencio y el eco repetiría las palabras «recio» e «intenso» por todo el valle nevado, lo suficiente como para desencadenar una gigantesca ola de nieve.

Se contuvo. Era la tercera vez que se lo imaginaba envuelto en algún tipo de catástrofe y debía evitar hacerlo. Era infantil, poco caritativo e injusto. «Tenemos el deber de controlar lo que pensamos», se dijo. Somos responsables de nuestros estados mentales, como bien sabía por sus lecturas sobre filosofía moral. De vez en cuando puede asaltarnos una idea involuntaria, lo que no deja de ser una cuestión de indiferencia moral, pero no debemos alimentar los pensamientos nocivos porque son perjudiciales y, además, «una fantasía puede convertirse en realidad». Es una cuestión de responsabilidad con uno mismo, en términos kantianos, y a pesar de lo que pensara de Toby, no merecía una avalancha ni que hicieran galletas con él. Nadie merece una cosa así. Ni siquiera las personas realmente malvadas, o los miembros de ese otro grupo tentador de Némesis, los absolutamente egoístas.

¿Y quiénes son esos practicantes del orgullo desmedido?, se preguntó. Tenía una reducida lista mental de los que había que advertir, por su propio bien, de lo a punto que estaban de que Némesis se fijara en ellos; una lista encabezada por un arribista del barrio, un impresionante caradura. Una avalancha podría rebajarle los humos, pero sería cruel; tenía su lado bueno, debía apartar ese tipo de pensamientos. No eran dignos de la editora de la *Revista de ética aplicada*.

—¿Un poco de música antes de cenar? —propuso Isabel repentinamente—. ¿Qué has traído? Deja que le eche un vistazo.

Pasaron a la habitación de la música, un cuarto pequeño en la parte trasera de la casa equipado con un atril eduardia-

79

no restaurado y su mimado piano de cola. Hugo abrió la cartera y sacó un delgado cuaderno de música que entregó a Isabel para que lo examinara. Ésta hojeó las páginas y sonrió. Era la música que siempre él elegía: arreglos de Burns, arias de Gilbert y Sullivan, y, por supuesto, *O Mio Bambino Caro*.

—Ideal para tu voz. Como siempre.

—Las cosas nuevas no me salen muy bien —se excusó Hugo sonrojándose—. Acuérdate de aquello de Britten. No fui capaz de cantarlo.

—Esto me gusta —aseguró Isabel para tranquilizarlo—. Es más fácil que Britten.

Pasó de nuevo las páginas del cuaderno y eligió.

—¿*Take a pair of sparkling eyes*?

—Muy bien.

Acometió la introducción y Hugo, de pie en posición de canto y con la cabeza ligeramente inclinada para no obstaculizar la laringe, dio voz a la canción. Isabel tocó con resolución —«la única forma de interpretar a Gilbert y Sullivan», pensó— y acabaron con un floreo que no estaba en la partitura, pero que podría haber estado si Sullivan se hubiera molestado en ponerlo. Después le tocó el turno a Burns y a *John Anderson, my Jo*.

«John Anderson», pensó. Sí, una reflexión sobre el paso del tiempo y de un amor que pervive. «Bendito sea tu helado riachuelo, John Anderson, mi Jo». En aquella frase había una inefable tristeza que siempre conseguía que contuviera el aliento. Así es Burns en su cara más tierna: habla de una fidelidad que a decir de todos, incluido él, eludía en su relación con las mujeres. ¡Menudo hipócrita! ¿Lo era? ¿Hay algo malo en alabar unas cualidades de las que se carece? Seguro que no. Las personas que sufren de *akrasia* (algo que conocen muy bien los filósofos y de la que tanto les gusta hablar) siguen afirmando que es mejor hacer lo que ellos no serían capaces de hacer. Se puede opinar que no es bueno excederse con el chocolate, el vino o cualquier cosa de las que suele abusar la gente y seguir consintiéndoselo todo a uno mismo. Sin duda, lo importante es no ocultar la propia indulgencia.

John Anderson fue escrita para que la cantara una voz femenina, pero los hombres pueden hacerlo también, si quieren. En cierta forma es incluso más conmovedora cuando la interpreta un hombre, ya que podría estar refiriéndose a una amistad masculina. No es que les guste hablar de esas cosas —y mucho menos cantarlas—, algo que siempre había sorprendido a Isabel. Las mujeres son más naturales en sus relaciones y en su aceptación de lo que significa para ellas la amistad. Los hombres son diferentes: siempre guardan las distancias con sus amigos y nunca admiten sus sentimientos por ellos. Qué árido debe de ser haber nacido hombre, qué restringido, qué mundo de emociones y solidaridad que pierden, es como vivir en el desierto. Y, sin embargo, cuántas excepciones; por ejemplo, qué maravilloso ser Hugo, con ese rostro tan extraordinario, tan lleno de sentimientos, como el de los jóvenes de los cuadros del renacimiento florentino.

—John Anderson —dijo Isabel mientras tocaba el último acorde y la música se iba apagando—. Estaba pensando en ti y en John Anderson. Tu amigo.

—Nunca he tenido ninguno. Jamás he tenido un amigo como ése.

Isabel apartó la vista de la partitura y miró por la ventana. Comenzaba a oscurecer y las ramas de los árboles se recortaban contra un pálido cielo de verano.

—¿Ninguno? ¿Ni siquiera de niño? Creía que los niños tenían amistades apasionadas. Como David y Jonatán.

—Tuve alguno —contestó Hugo encogiéndose de hombros—, pero ninguno con que estuviera unido años y años. Nadie al que pudiera cantarle algo así.

—¡Qué triste! ¿Y no te da pena?

—Supongo que sí —dijo tras pensarlo un momento—. Me hubiera gustado tener muchos.

—Puedes tenerlos. A vuestra edad podéis hacer amigos con mucha facilidad.

—No es mi caso. Yo sólo quiero…

—Sí, claro —dijo Isabel. Bajó la tapa del piano y se levantó—. Ahora deberíamos ir a cenar. Es lo que deberíamos hacer, pero antes…

Volvió al piano, empezó a tocar otra vez y Hugo sonrió. *Soave sia il vento*, que sea suave el viento, el viento que mantiene el rumbo de tu barco, tranquilas las olas. De todas las que se han escrito, el aria más divina —pensó Isabel—, y la que expresa el sentimiento más tierno, el que uno desearía para todo el mundo y para sí mismo también, aunque a veces no sea así, sino algo muy diferente.

Al acabar la cena en la cocina, sentados a la gran mesa de pino de refectorio que Isabel usaba para las veladas informales —ya que era la habitación más caliente de toda la casa—, Hugo comentó:

—Has dicho algo antes. Has mencionado a ese hombre, John, ¿cómo se llama?

—Liamor. John Liamor. —Hugo intentó repetir el apellido—. Liamor. No es fácil, ¿verdad? Hay que levantar la lengua para pronunciar *li*, después bajarla para la *a* y luego mover los labios. Dalhousie es mucho más sencillo. Es igual, lo que has dicho me ha hecho pensar.

—Me encanta que piensen que soy provocativa —dijo Isabel cogiendo su taza de café.

—Sí. ¿Cómo se establece una relación con alguien que no te hace feliz? Porque él no te hacía hacía feliz, ¿no es verdad?

Isabel bajó la mirada hacia el salvamanteles, una vista del estuario del Forth desde el lado equivocado, desde Fife.

—No. Me hizo muy desgraciada.

—Pero, ¿no te diste cuenta desde el principio? No es que quiera meterme en tus asuntos, pero tengo curiosidad. ¿No viste cómo iba a acabar?

Isabel lo miró fijamente. Ya había mantenido esa misma conversación con Grace y no era algo de lo que realmente quisiera hablar. Qué iba a decir sino admitir que uno se enamora de la persona equivocada y continúa amándola con la esperanza de que algo cambie.

—Estaba locamente enamorada de él —dijo en voz baja—. Le quería muchísimo. Era la única persona a la que verdaderamente deseaba ver, la única con la que quería estar. Lo demás no parecía importarme mucho, porque sabía que renunciar a él me causaría un gran dolor. Así que insistí, como todo el mundo. Insisten.

—Y...

—Y un día —estábamos en Cambridge— me pidió que me fuera con él a Irlanda, a su país. Iba a pasar unas semanas con sus padres, que vivían en Cork. Acepté y entonces, supongo, fue cuando cometí el verdadero error.

Hizo una pausa. Jamás había imaginado que le hablaría a Hugo de aquello ya que sería como confesarle algo que habría preferido ocultarle. Pero allí estaba, la miraba expectante, y decidió continuar.

—No conoces Irlanda, ¿verdad? Bueno, pues deja que te diga que saben muy bien quiénes son ellos, quién es el resto de personas y cuál es la diferencia. John se había burlado mucho de la gente en Cambridge; se reía de todas las personas de clase media con las que se relacionaba. Los llamaba mezquinos e intolerantes. Entonces llegamos a casa de sus padres en Cork y era una casa de clase media con un Sagrado Corazón en la pared de la cocina. Su madre hizo todo lo

83

posible por excluirme. Fue horrible. Tuvimos una acalorada discusión cuando le pregunté directamente si le caía mal por no ser católica o por no ser irlandesa. Le pedí que me lo explicara.

—¿Y por qué era? —preguntó Hugo sonriendo.

—Dijo… —Isabel dudó—, aquella horrible mujer, que era extremadamente posesiva con John, dijo que porque era una zorra.

Hugo la miraba con los ojos muy abiertos. Después sonrió.

—¡Que…! —No acabó la frase.

—Sí, lo era. Le insistí a John para que nos marcháramos de allí y nos fuimos a Kerry, donde acabamos en un hotel en el que me pidió que me casara con él. Me dijo que si lo hacíamos, cuando volviéramos a Cambridge podríamos conseguir una casa dentro de la universidad. Él pensó que sería muy práctico y yo que estaba bromeando, aunque seguramente lo dijo en serio. Después propuso que buscáramos a un auténtico sacerdote irlandés para casarnos, un «revertido», tal como los llamaba él. Le hice ver que él no era creyente y que para qué buscar un sacerdote y me contestó que los sacerdotes tampoco creen.

Hizo una pausa. Hugo había cogido la servilleta y la estaba doblando.

—Lo siento —se excusó—. Siento mucho todo lo que te pasó. No debería haberte preguntado.

—No importa. Demuestra que a veces nos toca tomar decisiones importantes en situaciones muy complicadas y que podemos equivocarnos en todo. No te equivoques en la vida, Hugo. No lo interpretes todo mal.

8

Grace cogió el recado a la mañana siguiente, mientras Isabel estaba en el jardín. La dirección que buscaba era Warrender Park Terrace, 48, tercero derecha. El nombre que figuraba en la puerta era Duffus, apellido de la chica que había compartido piso con Mark Fraser. Su nombre completo era Henrietta Duffus, pero la llamaban Hen, y el tercero de los compañeros se llamaba Neil Macfarlane. Eso era todo lo que Cat había conseguido averiguar, aunque también era lo único que Isabel le había pedido que preguntara.

Grace transmitió la información a Isabel con mirada inquisitiva, pero ésta decidió no decirle de qué se trataba. Su ama de llaves tenía una firme opinión respecto a la curiosidad y por ello su conducta era muy discreta. Sin duda habría considerado que cualquier pregunta que Isabel tuviera planeado hacer era injustificada y habría hecho algún comentario al respecto. Así que guardó silencio.

Había decidido ir a ver a aquellos compañeros de piso esa misma noche ya que no tenía sentido ir antes: estarían trabajando. El resto del día lo pasó ocupada con la revista, leyendo varias colaboraciones que habían llegado en el correo de la mañana. Se trataba de un proceso de revisión muy importante. Al igual que cualquier otra publicación, académica o no, recibía propuestas del todo impublicables que ni siquiera era preciso enviar a un lector especializado. Sin embargo, aquella mañana le habían llegado cinco artículos muy serios y tenía que estudiarlos con detenimiento. En primer lugar se puso a trabajar con uno cuidadosamente argumentado sobre el utilitarismo de las reglas en el proceso legislativo y dejó «Sinceridad en las relaciones sexuales: un desafío a Kant», que le pareció más suculento, para más tarde. «Éste para después del café», pensó. Le gustaba saborear las críticas a Kant.

El día pasó rápidamente. El utilitarismo de las reglas era un artículo ponderable, pero en gran parte ilegible, debido al estilo del autor. Estaba escrito en inglés, pero en una variante que Isabel pensó que sólo se daba en ciertos sectores del mundo académico en los que la falsa gravedad estaba considerada una virtud. Era como si lo hubieran traducido del alemán, pero no era que los verbos hubieran emigrado al final de las frases, sino que todo parecía extremadamente denso y absolutamente concienzudo.

Tentada estuvo de descartar el ininteligible ensayo debido a su ofuscación gramatical y después escribirle al autor —con términos sencillos— para explicarle por qué lo había hecho. Pero había leído su nombre y el de la institución para la que trabajaba en la portada del artículo y sabía que si lo hacía, aquello tendría repercusiones. Venía de Harvard.

«Sinceridad en las relaciones sexuales» estaba escrito con mayor claridad, pero no decía nada extraordinario. Debemos decir la verdad, argumentaba el autor, pero no toda la verdad. Hay ocasiones en las que la hipocresía es necesaria para proteger los sentimientos de los demás —parecía que repetía el pensamiento sobre el tema que ella misma había tenido—. Así que no debemos decir a nuestros amantes que son incapaces sexualmente, si es que lo son. Evidentemente, sólo si lo son, pensó Isabel. Los límites de la honradez en ese tema en particular son especialmente severos, y con toda la razón.

La lectura del artículo le divirtió y pensó que sería una

animada elección para los subscriptores de la revista, que quizá necesitaban un poco de estímulo. La filosofía del sexo era un campo poco habitual en la ética aplicada, pero tenía sus partidarios, que se reunían, lo sabía, en una conferencia anual en Estados Unidos. De vez en cuando, la revista anunciaba esas reuniones, pero siempre se había preguntado si aquellas insípidas frases sueltas comunicaban bien de qué se trataba: «Mañana: Semiótica sexual y espacio privado; café; Perversión y autonomía; comida» —ya que había otros apetitos que tener en cuenta—, y así hasta la tarde. Seguramente, los resúmenes de los ensayos eran suficientemente precisos, pero uno podría preguntarse: ¿qué pasaba después en una conferencia de ese tipo? No eran unos mojigatos, suponía, y después de todo, se trataba de ética «aplicada».

Isabel tampoco era una mojigata, pero en cuestión de asuntos sexuales creía firmemente en la discreción. En especial, dudaba de si era acertado, si es que lo era en alguna ocasión, publicar detalles de la vida sexual de uno mismo. Se preguntaba si la otra persona consentiría; seguramente no, en cuyo caso, si se escribe sobre un asunto privado entre dos personas, se le hace daño. Hay dos tipos de personas sobre las que recae el deber de mantener una prácticamente absoluta confidencialidad: los médicos y los amantes. Es importante que al médico se le pueda contar todo y tener la seguridad de que lo que se ha revelado no saldrá de las paredes entre las que se ha dicho, algo que debería ser idéntico en el caso de los amantes. Sin embargo, ese planteamiento sufría un grave ataque: el Estado quería que los médicos proporcionaran información (sobre los genes, las costumbres sexuales y las enfermedades infantiles) y éstos tenían que oponerse. Los vulgares curiosos, que son legión, quieren información sobre la vida sexual de una persona y pagarían con generosidad por conocerla, si esa persona es suficientemente conocida. Con todo, la gente tiene derecho a tener secretos, a sentir que, al menos, parte de su vida es absolutamente privada porque, si se les niega esa intimidad, se degrada al propio ser. «Dejad que la gente tenga sus secretos», pensó Isabel, aunque probablemente era una forma de pensar anticuada.

Por desgracia, los filósofos no eran destacados transgresores en lo tocante a revelaciones íntimas. Bertrand Russell las había hecho en sus atrevidos diarios y A. J. Ayer también. ¿Por qué pensaban estos filósofos que el público estaba interesado en si se acostaban o no con alguien y con qué frecuencia? ¿Intentaban demostrar algo? Eso sí, ¿se habría resistido ella a Bertrand Russell? Su pregunta quedó inmediatamente respondida. Sí. Y a A. J. Ayer, también.

A las seis en punto, el montón de artículos había desaparecido y había escrito las cartas explicativas a los especialistas sobre los que pasarían a la siguiente fase. Había pensado que las seis y media era la hora idónea para llamar al número cuarenta y ocho de Warrender Park Terrace, ya que así les daba tiempo a que hubieran vuelto del trabajo (fuera el que fuese) y, sin embargo, no interfería en sus preparativos para la cena. Salió de la biblioteca, fue a la cocina y se preparó una taza de café antes de ponerse en camino.

El paseo hasta allí no era largo, pues estaba justo al otro lado del jardín en forma de triángulo que había en un extremo de Brunstfield Avenue. Se tomó su tiempo y se detuvo a mirar escaparates antes de cruzar el césped hacia el final de la calle. A pesar de que hacía una agradable tarde de primavera, se había levantado un viento frío y las nubes atravesaban rápidamente el cielo, hacia Noruega. Había una claridad norteña, la luz de una ciudad que pertenecía tanto a las extensas y aceradas llanuras del mar del Norte, como a las suaves colinas del interior. No era Glasgow, con su luz tenue y occidental, y su proximidad a Irlanda y a los dominios gaélicos de las Highlands. Era un paisaje urbano levantado contra los violentos y fríos vientos del este; una ciudad de sinuosas calles adoquinadas y altivas columnas; una ciudad de noches oscuras, luz de vela y talento.

Llegó a Warrender Park Terrace y la siguió a lo largo de su curva poco pronunciada. Era una calle bonita que ocupaba un sólo lado de la calzada y miraba hacia The Meadows y los distantes tejados puntiagudos y agujas del antiguo hospital. El edificio, una alta casa de estilo victoriano, se elevaba en seis plantas de sillería, coronadas por un tejado de pizarra muy inclinado, bordeado en algunas partes por torreones, similares a las empizarradas torres con obras de forja en las puntas de los castillos franceses. En el borde del tejado había aspilleras de piedra: cardos tallados, alguna gárgola; todo aquello habría hecho pensar a sus antiguos moradores que vivían en una casa con estilo y que lo único que diferenciaba sus viviendas de las de la alta burguesía era el tamaño. Pero, a pesar de ese engreimiento arquitectónico, eran buenos pisos, sólidamente construidos y, aunque en un principio estuvieran pensados para que los ocuparan pequeño burgueses, se habían convertido en coto exclusivo de estudiantes y jóvenes profesionales. El piso que iba a visitar debía de ser uno de tantos. Gracias a su amplitud, los inquilinos podían tener una habitación propia sin tener que utilizar el más o menos espacioso cuarto de estar o el comedor. Eran cómodos acuerdos que servían a sus residentes hasta que se casaran o se sintieran atraídos por la cohabitación. Y, por supuesto, supuso que eran caldo de cultivo de amistades eternas y enemistades perpetuas.

Los pisos estaban situados alrededor de una escalera de piedra a la que se accedía a través de una imponente puerta principal que solía estar cerrada, pero que podía abrirse desde las viviendas apretando un botón. Isabel estudió la fila de timbres y encontró uno en el que ponía «Duffus». Lo apretó y esperó. Al cabo de un minuto o algo así, una voz sonó a través del pequeño altavoz del portero automático y le preguntó qué quería.

Isabel se inclinó para hablar por el minúsculo micrófono. Le dijo cómo se llamaba y le explicó que quería hablar con la señorita Duffus. «Es para algo relacionado con el accidente», añadió.

Se produjo una breve pausa y después sonó un zumbido. Isabel abrió la puerta, empezó a subir las escaleras y notó el viciado y ligeramente polvoriento olor que parecía flotar en el aire de muchas de esas escaleras comunales. Era el olor a piedra que había estado húmeda y después se había secado, mezclado con el de las cocinas de cada piso. Era un olor que le recordaba a su niñez, cuando todas las semanas subía una escalera parecida para ir a las clases de piano de la señorita Marilyn McGibbon. Ésta le hablaba de la música que la había motivado, refiriéndose a que la había emocionado. Isabel seguía pensando en la música como algo motivador.

Se detuvo y se quedó inmóvil un momento pensando en la señorita McGibbon, que le caía bien, pero en la que había notado, aun siendo una niña, una sensación de tristeza, algo sin resolver. Una vez llegó a clase y la encontró con los ojos rojos y marcas de lágrimas en los polvos que se ponía en la cara. La miró en silencio hasta que se dio la vuelta y murmuró:

—No me encuentro nada bien. Lo siento. Hoy no me encuentro nada bien.

—¿Le ha pasado algo? —preguntó Isabel.

La señorita McGibbon contestó en un principio que sí, pero después que no con la cabeza y comenzaron con las escalas que Isabel había preparado y con Mozart, y no dijo nada más. Más tarde, de joven, se enteró por casualidad de que había perdido a su amiga y compañera, una tal Lalla Gordon, hija de un juez del Tribunal Supremo a la que habían obligado a elegir entre su familia (que no veía con buenos ojos a la señorita McGibbon) y su amistad; había escogido la primera opción.

Cuando Isabel llegó al rellano del cuarto piso vio la puerta ligeramente abierta. En el recibidor había una joven que la abrió del todo cuando Isabel se acercó. Isabel le sonrió y le bastó un sólo vistazo para captar la imagen completa de Hen Duffus: alta, esbelta, con ojos inocentes, atractivos, como de cierva —que siempre asociaba con las chicas de la costa oeste de Escocia, pero que seguramente no tenían nada que ver con ellas—. Hen le devolvió la sonrisa y la invitó a entrar. «Sí —pensó Isabel al oír su acento—, de la costa oeste, pero no de Glasgow, como había dicho Cat, sino de algún lugar pequeño y agradable; Dunbarton quizá, Helensburgh como mucho.» Aunque, sin lugar a dudas, no era una Henrietta. Hen sí; le pegaba más.

—Siento venir sin haberla avisado. He pensado que estaría en casa. Usted y...

—¿Neil? Me temo que no está. Pero volverá pronto.

Hen cerró la puerta y le indicó hacia una puerta que había al final del recibidor.

—Pase por aquí. Perdone el desorden.

—No tiene por qué disculparse. Todos vivimos igual, es más cómodo.

—Me gustaría ser más ordenada. Lo intento, pero me imagino que no se puede ser lo que no se es.

Isabel sonrió, pero no dijo nada. Había algo físico en aquella mujer, un aura de... bueno, de energía sexual. Era inconfundible, como la musicalidad o el ascetismo. Perfecta para habitaciones desordenadas y camas revueltas.

El cuarto de estar al que la condujo estaba orientado hacia el norte, hacia los árboles que bordeaban la parte sur de

The Meadows. Las ventanas, amplios ventanales victorianos, debían de inundar de luz la habitación durante el día e, incluso a esa hora de la tarde, no necesitaba luz artificial. Isabel atravesó el cuarto y se quedó de pie frente a una de las ventanas. Miró hacia abajo. A sus pies, en la adoquinada calle, un niño tiraba de la correa de un perro que se mostraba reacio. El niño se inclinó y le golpeó en el lomo, y el perro se revolvió en defensa propia. Entonces, le dio una patada en las costillas y tiró de nuevo de la correa.

—Un niño que debe pasear a un perro contra su voluntad —murmuró Isabel—. Normalmente les gusta pasear. Es algo natural en ellos. Querer a los seres humanos y salir a pasear.

Hen se acercó hasta donde estaba Isabel y miró hacia abajo también.

—Ese chico está un poco malcriado. Yo lo llamo Soapy Soutar, como el niño del cómic. Vive en la planta baja con su madre y una chica. No creo que al perro le caiga bien ninguno de los dos.

Isabel se echó a reír. Le gustó aquella referencia; en tiempos, todos los niños escoceses conocían a Oor Wullie y sus amigos Soapy Soutar y Fat Boab, pero ¿ahora? ¿De dónde procedían las imágenes de la infancia escocesa actual? No de las calles de Dundee, esas simpáticas y míticas calles que el *Sunday Post* poblaba de inocentes pícaros.

Se apartaron de la ventana y Hen miró a Isabel.

—¿Por qué ha venido a vernos? Usted no es periodista, ¿verdad?

—¡Por supuesto que no! —Isabel negó enérgicamente con la cabeza—. No; fui testigo. Vi lo que pasó.

—¿Estuvo allí? ¿Vio caer a Mark?

—Me temo que sí.

Hen buscó una silla a su espalda y se sentó. Miró al suelo y durante un momento no dijo nada. Después levantó la vista.

—La verdad es que no quiero pensar en ello, ya sabe. Sólo han pasado unas semanas y estoy intentando olvidarlo. Pero no es fácil cuando se pierde a un compañero de piso como él.

—Por supuesto, lo entiendo.

—Vino la policía e hicieron preguntas sobre Mark. Después vinieron sus padres a llevarse las cosas. Ya puede imaginarse cómo fue.

—Sí.

—También vino más gente —continuó—. Sus amigos, gente de la oficina continuamente.

—Y ahora yo —dijo Isabel sentándose en el sofá, cerca de Hen—. Siento mucho molestar. Me hago una idea de lo que ha debido ser.

—¿Por qué ha venido? —le preguntó. No lo dijo con antipatía, pero Isabel notó una extraña entonación en aquella pregunta. De agotamiento quizás; agotamiento ante otro interrogatorio.

—No he venido por ninguna razón en especial —contestó suavemente—. Supongo que es porque me vi involucrada y no tengo a nadie con quién hablarlo, a nadie relacionado, ya sabe a qué me refiero. Fui testigo de aquel terrible accidente y no conozco a ninguna persona que sepa nada de él, de Mark.

Hizo una pausa. Hen la miraba con sus grandes ojos almendrados. Isabel creía en lo que le estaba diciendo, aunque no fuera toda la verdad. Y sin embargo no podía decirle que la verdadera razón por la que había ido a verla era por pura curiosidad; eso, y la vaga sospecha de que en aquel incidente había algo más.

—Entiendo. —Hen cerró los ojos y asintió—. Me parece bien. En cierto modo también me gustaría saber lo que pasó exactamente. Ya me lo he imaginado suficientes veces.

—¿No le molesta pues?

—No, no me importa. Si le sirve de ayuda, por mí no hay problema. —Alargó la mano y le tocó el brazo. Isabel no esperaba ese compasivo gesto y sintió, injustamente, que no había sido sincero—. Prepararé un café —continuó mientras se levantaba—, y después hablamos.

Salió de la habitación e Isabel se recostó en el sofá y miró a su alrededor. La habitación estaba bien amueblada, a diferencia de muchos pisos alquilados, que enseguida dan la impresión de que por ellos ha pasado mucha gente. En las paredes había reproducciones al gusto del propietario, mezclado seguramente con el de los inquilinos: una vista de las cataratas de Clyde (propietario); *A Bigger Splash*, de Hockney, *Philosophers on the Beach*, de Vettriano (inquilinos), e *Iona*, de Peploe (propietario). Sonrió mirando el vettriano, el mundillo artístico de Edimburgo lo detestaba, pero seguía siendo muy popular. ¿Por qué? Porque su pintura figurativa hablaba de la vida (al menos de la vida de la gente que baila en la playa vestida de etiqueta); tenía una narrativa similar a la de las obras de Edward Hopper. Por eso había tantos poemas inspirados en Hopper, porque en todas las cosas que pintaba había una nota que decía: «sigue interpretando». ¿Por qué hay gente ahí? ¿En qué están pensando? ¿Qué van a hacer ahora? Por supuesto, Hockney no dejaba nada sin respuesta. En sus cuadros está muy claro lo que pintan allí sus protagonistas: nadar, sexo y narcisismo. ¿Había dibujado él a Wystan Hugh Auden? Recordó que sí lo había hecho y que había sabido captar muy bien la catástrofe geológica que era su cara. «Soy como un mapa de Islandia.» ¿Lo había dicho él? Pensó que no, pero podía haberlo hecho. Un día escribiría un libro sobre citas apócrifas, pero que podrían atribuirse a personas que podrían haberlas dicho. «He reinado toda la tarde y ahora nieva»: la reina Victoria.

Estudió el vettriano y después apartó la vista para mirar a través de la puerta. En el recibidor había un espejo, uno de esos grandes para verse de cuerpo entero, de los que normalmente están en la parte interna de las puertas de los armarios roperos. Desde donde estaba sentada lo veía directamente y, en ese preciso momento, se reflejó en él un joven que salía como una flecha por una de las puertas, cruzaba el vestíbulo y desaparecía en otro cuarto. Él no la había visto a ella, aunque le había dado la impresión de que estaba al tanto de su presencia en la casa. Y también le pareció que no quería que lo viera, algo que no habría ocurrido de no haber estado aquel espejo tan estratégicamente colocado. Estaba desnudo.

Al cabo de unos minutos, Hen volvió con dos tazas. Las dejó en la mesa que había delante del sofá y se sentó a su lado.

—¿Conocía a Mark?

Estaba a punto de decir que sí porque, por extraño que pareciera, a ella le parecía que así era, pero negó con la cabeza.

—Aquella noche fue la primera vez que lo veía.

—Era una excelente persona, fantástica. Le caía bien a todo el mundo.

—Estoy segura.

—Al principio me sentí un poco insegura, ya sabe, vivir con dos personas que no conocía, pero alquilé la habitación al mismo tiempo que ellos la suya. Así que empezamos juntos los tres.

—¿Y funcionó?

—Sí, funcionó. De vez en cuando discutíamos, como es de esperar, pero nunca por nada serio. Nos fue muy bien. —Levantó la taza y tomó un sorbo de café—. Le echo de menos.

—¿Y Neil? ¿Eran amigos?

—Sí, claro. A veces jugaban juntos al golf, aunque Neil era demasiado bueno para Mark. Es un jugador de primera, podría haber sido profesional. Trabaja como pasante en una empresa del West End. Un sitio muy estirado, pero todos son iguales, ¿no? Al fin y al cabo, esto es Edimburgo.

Isabel cogió su taza y dio el primer sorbo. Era instantáneo, pero intentaría tomárselo, por educación. Después de todo, estaba en Edimburgo.

—¿Qué pasó? —preguntó en voz baja—. ¿Qué cree que pasó?

—Se cayó —contestó Hen encogiéndose de hombros—. Es lo único que pudo pasar. Fue uno de esos extraños accidentes. Se asomó por algún motivo y cayó. ¿Qué otra cosa podría haber sido?

—¿Estaba triste? —preguntó Isabel. Hizo aquella pregunta con sumo cuidado ya que podía haber obtenido una airada respuesta, pero no fue así.

—¿Quiere decir si se suicidó?

—Sí.

—¡De ninguna manera! —exclamó Hen meneando la cabeza—. Yo lo habría sabido. Simplemente, me habría enterado. No estaba mal.

Isabel meditó las palabras de Hen. «Yo lo habría sabido.» ¿Por qué lo habría sabido? Porque vivía con él, era la razón lógica. Uno percibe el humor de las personas con las que convive.

—Así pues, ¿no mostraba signos de tristeza?

—No, ninguno. —Hen hizo una pausa—. No era de ese tipo de personas. El suicidio es una forma de evasión, y él le plantaba cara a la vida. Era…, se podía contar con él. Era de fiar. Tenía conciencia. ¿Sabe a lo que me refiero?

Isabel la contemplaba mientras hablaba; conciencia no es una palabra que se oiga muy a menudo, algo extraño y, en última instancia, preocupante. Tenía que ver con la desaparición de la culpa en la vida de las personas, lo que no era malo en cierto modo, ya que la culpa había sido responsable de muchas desdichas innecesarias. Pero la culpa seguía desempeñando un papel imprescindible en la conducta moral como desincentivador necesario. La culpa señala que existe el mal, posibilita la vida moral. Aparte de eso, había algo más en la afirmación de Hen. Había pronunciado aquellas palabras con convicción, pero sólo podía haberlas dicho alguien que jamás hubiera estado deprimida o hubiera atravesado un periodo de inseguridad en sí mismo.

—A veces, la gente que exteriormente tiene las cosas muy claras, no las tiene tanto en su interior…, pueden sentirse muy desgraciados y no demostrarlo nunca. Son… —Se calló: evidentemente a Hen no le gustaba que le dijeran esas cosas—. Lo siento. No pretendía sermonearla.

—No pasa nada —dijo Hen sonriendo—. Seguramente tiene razón, en general, aunque no en este caso. La verdad es que no creo que fuera un suicidio.

—Es verdad —dijo Isabel—. Evidentemente lo conocía muy bien.

Durante un momento se quedaron en silencio mientras Hen tomaba su café, en apariencia sumida en sus pensamientos, e Isabel miraba el vettriano, preguntándose qué decir a continuación. No parecía tener mucho sentido seguir la conversación, no iba a enterarse de mucho más por parte de Hen, que probablemente ya había dicho tanto como quería decir y, en su opinión, tampoco era muy perspicaz.

Hen dejó la taza en la mesa e Isabel apartó la vista del inquietante cuadro. El hombre alto que había visto en el pasillo había entrado en la habitación, completamente vestido.

—Éste es Neil —lo presentó Hen.

Isabel se levantó para estrechar la mano de aquel joven. Tenía las palmas calientes y ligeramente húmedas, y se imaginó que acababa de salir de la ducha. Por eso había atravesado desnudo el recibidor a toda prisa. Puede que en esos tiempos fuera normal que los compañeros de piso, amigos ocasionales, se pasearan por la casa sin ropa, con perfecta inocencia, como niños en el Edén.

Neil se sentó en la silla que había frente al sofá mientras Hen le explicaba por qué estaba allí Isabel.

—No tenía intención de molestarles —dijo ésta—. Sólo quería hablar. Espero que no le importe.

—No —contestó Neil—. No me importa. Si quiere hablar de ello, por mí no hay problema.

Tenía un acento muy diferente al de Hen; «del otro extremo del país», pensó, pero que dejaba ver que había ido a un colegio caro. Tenía la misma edad que su compañera de piso, le pareció, o quizás era ligeramente mayor y, al igual que a ella, parecía gustarle estar al aire libre. No cabía duda de que él era el golfista y lo que estaba viendo era el efecto de las horas que había pasado en los borrascosos campos de golf de Escocia.

—No creo que deba importunarles más. Ya les he conocido, he hablado de lo que pasó y ahora debería dejarles que sigan con sus cosas.

—¿Le ha ayudado? —preguntó Hen mirando a Neil. «El significado de aquella mirada está claro», pensó Isabel. Más tarde le preguntaría a su compañero: «¿Por qué habrá venido? ¿Con qué intención?» Diría esto porque Isabel no tenía nada que ver con ella: tenía más de cuarenta años, estaba desfasada, no era real, no tenía ningún interés.

—Recogeré su taza —se ofreció Hen poniéndose en pie de repente—. Estoy preparando algo en la cocina. Perdone.

—Ya me iba —dijo Isabel, pero permaneció en el sofá mientras ésta salía y miró a Neil, que la observaba con las manos apoyadas relajadamente sobre los brazos de la silla—. ¿Cree que saltó?

Su cara no se alteró, pero había algo desconcertante en su comportamiento, una cierta inquietud.

—¿Si saltó?

—¿Piensa que se suicidó? —Neil abrió la boca para decir algo, pero la volvió a cerrar. Miró fijamente a Isabel—. Siento habérselo preguntado. Ya veo que cree que la respuesta es no. Seguramente tiene razón.

—Seguramente —repitió con calma.

—¿Puedo preguntarle otra cosa? —le pidió, y antes de que respondiera, dijo—: Hen me ha contado que era una persona muy popular, pero ¿podría haber alguien a quien no le cayera bien?

Una vez formulada la pregunta se fijó en que movía los ojos, que los dirigía al suelo y luego levantaba la vista otra vez. Cuando contestó no la miró directamente a ella, sino a la puerta, al recibidor, como buscando a Hen para que contestara por él.

—No creo. No, no lo creo.

Isabel asintió.

—Así pues, ¿no había nada realmente…, no había nada extraño en su vida?

—No, nada extraño.

En ese momento volvió la vista hacia ella e Isabel notó que la miraba con hostilidad. Neil sentía —¿quién iba a culparle por ello?— que no tenía derecho a inmiscuirse en la vida de su amigo. Obviamente, Isabel se había quedado más de lo debido, como le había dejado claro Hen, y tenía que irse. Se levantó y siguió su ejemplo.

—Me gustaría despedirme de Hen —dijo mientras se dirigía al vestíbulo seguida por Neil. Miró a su alrededor rápidamente. La puerta por la que Neil había salido a toda prisa cuando por casualidad Isabel estaba mirando al espejo debía de ser la que tenía a su derecha—. Está en la cocina, ¿verdad? —preguntó girando hacia la derecha y abriendo la puerta.

—Por ahí no es —oyó a su espalda—. Ésa es la habitación de Hen.

Pero Isabel ya había entrado y había visto el amplio dormitorio, con su lámpara de noche, las cortinas corridas y la cama sin hacer.

—¡Lo siento!

—Es por ahí —le indicó con acritud—. Por esa puerta —dijo mirándola de reojo. «Está nervioso —pensó—. Nervioso y hostil.»

Dio marcha atrás y se dirigió hacia la puerta que le había indicado. Vio a Hen, que se ruborizó porque la había encontrado sentada leyendo una revista. Le dio las gracias efusivamente, dijo adiós y nada más abandonar el piso oyó que Neil cerraba la puerta a su espalda. Les había dejado su tarjeta y les había dicho que se podían poner en contacto con ella si querían, pero la habían mirado sin demasiado convencimiento y sabía que no lo harían. Se había sentido incómoda y estúpida, que era, pensó, como merecía sentirse. Pero, al menos, algo había quedado claro: Neil y Hen eran amantes, por eso estaba él en su habitación cuando llamó al portero automático. Hen le había dicho que Neil había salido; difícilmente podía explicarle a ella, una completa desconocida, qué hacía él en su cama a esa hora. Por supuesto, aquello justificaba la impresión que le había dado Hen, pero no aportaba información suficiente como para hacerse una idea de cómo vivían juntos los tres. Podría ser, por supuesto, que Mark se sintiera excluido. Hen había insinuado que no conocía a ninguno de los dos cuando fue a vivir a ese piso, lo que significaba que en algún momento, la relación se había convertido en una cohabitación más íntima. Aquello podía haber cambiado la dinámica de la vida en común; de una comunidad de tres amigos a una de una pareja y un amigo. Otra posibilidad era que Hen y Neil se hubieran enamorado tras la muerte de Mark, quizá para consuelo y alivio de su compartida pena. Podía imaginar que ése había sido el caso, pero no la ayudaba a entender qué había pasado por la cabeza de Mark aquella noche en el Usher Hall. Si sabía poco sobre él antes de llamar al timbre de aquel piso de Warrender Park Terrace, en ese momento no sabía mucho más. Había sido un joven agradable, popular y nada dado a la inseguridad en sí mismo; nada sorprendente, ya que la inseguridad es más propia de los adolescentes y, más tarde, de los fracasados, no de los veinteañeros. Si estaba intranquilo por algo, había ocultado aquella preocupación a las personas más cercanas en su vida cotidiana.

Fue a casa despacio. Hacía una tarde calurosa para aquella época del año, una tarde que mostraba una ligera insinuación de verano y en la que otras personas iban hacia sus hogares también. Muchas de ellas tenían alguien a quien ver: maridos, mujeres, amantes, parientes. La suya la esperaba, grande y vacía, y sabía que era el resultado de su propia elección, aunque quizá la culpa no era totalmente suya. Ella no había elegido con deliberación enamorarse tan perdida y definitivamente que después no pudiera volver a hacerlo de ningún otro hombre. Simplemente había sucedido así; no siempre somos responsables de las cosas que nos pasan. John Liamor había existido y eso significaba que ella vivía con una condena. No pensaba demasiado en ello, ni lo comentaba con otras personas (a pesar de que lo había hablado con Hugo, imprudentemente quizá, la noche anterior). Las cosas eran así y hacía todo lo que podía, lo que consideraba un deber moral que todos tenemos, al menos si uno cree en los deberes para sí mismo, algo que ella sí hacía. Dado x, entonces y... Pero ¿porqué?

9

*L*a siguiente semana transcurrió sin que ocurriera nada digno de reseñar. Tuvo algo de trabajo para la revista, pero con las pruebas del próximo número enviadas recientemente a la imprenta y dos miembros del consejo de redacción fuera del país, difícilmente podía sentirse agobiada. Pasó la mayor parte del tiempo leyendo y también ayudó a Grace en la limpieza del ático, que durante tanto tiempo había pospuesto. Aunque también tuvo tiempo para pensar y no pudo evitar volver a lo que para entonces denominaba «el suceso». El desgarrado sentimiento que había tenido después de aquella noche comenzaba a desaparecer, pero parecía que lo había reemplazado una sensación de falta de determinación. Su visita a Hen y Neil había sido poco satisfactoria y la había dejado sin nada más que hacer. Habría una investigación sobre las causas de aquel accidente mortal; el fiscal le había informado de la fecha en que iba a celebrarse y le había comunicado que, como testigo directo, podría llamarla a testificar, aunque había insinuado que era un caso clarísimo.

—No creo que plantee grandes dudas —le dijo—. Tenemos pruebas de que la altura del pasamanos es adecuada y de que la única forma de que alguien pueda caerse es inclinándose sobre él. Debió de hacerlo por la razón que fuera, puede que para ver a alguien abajo. Más o menos, eso será todo.

—Entonces, ¿por qué hacen una investigación? —preguntó sentándose frente a la mesa del fiscal, en su escasamente amueblado despacho. Le había pedido que acudiera a entrevistarse con él e Isabel lo había encontrado en una oficina en cuya puerta ponía «Fallecimientos»; era un hombre alto con cara demacrada y triste. Detrás de él, en la pared, había una fotografía enmarcada. Dos chicos y dos chicas sentados con poca naturalidad en unas sillas delante de un arco de granito: Comité de la Asociación de Abogados de la Universidad de Edimburgo, decía la inscripción que había en la parte inferior. Uno de ellos era el fiscal, reconocible por su larguirucha torpeza. ¿Había esperado o aspirado a algo más que aquel trabajo?

El fiscal miró a Isabel y después apartó la vista. Era el funcionario que se encargaba de las defunciones en Edimburgo. Fallecimientos todos los días. Importantes y no tanto. Fallecimientos. Estaría allí un año y después volvería a dedicarse a los delitos en algún sitio como Airdrie o Bathgate. Todos los días, delitos, crueldad, hasta el día de su jubilación.

—¿Cuál es la expresión exacta? —preguntó intentando no demostrar hastío—. ¿Cierre? ¿Caso cerrado?

Así que eso había sido todo. Se había producido una inesperada tragedia de la que no se podía culpar a nadie. Había sido testigo y hecho todo lo posible por explicárselo a sí misma. Al final, no se había aclarado nada ni podía hacer más, aparte de aceptar la situación.

Así que intentó concentrarse en la lectura que, por casualidad, era muy adecuada al problema que la ocupaba. Un grupo de filósofos había publicado un trabajo sobre los límites de la obligación moral, un conocido tema al que habían dado un nuevo enfoque; estaban dispuestos a argumentar que el énfasis que se pone en la moralidad debe desplazarse de lo que hacemos a lo que no hacemos. Era un planteamiento potencialmente oneroso que podría llegar a ser incómodo para aquellos que quieren llevar una vida tranquila.

103

Requería mayor atención y más conciencia de las necesidades de los demás de la que Isabel creía tener. También podía ser una actitud equivocada para alguien que quisiera olvidar algo. Sacar algo de la propia mente, en su opinión, podía considerarse un acto de omisión deliberada y culpable.

Era un libro frustrante y difícil de leer, con sus quinientas setenta páginas. Isabel se sintió tentada de posponer su lectura o abandonarla del todo, pero hacerlo sería como probar el argumento del autor. «Cabrón —pensó—. En menudo aprieto me ha puesto.»

Cuando finalmente lo acabó, lo dejó en la estantería con un escalofrío de culpable entusiasmo, pues había elegido para él un oscuro rincón de la parte más alta. Aquello fue el sábado por la tarde y decidió que su perseverancia con el pesado libro merecía ser recompensada con un paseo hasta el centro para ver una o dos galerías y tomar un café y una pasta en una cafetería de Dundas Street.

Se desplazó hasta allí en autobús. Cuando estaba llegando a donde iba a bajarse, justo pasado Queen Street, vio a Toby que paseaba bajando la colina con una bolsa de compra. En lo primero en que se fijó fue en sus pantalones de pana de color fresa espachurrada, sonrió al pensar que aquello era lo que más había atraído su atención, y aún seguía sonriendo cuando bajó del autobús. Toby estaba a unos veinte o treinta metros delante de ella. No se había dado cuenta de que lo había visto por la ventanilla, un alivio, ya que no estaba de humor para hablar con él. Pero, cuando comenzó a andar a buena distancia detrás de él, se preguntó qué habría estado haciendo. Evidentemente comprando, pero ¿dónde iba? Toby vivía en Manor Place, al otro lado de New Town, así que no se dirigía a su casa.

«Qué prosaico —pensó—. Qué prosaico mi interés por este aburrido joven. ¿Qué motivo me lleva a dar importancia a cómo pasa sus tardes de sábado? Ninguno.» Pero aquella sencilla respuesta, alimentó su curiosidad. Podría ser interesante enterarse al menos de una cosa relacionada con él; solamente saber si, por ejemplo, le gustaba ir a Valvona and Crolla a comprar pasta. O si tenía costumbre de curiosear por las tiendas de antigüedades (algo poco probable). Quizá podría llegar a sentir simpatía por él si lo conocía mejor. Cat había insinuado que tenía facetas que no se ven en la superficie y que ella desconocía y que, al menos, debería intentar mantener una actitud más abierta con él. (¿Deber moral de hacer un esfuerzo extra para superar sus prejuicios? No. Había dado carpetazo a aquellas quinientas setenta curiosas páginas y desde luego no iba meditar sobre aquel tema durante su paseo.)

Toby caminaba bastante rápido y tuvo que acelerar el paso para mantener una distancia constante detrás de él. Lo vio cruzar Heriot Row y seguir bajando Dundas Street. En ese momento empezaba a pensar que lo que estaba haciendo era ridículo, pero, en cualquier caso, lo encontraba divertido. Seguramente no irá a ninguna tienda de arte, se había dicho, y definitivamente no está interesado en libros. ¿Qué nos deja eso? ¿Quizá la agencia de viajes de la esquina de Great King Street? (¿Un viaje a la nieve a final de temporada?)

De repente, se detuvo, e Isabel, absorta en pensamientos nada lícitos, se encontró con que la distancia que los separaba se había reducido. Se paró en seco. Toby observaba el escaparate de una tienda y miraba a través del cristal como intentando distinguir algún detalle de los objetos expuestos o algún precio. Isabel miró a su izquierda. Estaba delante de una casa, no de una tienda y la única ventana a la que, podía mirar daba a un salón. Se volvió hacia ella para que si Toby se daba la vuelta, no pensara que lo estaba mirando.

Era un salón elegante, con muebles muy caros, típico de aquella parte del georgiano New Town. Mientras los estudiaba desde los cinco metros o así que la separaban de la ventana, apareció en ella una mujer que se llevó un buen susto. Estaba sentada en un sillón apartado de la vista y al asomarse se había encontrado a una mujer que la miraba fijamente.

Durante un instante, sus miradas se cruzaron. Isabel se quedó paralizada por la vergüenza. Su cara le resultaba vagamente familiar, pero no conseguía ubicarla. Ninguna de las dos hizo nada por moverse, entonces, cuando un gesto de enfado empezó a sustituir la expresión de sorpresa en el rostro de la propietaria, apartó la vista y consultó su reloj. Pondría cara de despiste. A mitad de Dundas Street, se había parado de improviso y había intentado recordar lo que había olvidado. Se había quedado allí, mirando al vacío —o a una pequeña cantidad de vacío—; después, comprobó su reloj y lo recordó.

Funcionó. La mujer volvió a entrar e Isabel continuó bajando la colina. Se dio cuenta de que Toby había seguido su camino y estaba a punto de cruzar para encaminarse hacia Northumberland Street. Se detuvo de nuevo, esa vez con la legitimidad que le confería el escaparate que tenía delante, y se entretuvo en mirarlo mientras Toby acababa de cruzar.

Había llegado el momento de decidirse. Podía poner fin a aquella ridícula persecución mientras seguía dando un paseo, cosa que podía argumentar con suficiente sinceridad, que había estado haciendo antes o continuar detrás de Toby. Dudó un momento y después, tras mirar a izquierda y derecha por si había tráfico, cruzó tranquilamente la calle. En el momento de tomar esa decisión se dio cuenta de que lo que estaba haciendo era ridículo. Era la editora de la *Revista de ética aplicada* y estaba andando furtivamente por una calle de Edimburgo, a plena luz del día, persiguiendo a un joven; ella, que creía en la intimidad y que había renegado de la vulgaridad de aquellos entrometidos y curiosos tiempos, se estaba comportando como una colegiala fantasiosa.

106

¿Cómo podía ser que se dejara arrastrar por los asuntos de otras personas como si fuera un sórdido sabueso? (¿Era así cómo los llamaban?)

Northumberland Street es una de las calles más estrechas del New Town. Construida a menor escala que las orientadas al norte o al sur, tiene sus partidarios, a los que les gusta lo que suelen definir como «intimidad». Por el contrario, Isabel la encontraba demasiado oscura, una calle sin perspectivas de futuro y sin esa sensación de esplendor que hacía tan estimulante vivir en esa parte de la ciudad. No es que le hubiera gustado vivir allí, por supuesto; ella prefería la tranquilidad de Merchiston o Morningside, y el placer de tener jardín. Miró a la casa que tenía a su derecha, que conocía de cuando John Pinkerton había vivido allí. John, que había sido abogado y que sabía más de la historia de la arquitectura de Edimburgo que la mayoría de la gente, había levantado una casa que era inmaculadamente georgiana en todos los sentidos. Había sido un hombre muy divertido, tenía una curiosa voz y cierta tendencia a hacer un ruido como el gluglutear de un pavo cuando se aclaraba la garganta; también había sido muy generoso y había estado a la altura de la máxima de su familia, que simplemente era «Sé amable». Nadie había vivido en la ciudad de una forma tan plena ni conocido tan bien todas sus piedras; había demostrado gran valentía en su prematuro lecho de muerte, cantando cánticos religiosos que, qué sorpresa, recordaba perfectamente, ya que se acordaba de todo. El lecho de muerte; en ese momento rememoró el poema que Douglas Young había escrito para Willie Soutar: «Veinte años en la cama, y ahora la mortaja./¿Mereció la pena su vida? Sí, por supuesto/. Fue diligente y fiel/a la causa de Escocia». Al igual que John. La causa de Escocia: sé amable.

Toby había aflojado el paso y prácticamente iba paseando. A Isabel le preocupaba que se diera la vuelta en cualquier momento y, como esa calle era mucho más pequeña, se percatara de su presencia. Por supuesto, no tenía por qué ser excesivamente embarazoso; no había razón por la que no pudiera estar andando por aquella calle en particular un sábado por la tarde. La única diferencia entre ellos, pensó, era que evidentemente él iba a algún sitio y ella no tenía ni idea de dónde acabaría.

En su extremo este, Northumberland Street tuerce repentinamente hacia la izquierda y se convierte en Nelson Street, una calle mucho más prometedora, había pensado siempre Isabel. Conoció a un pintor que vivía en ella, en un último piso con tragaluces orientados hacia el norte, que dejaban entrar una luz que inundaba todos sus cuadros. Había congeniado con él y su mujer, y había ido en numerosas ocasiones a cenar con ellos antes de que se fueran a Francia. Allí había dejado de pintar, según le habían dicho, y se había dedicado a cultivar un viñedo. Después había muerto repentinamente, su mujer se había casado con un vecino y se habían trasladado a Lyon, donde él trabajaba como juez. Sabía de ella de vez en cuando, pero al cabo de algunos años dejaron de llegar sus cartas. El juez, según le contaron otras personas, se había visto envuelto en un caso de corrupción y había acabado en la cárcel de Marsella. La viuda del pintor se había mudado al sur para poder visitar a su marido, pero estaba demasiado avergonzada como para contar lo ocurrido a ninguno de sus viejos amigos. Nelson Street era una calle de múltiples recuerdos para Isabel.

Toby cruzó hasta la parte final de Nelson Street haciendo oscilar la bolsa de compra al andar, vigilado discretamente por una casi acechante Isabel. Toby miró hacia una casa y de reojo comprobó la hora en su reloj. Estaba justo enfrente de un tramo de cinco escalones de piedra que conducían a la puerta de uno de los pisos de la planta baja. Isabel observó cómo esperaba un momento, subía las escaleras y pulsaba el botón de un gran timbre de latón. Isabel se ocultó, aprovechándose del escondite que le proporcionaba una furgoneta aparcada cerca de la esquina de la calle. Al cabo de un momento, la puerta se abrió y dejó ver una joven, vestida con una camiseta y unos vaqueros. Salió momentáneamente de la oscuridad del vestíbulo y allí, ante los ojos de Isabel, se inclinó, puso los brazos alrededor de Toby y lo besó.

Él no se echó hacia atrás, por supuesto que no. Se acercó más a ella, dejó la bolsa en el suelo y la abrazó, empujándola suavemente hacia la entrada. Isabel se quedó de piedra. No esperaba algo así. No esperaba nada. Pero tampoco había pensado que su caprichosa decisión de hacía cinco minutos le llevaría a una confirmación del presentimiento que había tenido cuando lo conoció. «Infiel.»

Se quedó allí unos minutos más, con la vista fija en la puerta cerrada. Después se dio la vuelta y volvió hacia Northumberland Street sintiéndose sucia por lo que había presenciado y por lo que había hecho. De la misma forma y con la misma sensación debe de salir la gente de los burdeles o del lugar en el que haya tenido una cita secreta: mortal, culpable y asustado, tal como Wystan Hugh Auden reflejaría en ese grave poema en el que describe las consecuencias del placer carnal, cuando las cabezas durmientes se apoyan, con tanta inocencia, sobre unos brazos desleales.

10

—*E*staba en la parada esperando el autobús —dijo Grace—. Se supone que llegan cada doce minutos, pero me río yo de eso. Vaya chiste. Había un charco en la carretera, pasó un coche conducido por un joven que llevaba una gorra de béisbol hacia atrás y salpicó a la mujer que había a mi lado. La empapó. Estaba chorreando y él lo vio, ¿sabe? Pero ¿se detuvo para disculparse? Por supuesto que no. ¿Qué esperaba?

—Yo no espero nada —contestó Isabel poniendo las manos alrededor de la taza de café para calentárselas—. Es una muestra de la decadencia de la civilización. ¿O debería decir que es la ausencia de civilización?

—Decadencia, ausencia, es lo mismo —replicó Grace.

—No del todo. Decadencia significa que hay menos que antes. Ausencia significa que no hay, que quizá nunca la ha habido.

—¿Me está diciendo que la gente no solía pedir disculpas cuando salpicaba a otra persona? —preguntó Grace evidenciando su indignación. La señora, estaba convencida, era demasiado liberal en algunas cuestiones, incluidos los jóvenes que llevan gorras de béisbol.

—Algunos sí que lo hacían, supongo —contestó Isabel en tono tranquilizador—. Otros no. No hay forma de saber si hay menos gente que pide disculpas hoy en día. Es como que los policías parezcan más jóvenes. Siempre han tenido la misma edad, lo que pasa es que a algunos nos parecen más jóvenes.

Aquella respuesta no iba a desanimar a Grace.

—Pues yo sí lo sé. Los policías son más jóvenes, de eso no cabe duda, y los modales han ido a parar al váter, al fondo. Se ve a todas horas, hay que estar ciego para no darse cuenta. Los chicos necesitan unos padres que les enseñen cómo comportarse.

La discusión, que tenía lugar en la cocina, era como todas las que habían mantenido anteriormente. Grace defendía su punto de vista y no daba su brazo a torcer. Normalmente acababan con una vaga concesión por parte de Isabel de que el asunto era demasiado complicado y que tendría que pensarlo con mayor detenimiento, pero que Grace tenía razón, hasta cierto punto.

Isabel se levantó. Eran casi las nueve y diez y su crucigrama matinal le esperaba. Cogió el periódico de la mesa de la cocina y, mientras Grace seguía doblando la colada, se dirigió al salón en el que pasaba las mañanas. El bien y el mal. Los niños necesitaban padres que les enseñaran la diferencia entre el bien y el mal. Eso era cierto, pero, al igual que la mayoría de las observaciones de Grace, era sólo una verdad a medias. ¿Qué había de malo en que hicieran ese papel las madres? Conocía a más de una que había educado a sus hijos sola y lo había hecho muy bien. Una de sus amigas, a la que el marido abandonó seis semanas después del nacimiento de su hijo, lo había educado maravillosamente, a pesar de las desventajas a las que se enfrentan las madres que viven solas. El chico había crecido bien, como muchos otros. Lo que Grace debería haber dicho es que los niños necesitan un progenitor.

Toby tenía padre y, sin embargo, le era infiel a Cat. ¿Le había hablado alguna vez su padre de cómo tenía que comportarse con las mujeres? Era una pregunta interesante e

Isabel no tenía ni idea de si los padres hablan con sus hijos sobre cosas así. ¿Los llaman y les dicen «trata a las mujeres con respeto» o eso era demasiado anticuado? Quizá podría preguntárselo a Hugo, ya que, evidentemente y a diferencia de Toby, él sí sabía como tratarlas con respeto.

Isabel sospechaba que la forma en que los hombres se comportan con las mujeres depende de factores psicológicos mucho más complejos. No es cuestión de conocimiento moral, se trata más bien de seguridad en uno mismo y de integración sexual. Un hombre con un ego frágil, poco seguro de sí mismo, utilizará a una mujer como medio para combatir su inseguridad. Uno que sepa quién es y esté seguro de su sexualidad, mostrará sensibilidad hacia los sentimientos de una mujer, no tendrá que demostrar nada.

Sin embargo, Toby parecía seguro de sí mismo, de hecho, rebosaba confianza en sí mismo. En su caso, al menos, se trataba de otra cosa, quizá de ausencia de imaginación moral. La moral depende de la comprensión de los sentimientos de los demás. Si uno carece de visión moral —y existe gente de ese tipo—, entonces simplemente no será capaz de identificarse con ellos. El dolor, el sufrimiento, la infelicidad de los demás no le parecerán reales porque no los percibirá. Por supuesto, aquello no era nada nuevo. Hume ya había tratado esa cuestión cuando habló de la empatía y la importancia de ser capaz de experimentar las emociones de los demás. Isabel se preguntó si hoy en día sería posible comunicar los pensamientos de Hume a la gente hablándoles de vibraciones. Al fin y al cabo, las vibraciones son un concepto *new age*. Puede que fuera posible explicarlo en términos de vibraciones y campos de energía, lo que lo haría real a los ojos de personas que de lo contrario no tendrían ni idea de lo que quería decir. Era una posibilidad interesante, pero al igual que muchas otras, no había tiempo. Había muchos libros que escribir, muchas ideas que desarrollar y ella no tenía tiempo para ninguna de las dos cosas.

La gente creía, equivocadamente, que Isabel tenía todo el tiempo del mundo. Pensaban en su situación: una mujer bien situada que vivía en una gran casa, cuidada por un ama de llaves las veinticuatro horas y con un trabajo a media jornada como editora de una oscura publicación que probablemente le permitía fechas de entrega flexibles. ¿Cómo iba a estar ocupada una persona así? Sus vidas, con trabajos cada vez más exigentes, eran muy diferentes, imaginaban.

Por supuesto, ninguna de esas reflexiones, a pesar de tener relación con las cuestiones morales que utilizaba para entender su propia vida, abordaba el dilema en el que estaba inmersa. Dejándose llevar por una vulgar curiosidad, había descubierto algo de Toby que seguramente Cat ignoraba. Ante ella se planteaba la consabida cuestión que debía de haber aparecido en incontables páginas de consultorios sentimentales: «El novio de mi mejor amiga la engaña y ella no lo sabe. ¿Debería decírselo?».

Puede que fuera un problema muy corriente, pero la respuesta distaba mucho de estar clara. Ya se había enfrentado a algo así en el pasado, hacía mucho tiempo, y no estaba muy segura de si había tomado la decisión acertada. En aquella ocasión, de lo que se había enterado no era de una infidelidad, sino de una enfermedad. Un hombre con el que había trabajado y con el que había entablado cierta amistad había desarrollado una esquizofrenia. Le había sido imposible seguir trabajando, pero había respondido bien al tratamiento. Entonces había conocido a una mujer a la que propuso matrimonio y ella aceptó. Isabel pensó que esa mujer estaba entusiasmada con la idea de casarse, pero que nadie se lo había pedido. No sabía nada de la enfermedad de su pareja e Isabel se planteó si debía decírselo o no. Finalmente no le contó nada y la mujer se quedó desconsolada cuando pos-

113

teriormente se enteró de lo que le pasaba a su marido. Con todo, lo aceptó y se mudaron a una casa cerca de Blairgowrie donde llevaron una vida tranquila y segura. Nunca dijo que se arrepintiera de haberse casado, pero le confesó que de haberlo sabido habría hecho su elección con conocimiento de causa. Podría haber dicho que no al matrimonio y haber sido más feliz, aunque aquello le habría privado a él de la satisfacción y seguridad que le proporcionaba estar casado.

Pensaba a menudo en aquello y había decidido que en un caso así, la no intervención era la decisión adecuada. El problema es que uno no sabe nunca lo suficiente sobre lo que pasará después, tanto si actúa como si no lo hace. La respuesta, entonces, es mantenerse a distancia de las situaciones en las que no se está directamente implicado. Pero seguramente, era una equivocación. Cat no era una extraña y, sin duda, un familiar cercano tenía derecho a informar. ¿Qué pasaría si Toby no era Toby en absoluto sino un impostor, un preso condenado a cadena perpetua que disfrutaba de un permiso penitenciario y que incluso estaba planeando cometer otro delito? Sería absurdo decir que no podía avisarla en ese caso. De hecho, tendría más que derecho a hablar: sería su deber.

Mientras estaba sentada en el salón frente al jardín, con el crucigrama intacto y la taza de café humeando en el ligeramente frío ambiente de la acristalada habitación, se preguntó cómo le expondría la cuestión a Cat. Una cosa era segura: no podía decirle que había estado siguiendo a Toby, ya que aquello, con toda la razón, provocaría una acusación de haber interferido injustificadamente en sus asuntos y en los de Cat. Así que tendría que comenzar la exposición de los hechos a partir de una mentira, o, en el mejor de los casos, de una verdad a medias.

«Estaba en Nelson Street y por casualidad vi...»

¿Qué diría Cat? En un primer momento se horrorizaría,

tal como haría cualquiera al conocer una traición de esa naturaleza. Después, quizá pasaría a la cólera dirigida contra Toby y no contra la otra mujer, quienquiera que fuera. Isabel había leído en algún sitio que las mujeres normalmente atacan a sus parejas al descubrir una infidelidad, mientras que los hombres, en idéntica situación, dirigen su hostilidad hacia el otro hombre, el intruso. Por un momento, se permitió imaginar la escena: Toby, confiado, enfrentándose a una enfurecida Cat, con esa expresión de seguridad en él mismo viniéndose abajo ante semejante ataque; sonrojándose al oír la verdad. Entonces, imaginaba, Cat saldría hecha una furia, lo que sería el final de Toby. Algunas semanas más tarde, con las heridas aún en carne viva, pero no tanto como para necesitar estar a solas, Hugo podría pasarse por el *delicatessen* e invitarla a comer. Él se mostraría comprensivo, pero ella tendría que aconsejarle que mantuviera la distancia y que no intentara llenar demasiado rápido su vacío emocional. Después, ya verían. Si a su sobrina le quedaba algo de sensatez, se daría cuenta de que Hugo nunca la engañaría y que era mejor evitar a hombres como Toby. Allí acabó su ensoñación. Lo más probable era que Cat volviera a cometer el mismo error, y más de una vez, como todo el mundo hace. Se sustituye a hombres poco apropiados por hombres poco idóneos, parecía inevitable. La gente repite sus equivocaciones porque la elección de pareja la dictan factores que escapan a su control. Isabel se había empapado lo suficiente de Freud —y, lo que es más, de Klein— como para saber que el molde emocional se fragua a edad temprana. Todo se remonta a la infancia y a la psicodinámica de la relación de cada cual con sus padres. No es cuestión de valoración intelectual y cálculo racional, sino que este tema proviene de situaciones que se han dado en la guardería. No es que todo el mundo haya ido a una, por supuesto, pero han tenido un equivalente; un espacio quizá.

11

*E*sa noche, tras un día que consideró totalmente perdido, recibió la visita de Neil, el joven con el que había tenido aquella poco gratificante conversación en su visita a Warrender Park Terrace. Llegó sin previo aviso, aunque Isabel estaba mirando por la ventana de su estudio cuando éste avanzó por el camino que conducía a la puerta de la calle. Lo vio estudiar el tamaño de la casa y pensó que dudaba un momento, pero finalmente llamó al timbre e Isabel se apresuró a dejarle entrar.

116

Llevaba traje y corbata, y se fijó en sus zapatos: unos Oxford negros a los que había sacado brillo. Hen le había dicho, sin venir al caso, que trabajaba para una empresa un poco chapada a la antigua y sus ropas lo confirmaban.

—¿La señorita Dalhousie? —preguntó innecesariamente cuando ésta abrió la puerta—. Espero que se acuerde de mí. El otro día vino a casa…

—Claro que me acuerdo. Se llama Neil, ¿verdad?

—Sí.

Le hizo pasar al recibidor y después al salón. Neil declinó la oferta de una copa o un té, pero ella se sirvió un poco de jerez y se sentó frente a él.

—Hen me dijo que era abogado —comenzó a decir tratando de entablar conversación.

—Pasante —la corrigió—. Sí, a eso me dedico.

—Como una de cada dos personas en Edimburgo.

—A veces ésa es la sensación que da.

Se produjo un momentáneo silencio. Isabel se fijó en que Neil tenía las manos apretadas sobre el regazo y que su postura, en general, distaba mucho de ser relajada. Estaba tenso y nervioso, igual que la última vez que había hablado con él. Puede que fuera su forma de ser. Algunas personas son de naturaleza nerviosa, siempre a punto de saltar como un resorte, recelosos del mundo que les rodea.

—He venido a verla... —se calló.

—Sí —dijo Isabel alegremente—. Ya lo veo.

Neil intentó sonreír, pero no hizo un gran esfuerzo.

—He venido a verla por... por lo que hablamos el otro día. Me temo que no le conté toda la verdad. Y estoy preocupado.

Isabel lo miró detenidamente. La tensión de los músculos de su rostro le envejecía y marcaba las líneas de expresión de los extremos de su boca. Pensó que seguramente tendría húmedas las palmas de las manos. No dijo nada, sino que esperó a que continuara.

—Me preguntó... me preguntó expresamente si había algo fuera de lo normal en su vida. ¿Se acuerda?

Isabel asintió. Miró la copa de jerez que tenía en la mano derecha y tomó un sorbo. «Es seco, muy seco —había comentado Toby cuando le ofreció una copa—. Demasiado seco; luego se va amargando más, ya sabes.»

—Y yo le contesté que no, que no había nada. Lo que no es verdad.

—¿Quiere contármelo?

—Me sentí muy mal por haberla engañado. No sé por qué lo hice. Supongo que me supo mal que viniera a hacernos preguntas. Me pareció que no era asunto suyo.

«Y no lo es», pensó Isabel, pero no lo dijo.

—Sabe... Mark me dijo que había sucedido algo. Estaba asustado.

117

Isabel sintió que se le aceleraba el pulso. Sí, tenía razón. Algo pasaba, la muerte de Mark no había sido lo que parecía. Había un trasfondo.

Neil separó las manos. Ahora que había empezado a hablar parecía que parte de su tensión había desaparecido, aunque no estuviera relajado del todo.

—Ya sabe que trabajaba para una firma de gestores de fondos, McDowell's. Es una empresa muy importante. Administran fondos de pensiones muy grandes y los bienes de dos o tres personas menos influyentes. Es una firma muy conocida.

—Sí, lo sé.

—Bueno, pues en esa oficina se mueve mucho dinero. Se necesita prestar mucha atención.

—Me imagino.

—Y se ha de ser especialmente cuidadoso en la forma en que uno se comporta. Hay una cosa que se llama tráfico de información privilegiada. ¿Lo sabía?

Isabel le explicó que había oído nombrarlo, pero que no estaba segura de lo que significaba. ¿Tenía algo que ver con comprar acciones aprovechándose de información interna?

—Más o menos se trata de eso —corroboró Neil asintiendo con la cabeza—. En la oficina se puede recibir información que permita prever el movimiento del valor de las acciones. Por ejemplo, si una empresa va a ser absorbida, es muy posible que las acciones suban. Si se compran antes de que se sepa la noticia, se puede obtener un gran beneficio. Es muy sencillo.

—Supongo. Y también puedo imaginar la tentación.

—Sí. Es muy tentador. Yo mismo he estado en situación de hacerlo. Ayudé en la redacción de una oferta que sabía que cambiaría el valor de las acciones. Habría sido muy fácil pedirle a alguien que las comprara por mí. Facilísimo. Habría ganado miles de libras.

—¿Y no lo hizo?

—Si te descubren, acabas en la cárcel. Es una cosa muy seria. Supone sacarles una ventaja desleal a la gente que te vende las acciones. Atenta contra las normas del mercado.

—¿Y dice que Mark vio que pasaba algo así?

—Sí. Me lo contó una noche que estábamos en un pub. Me dijo que había descubierto que en su empresa había tráfico de información privilegiada, que estaba seguro y que podía probarlo. Pero también dijo algo más.

Isabel dejó la copa de jerez. Era obvio hacia dónde se dirigía esa revelación y se sentía incómoda.

—Dijo que le preocupaba que la gente que trabajaba con él se enterara de que lo había descubierto. Le trataban de forma extraña, como si sospecharan de él y le habían soltado un extraño discurso sobre la confidencialidad, que había interpretado como una velada amenaza.

Miró a Isabel y ésta vio algo en sus ojos. ¿Qué estaba insinuando? ¿Era una petición de ayuda? ¿Era la expresión de una angustia personal, de una tristeza que no era capaz de expresar en palabras?

—¿Eso fue todo? ¿Le dijo quién le había dado esa charla, esa amenaza?

—No, no lo hizo —contestó Neil meneando la cabeza—. Me dijo que no podía contarme mucho al respecto, pero se notaba que estaba asustado.

Isabel se levantó de la silla y atravesó la habitación para cerrar las cortinas. Al hacerlo, el movimiento de la tela produjo un suave sonido, como el romper de una ola en la playa. Neil la observaba desde donde estaba. Después, volvió a sentarse.

—No sé qué quiere que haga. ¿Ha pensado en acudir a la policía?

Aquella pregunta pareció ponerlo de nuevo en tensión.

—No puedo hacerlo. Ya he hablado con ellos en varias ocasiones, pero no les dije nada de todo esto. Les conté lo mismo que a usted la primera vez que nos vimos. Ir allí otra

119

vez sería muy extraño, como si estuviera confesando que les había mentido.

—Y eso no les gustaría —reflexionó Isabel—. Podrían pensar que oculta algo, ¿no le parece?

Neil la miró. Volvía a tener una extraña expresión en los ojos.

—No tengo nada que ocultar.

—Por supuesto —aseguró Isabel rápidamente, a pesar de que sabía que no era verdad, que encubría algo—. Lo que pasa es que cuando uno no dice la verdad, la gente empieza a pensar que tiene motivos para hacerlo.

—No los hay —aseguró Neil levantando ligeramente la voz—. No les conté nada de todo esto porque no sabía gran cosa. Pensé que no tenía nada que ver con... con lo que pasó. No quería pasar horas y horas en comisaría, sólo deseaba que acabara todo pronto. Creí que sería más sencillo mantener la boca cerrada.

—A veces lo es y a veces no —replicó Isabel mirándolo y Neil bajó los ojos. En ese momento sintió lástima de él. Era un joven normal y corriente, no muy sensible ni particularmente despierto. Y sin embargo había perdido a un amigo, alguien a quien quería y debía sentirlo mucho más que ella, que sólo había presenciado el accidente.

Lo observó detenidamente. Parecía vulnerable y había algo en él que hizo que pensara en otra cosa, en otra posibilidad. Quizá su relación con Mark tenía una dimensión que no había captado en un primer momento. Incluso era posible que fueran amantes. No es tan raro, reflexionó, que la gente se relacione con ambos sexos y, a pesar de que lo había visto en la habitación de Hen, eso no quería decir que anteriormente no hubiera habido diferentes combinaciones en aquella casa. Aquello explicaría su crispación: podría no haberse sentido capaz de hablar libremente de un tema como ése, incluso aunque la actitud de la sociedad hubiera cambiado en ese sentido.

120

A un joven que trabajaba en una remilgada firma de abogados, quizás inseguro de su verdadera orientación sexual, podrían parecerle extrañas e inoportunas aquellas preguntas. Y, si ése era el caso, ella lo comprendería. Pobre Neil, que no podía hablar con nadie sobre la verdadera naturaleza de su pérdida y estaba obligado a fingir. Podría consolarlo, podría decirle: «Mire, eso no importa lo más mínimo. Le amaba, eso es lo único que importa». Pero no podía hacer eso, porque podría no ser verdad. De hecho, probablemente no lo era.

—Le echa de menos, ¿verdad? —le preguntó en voz baja, estudiando el efecto de sus palabras.

Neil apartó la vista, como si quisiera mirar uno de los cuadros de la pared. Durante un momento no dijo nada y después contestó:

—Le echo mucho de menos. Le echo de menos todos los días. Pienso en él a todas horas, a todas.

Había contestado su pregunta; había despejado sus dudas.

—No intente olvidarlo. A veces, la gente lo recomienda. Dicen que deberíamos olvidar a aquellos que perdemos, pero no debemos hacerlo.

Neil asintió y la miró brevemente antes de volver a retirar la vista, con pena, pensó Isabel.

—Me alegro mucho de que haya venido —le agradeció—. No es fácil confesar que se le ha ocultado algo a alguien. Gracias, Neil.

No lo dijo con el propósito de que entendiera aquello como una indicación para que se fuera, pero así lo interpretó. Se levantó y alargó la mano para estrechar la de ella. Isabel se quedó de pie, aceptó la mano que le ofrecía y se fijó en que temblaba.

Cuando Neil se fue, se sentó en el salón con la copa de jerez vacía al lado, reflexionando sobre lo que le había contado su visita. El inesperado encuentro la había desconcertado en muchos sentidos. Neil estaba más afectado de lo que creía por lo que le había pasado a Mark y era incapaz de aclarar sus sentimientos. Ella no podía hacer nada al respecto porque evidentemente él no estaba dispuesto a hablar de lo que le preocupaba. Se recuperaría, por supuesto, pero sólo el tiempo podría arreglar su situación. Mucho más perturbadoras habían sido sus revelaciones sobre el tráfico de información privilegiada en McDowell's. Sintió que no podía hacer caso omiso de algo así ahora que estaba al corriente y —a pesar de que, tanto si aquella firma estaba implicada en esa forma concreta de fraude (¿o era codicia?) como si no, aquello no tenía nada que ver con ella directamente— si tenía alguna relación con la muerte de Mark, le atañía. «Alguna relación con la muerte de Mark.» ¿Qué significaba aquello exactamente? ¿Quería decir que lo habían asesinado? Era la primera vez que se permitía considerar aquella posibilidad tan claramente. Pero la pregunta ya no podía eludirse.

¿Habían matado a Mark porque había amenazado con revelar una información perjudicial para alguien de la empresa? Incluso planteárselo parecía monstruoso. Se trataba de la comunidad financiera escocesa, de su reputación de honradez e integridad. Esa gente jugaba al golf, solía ir al New Club, eran ancianos —algunos de ellos— de la Iglesia de Escocia. Se acordó de Paul Hogg. Era la típica persona que trabajaba en sitios como ése. Era absolutamente honrado, convencional confeso, una persona a la que se conoce en exposiciones privadas de galerías y a la que le gustaba Elizabeth Blackadder. Esa gente no se involucra en el tipo de prácticas que se asocian con algunos bancos italianos o incluso con el sector de la City de Londres que no sigue las pautas establecidas. Y no cometían asesinatos.

Pero, supongamos por un momento que cualquiera, incluso una persona absolutamente honrada, es capaz de ac-

tuar con codicia y alterar las normas de la comunidad financiera en su propio beneficio (al fin y al cabo, no era un robo
de lo que se estaba hablando, sino de un simple abuso de información). ¿No podría esa persona, si corriera el riesgo de
ser descubierto, recurrir a procedimientos desesperados para proteger su reputación? En ambientes menos recrimina-
torios seguramente es mucho menos terrible que alguien te
acuse de timador porque en ellos hay otros timadores y porque lo más probable es que casi todo el mundo haya estado
implicado en algún tipo de fraude en algún momento de su
vida. En el sur de Italia hay zonas —en Nápoles por ejemplo,
según había leído— en las que estafar es lo normal y ser
honrado supone mostrar una conducta desviada. Pero allí,
en Edimburgo, la posibilidad de ir a la cárcel era impensable.
Entonces, cuánto más atractivo sería tomar medidas para
evitarla, incluso si éstas implicaban quitar de en medio a un
joven que se había acercado demasiado a la verdad.

Miró el teléfono. Sabía que sólo tenía que llamar a Hugo
y éste iría a su casa. Se lo había dicho en una ocasión, en más
de una: «Puedes llamarme a cualquier hora, no importa. Me
encanta venir aquí. De verdad».

Se levantó de la silla y se acercó a la mesa del teléfono.
Hugo vivía en Stockbridge, en Saxe-Coburg Street, en un
piso que compartía con otras tres personas. Había ido a
verlo en una ocasión, cuando todavía estaba con Cat, y había preparado la comida él. Era un piso laberíntico, con altos techos y suelo de terrazo en el vestíbulo y en la cocina.
Hugo era el propietario; sus padres se lo habían comprado
cuando era estudiante y sus compañeros de piso eran sus
inquilinos. Como propietario se había asignado dos habitaciones: un dormitorio y una habitación para la música, en
la que daba sus clases. Hugo, que era titulado superior por
el Conservatorio, se ganaba la vida dando clase de fagot.
No le faltaban alumnos y complementaba sus ingresos to-

123

cando en un grupo de cámara y como ocasional instrumentista de fagot para la Scottish Opera. Era, pensó, una existencia ideal en la que Cat encajaría cómodamente. Pero su sobrina no lo había visto así, por supuesto, e Isabel se temía que nunca lo haría.

Hugo estaba dando una clase cuando Isabel telefoneó y prometió que la llamaría en media hora. Mientras esperaba, se preparó un sándwich en la cocina; no se sentía con ganas de hacerse una comida caliente. Después, cuando lo acabó, volvió al salón y esperó a que sonara el teléfono.

Sí, tenía tiempo. Su último alumno, un chico de quince años con mucho talento al que preparaba para un examen, había interpretado de maravilla. Una vez acabada la clase, dar un paseo atravesando el centro hasta casa de Isabel era lo que más le apetecía. Sí, estaría bien tomar una copa con ella y tal vez cantar un poco después.

—Lo siento —se disculpó Isabel—. Pero no me apetece mucho cantar. Quiero hablar contigo.

Hugo notó que estaba preocupada y cambió el plan de ir dando un paseo por un rápido viaje en autobús.

—¿Estás bien?

—Sí, pero necesito hablar contigo de algo. Te lo contaré cuando llegues.

El autobús, tan vilipendiado por Grace, llegó a tiempo. En veinte minutos estaba sentado con ella en la cocina, en la que Isabel había empezado a preparar una tortilla. Había sacado una botella de vino de la bodega y había servido un vaso para él y otro para ella. Después empezó a contarle todo lo referente a su visita al piso y su encuentro con Hen y Neil. Hugo la escuchó con semblante serio y cuando comenzó a narrarle la conversación que había tenido esa misma tarde con Neil se le abrieron los ojos de par en par.

—Isabel —dijo cuando ésta dejó de hablar—. Ya sabes lo que te voy a decir, ¿verdad?

—¿Que debería mantenerme al margen de los asuntos que no son de mi incumbencia?

—Exactamente. Pero ya sé por otras veces que nunca lo haces. Así que mejor no lo digo.

—Mejor.

—A pesar de que es lo que pienso.

—Me parece bien.

—Entonces, ¿qué hacemos? —preguntó Hugo haciendo una mueca.

—Por eso te he pedido que vinieras —dijo Isabel volviéndole a llenar la copa de vino—. Tenía que explicárselo todo a alguien.

Había estado hablando al mismo tiempo que preparaba la tortilla. Una vez acabada, la dejó deslizar en el plato que había estado calentando en un lado de la cocina.

—Setas de haya. Le dan un sabor distinto.

Hugo miró agradecido la espléndida tortilla y la ensalada que la rodeaba.

—Siempre me preparas comidas y yo nunca cocino para ti. Jamás.

—Eres un hombre —dijo Isabel con toda naturalidad—. No te entra en la cabeza.

En el momento en el que pronunciaba esas palabras se dio cuenta de que era un comentario poco amable e inoportuno. Podría habérselo dicho a Toby, y con razón, ya que dudaba mucho que cocinara nunca, pero no podía reprocharle nada a Hugo.

—Lo siento, lo he dicho sin pensar. No era mi intención.

Hugo había dejado el tenedor y el cuchillo al lado del plato y miraba la tortilla. Entonces, se echó a llorar.

125

12

—¡**D**ios mío!, Hugo, lo siento mucho. He dicho una barbaridad. No pensaba que…

Hugo meneó la cabeza enérgicamente. Apenas se le oía llorar, pero tenía lágrimas en los ojos.

—No —dijo mientras se enjugaba los ojos con un pañuelo—. No es por lo que has dicho. No tiene nada que ver.

Isabel suspiró aliviada. No le había ofendido, pero ¿qué podría haber provocado semejante arrebato emotivo?

Hugo cogió el tenedor y el cuchillo, y empezó a cortar la tortilla, pero volvió a dejarlos.

—Es la ensalada. Has puesto cebolla y tengo unos ojos muy sensibles. No puedo ni acercarme a ella.

—¡Gracias a Dios! —exclamó Isabel dejando escapar una carcajada—, creía que estabas llorando de verdad y que había dicho algo horrible. Pensaba que era por mi culpa. —Se inclinó hacia él y apartó el plato, tiró la ensalada y volvió a ponérselo delante—. Sólo la tortilla. Tal cual. Nada más.

—Estupendo. Lo siento. Creo que debe de ser algo genético. A mi madre le pasaba lo mismo y a una prima suya también. Somos alérgicos a la cebolla cruda.

—Por un momento había pensado que tenía que ver con Cat… y con cuando nos hacías la cena en Saxe-Coburg Place.

Hugo, que había estado sonriendo, cambió su sonrisa por una expresión meditabunda.

—Ya me acuerdo.

Isabel no tenía intención de mencionar a Cat, pero una vez hecho, supo cuál sería la próxima pregunta de Hugo. Siempre se la hacía, cada vez que se veían.

—¿Qué hace? ¿Cómo le va?

Isabel buscó una copa y se sirvió un poco de vino. No tenía pensado beber nada después del jerez que había tomado con Neil, pero en la intimidad de la cocina y con el intenso olor a setas atacando su olfato cambió de opinión; *akrasia* de nuevo, pensó, debilidad de la voluntad. Sentada al lado de Hugo, con una copa de vino, se sentiría segura. Sabía que aquello la haría sentir mejor.

—Cat está con lo de siempre, muy liada en la tienda. Le va muy bien. —Su voz se fue apagando débilmente. Había sido una respuesta muy manida, pero ¿qué más podía decir? Hacer ese tipo de pregunta equivale a decir: «¿Qué tal estás?», cuando te encuentras a un amigo. Sólo se espera una respuesta, una anodina aseveración de que todo va bien, más tarde pormenorizada, quizá, con algún comentario sobre la situación real, si ésta es muy diferente. Primero estoicismo y después la verdad, podría ser la forma de expresarlo.

—¿Y el hombre con el que sale? —preguntó suavemente—. Toby. ¿Qué me dices de él? ¿Lo trae por aquí?

—Lo vi hace poco, pero no aquí.

Hugo cogió su copa. Fruncía el entrecejo, como si estuviera haciendo un esfuerzo para encontrar las palabras adecuadas.

—¿Dónde?

—En el centro —respondió Isabel rápidamente con la esperanza de poner fin a sus preguntas, pero no fue así.

—¿Estaba... con Cat? ¿Estaba con ella?

—No. Estaba solo —respondió a la vez que pensaba—. Esto es, en un primer momento lo estaba.

—¿Qué hacía?

—Pareces muy interesado en él —contestó Isabel sonriendo—. Y me temo que no vale la pena —aseguró, con la esperanza de que aquel comentario le dejara claro de qué parte estaba y poder seguir la conversación, pero tuvo el efecto contrario. Hugo pareció interpretarlo como si le hubiera preparado el terreno para seguir hablando de él.

—Entonces, ¿qué hacía?

—Paseaba por la calle. Eso es todo. Pasear... con esos pantalones de pana de color fresa espachurrada que le gusta llevar. —La última parte de su respuesta había sido innecesaria; había sido sarcástica e Isabel lamentó inmediatamente haberla formulado. Aquella noche había dicho dos cosas desagradables. Primero la observación gratuita de que los hombres no cocinan y la segunda el comentario improcedente sobre los pantalones de Toby. Era muy fácil, extremadamente fácil convertirse en una solterona de mediana edad y lengua afilada. Tendría que cuidarse de que no volviera a ocurrir, así que añadió—: La verdad es que no están tan mal esos pantalones. Me imagino que a Cat le gustan. Debe de...

Volvió a quedarse callada. Había estado a punto de decir que a Cat le parecían atractivos, pero habría demostrado una gran falta de tacto. Aquello habría implicado, ¿no era así?, que Hugo y sus pantalones no estaban a la altura. Se permitió lanzar una furtiva mirada a los que llevaba. Era la primera vez que se fijaba, en gran parte debido a que su interés por él no radicaba en ellos, sino en su cara y en su voz. De hecho, en toda su persona y, sin duda, ésa era la diferencia entre Toby y Hugo. Toby no podía caer bien a nadie a menos que uno fuera el mismo tipo de persona que él; sólo su físico podía resultar atractivo. «Sí —pensó—, eso es.» Toby es un objeto sexual embutido en unos pantalones de pana de color fresa espachurrada, no es otra cosa. Por el contrario, Hugo es..., bueno, simplemente es guapo, con esos pómulos pronunciados y una piel y una voz que a todas luces serían capaz de derretir cualquier corazón. Se preguntó cómo serían como amantes. Toby debía de ser todo energía, mientras que Hugo sería suave, delicado y acariciador; como una mujer en realidad. Lo que quizá sería un problema, pero no uno sobre el que, siendo realistas, ella pudiera hacer gran cosa. Durante unos segundos, unos intolerables segundos, pensó: «Podría enseñarle». Después abandonó ese pensamiento. Ese tipo de reflexiones era tan inaceptable como imaginar a la gente aplastada por avalanchas. Avalanchas. El estruendo. La repentina confusión de la fresa espachurrada. La gigantesca ola de nieve y, tras ella, el silencio preternatural.

—¿Hablaste con él?

—¿Con quién? —preguntó Isabel saliendo de su ensimismamiento.

—Con… Toby —dijo. Reunir el valor suficiente para pronunciar su nombre le costaba un esfuerzo evidente.

—No, sólo lo vi —aseguró Isabel meneando la cabeza. Algo que, por supuesto, sólo era una verdad a medias. Existe una diferencia entre mentir y decir medias verdades, pero es muy sutil. Isabel había escrito un artículo corto sobre el tema tras la publicación de *Mentiras*, la monografía filosófica de Sisella Bok. En él abogaba por una interpretación más amplia que imponía el deber de responder con sinceridad a las preguntas y no ocultar hechos que pudieran aportar un matiz distinto, pero después de meditarlo había reconsiderado su postura. A pesar de que seguía creyendo que hay que ser sincero al contestar una pregunta, ese deber sólo se presenta cuando existe una obligación, basada en una expectativa razonable, de revelarlo todo. No se está obligado a contestar una pregunta superficial que formula alguien que no tiene derecho a esa información.

—Te has puesto colorada —dijo Hugo—. Me estás ocultando algo.

Así pues, no había nada que hacer. Todo el edificio del debate filosófico sobre los sutiles matices de la sinceridad acaba minado en sus cimientos por un sencillo proceso biológico: «Si dices una mentirijilla, te ruborizas». Sonaba mucho menos digno que cuando lo vio escrito en las páginas de Sisella Bok, pero era la pura verdad. Todas las grandes cuestiones podían reducirse a las cosas sencillas de la vida cotidiana y a sus trilladas metáforas, el axioma por el que se rige la gente. El sistema económico internacional y sus subyacentes asunciones: «el que se lo encuentra se lo queda». La incertidumbre de la vida: «pisa una grieta y los osos te encontrarán» (algo en lo que tan vivamente creía, cuando de niña, caminando por Morningside Road con Fersie McPherson, su niñera, evitaba las junturas de las baldosas por el peligro ursino).

—Si me he ruborizado, ha sido porque no te he contado toda la verdad, y te pido disculpas. No te he dicho lo que hice porque me da vergüenza y por… —Dudó. Tenía otro motivo para no revelarle lo que había ocurrido, pero una vez comenzada aquella confesión, tendría que contárselo todo. Si no lo hiciera, lo notaría y no quería que pensara que no confiaba en él. ¿Confiaba en él? Sí, lo hacía. Por supuesto que sí. Un joven como él, con el pelo cortado a cepillo y esa voz sólo podía ser digno de confianza. En los Hugos se puede confiar, en los Tobys no.

Hugo la miraba fijamente e Isabel continuó:

—… porque hay algo que no quería que supieras. No porque no confíe en ti, que lo hago, sino porque creo que no tiene nada que ver con nosotros. He presenciado un incidente en el que no podemos hacer nada. Así que no había motivo para que te lo dijera.

—¿De qué se trata? Ahora has de decírmelo, no puedes dejarme así.

Isabel asintió. Tenía razón. No podía dejar las cosas así.

—Cuando vi a Toby en el centro —comenzó a decir—, bajaba por Dundas Street. Yo iba en el autobús, me fijé en él y decidí seguirlo. No me preguntes por qué, porque no sé si podría darte una explicación satisfactoria. A veces se hacen cosas, ridículas, que uno no sabe bien cómo explicar. Así que comencé a andar detrás de él. Bajó por Northumberland Street. Llevaba una bolsa de compras que iba balanceando. Parecía despreocupado. Después, cuando llegamos a Nelson Street, cruzó y llamó al timbre de una casa; la puerta se abrió. Yo lo estaba vigilando. Salió una chica y él la abrazó, apasionadamente a mi entender; después la puerta se cerró. Eso es todo.

Hugo la miró. Por un momento no dijo nada; después, lentamente, levantó su copa y tomo un sorbo de vino. Isabel se fijó en sus delicadas manos y, durante un instante, en la luz de la copa que reflejaba sus ojos.

—Es su hermana —dijo tranquilamente—. Tiene una hermana que vive allí. De hecho, la conozco. Es amiga de un amigo.

Isabel se quedó inmóvil. No esperaba algo así.

—¡Oh! —exclamó, y después—: ¡Ah!

131

13

—Sí —le aseguró Hugo—. Toby tiene una hermana que vive en Nelson Street. Trabaja en la misma sociedad inmobiliaria que mi amigo. Los dos hacen valoraciones, no de las que se hacen con teodolitos, sino de las que establecen los precios. —Se echó a reír—. Y tú creías que el resultado de tus pesquisas como sabueso era que habías descubierto que Toby es infiel. ¡Ja! Ojalá lo hubieras hecho, pero me temo que no es así. Eso te enseñará a no seguir a la gente.

Isabel recuperó la suficiente compostura como para reírse de sí misma.

—Me escondí detrás de una furgoneta que estaba aparcada. Tendrías que haberme visto.

—Debió de ser emocionante —comentó Hugo sonriendo—. Lástima de final, pero ya ves.

—Bueno. De todas formas, me lo pasé bien. Y me ha enseñado una lección sobre lo que sucede cuando se tiene una mente retorcida y desconfiada.

—Que no tienes. No eres desconfiada. Eres honrada hasta la médula.

—Eres muy amable. Pero tengo muchos defectos, como todo el mundo. Montones.

—Su hermana es muy maja —aseguró Hugo mientras volvía a levantar la copa—. La conocí en una fiesta que Roderick, mi amigo tasador, dio hace unos meses. No era el tipo de gente con la que me suelo relacionar normalmente, pero me lo pasé bien. Y pensé que era muy agradable, muy atractiva. Alta, de pelo rubio, tipo de modelo...

Isabel no dijo nada. Después cerró los ojos y se vio a sí misma en la esquina de Nelson Street, medio escondida por la furgoneta, observando a Toby mientras se abría la puerta. La imagen era muy nítida ya que siempre había sido capaz de recordar los detalles visuales con gran precisión. La estaba viendo con claridad. La puerta se abría y la chica aparecía. No era alta, ya que Toby tuvo que inclinarse un poco para abrazarla, y no tenía el pelo rubio. El suyo, sin lugar a dudas, era oscuro. Negro o castaño, pero no rubio.

—No era su hermana —aseguró abriendo los ojos—. Era otra persona.

Hugo se quedó callado. Isabel imaginó el conflicto que había desatado en su interior: disgusto o incluso enfado ante el hecho de que estaban engañando Cat y satisfacción porque tenía la oportunidad de desenmascarar a Toby. También estaría pensando que podría ocupar el lugar de Toby, algo que ella había pensado también. Pero ella, al menos, sabía que no sería tan sencillo; seguramente Hugo no pensaría de la misma forma. Él seguiría siendo optimista.

Decidió tomar la iniciativa.

—No puedes decírselo. Si vas y se lo cuentas, se enfadará contigo, incluso si te creyera, y no es seguro que lo haga. Le entrarán ganas de matar al mensajero. Lo lamentarás.

—Pero, tiene que saberlo —protestó Hugo—. Es... intolerable que tenga una aventura con otra persona. Ha de enterarse, se lo debemos.

—Hay cosas que uno mismo ha de descubrir. Tienes que dejar que la gente cometa equivocaciones.

—Bueno, pues yo, por mi parte, no apruebo una cosa así —replicó Hugo—. Es muy sencillo: es un canalla. Nosotros lo sabemos y ella no. Tenemos que decírselo.

—Pero la cuestión es que si lo hacemos, sólo conseguiremos enfadarla. ¿No te das cuenta? Incluso si descubre que lo que decimos es verdad, seguirá enfadada con nosotros por decírselo. No quiero que te rechace, pero si se lo cuentas, lo hará.

Hugo pensó en lo que acababa de escuchar. Isabel quería que volviera con Cat. No lo había reconocido nunca, pero en ese momento lo había hecho abiertamente. Tal como había deseado que hiciera.

—Gracias. Entiendo lo que quieres decir. Pero ¿por qué crees que la está engañando? Si le gusta la otra chica (seguramente será la compañera de piso de su hermana), ¿por qué no sale con ella sin más? ¿Por qué usa a Cat de esa forma?

—¿No lo ves?

—Pues no, no lo hago. Puede que simplemente no lo entienda.

—Cat es rica. Tiene un negocio y unas cuantas cosas más: de hecho, mucho más, no sé si lo sabías. Si fueras alguien interesado en el dinero, y Toby lo es, me imagino que no te importaría tener acceso a parte de él.

—¿Busca su dinero? —preguntó Hugo genuinamente asombrado.

—He conocido a unos cuantos casos como el suyo —aseguró Isabel asintiendo con la cabeza—. Sé de gente que se ha casado por dinero y que después cree que puede tener una aventura cuando quiera. Consiguen la seguridad que les da el dinero y tienen un lío a espaldas de su mujer o marido. Es algo que sucede con frecuencia. Piensa en todas esas jóvenes que se casan con hombres mayores ricos. ¿Crees que se comportan como monjas?

—Supongo que no.

—Ahí lo tienes. Por supuesto, sólo es una de las posibles explicaciones. La otra es que simplemente quiera ligar. Es posible que le guste Cat, pero que le atraigan otras mujeres también. Es perfectamente posible.

Isabel volvió a llenar la copa de Hugo. Estaban acabando la botella rápidamente, pero la noche estaba siendo muy emotiva y el vino ayudaba. Si era necesario, en la nevera había otra que podían abrir más tarde. «Mientras me controle», pensó Isabel. Mientras consiga no perder la cabeza como para decirle que estoy enamorada de él y que nada deseo más que besar esa frente y pasar mis dedos por ese pelo cortado a cepillo y apretarlo contra mí. Unos placeres con los que sólo puedo soñar y que siento fuera de mi alcance, pues para mí es ya muy tarde; he perdido mi oportunidad y tengo el resto de la vida para pensar en lo que he dejado escapar y en lo que podría haber sido.

A la mañana siguiente, Grace, que llegó temprano, se dijo: «Dos copas y una botella vacía». Fue hasta el frigorífico y vio otra botella por la mitad, con el corcho puesto, y añadió: «y media». Abrió el lavavajillas y vio el plato de la tortilla, el tenedor y el cuchillo. No es que ninguna de esas cosas significara nada, por supuesto, pero se alegró de que ese hombre la hubiera visitado. Le caía bien y sabía lo que había pasado con Cat. También sospechaba lo que estaba tramando Isabel: que volvieran a estar juntos. Ya podía olvidarlo. La gente no suele volver sobre sus pasos de esa manera. Cuando dejas a alguien, sueles mantenerte alejado. Al menos, eso era lo que hacía ella. En raras ocasiones había recuperado a una persona una vez que había tomado la decisión de darla por perdida.

Preparó la cafetera. Isabel bajaría enseguida y le gustaba que el café estuviera esperándola cuando entraba en la cocina. *The Scotman* había llegado y ella lo había recogido en la entrada de delante, en el suelo de mosaico junto al buzón. Lo dejó en la mesa, con la primera página a la vista y le echó un vistazo mientras llenaba la cafetera de émbolo. Se había pedido la dimisión de un político de Glasgow sospechoso de fraude. «No me extraña nada —pensó Grace—, nada en absoluto.» Debajo estaba la fotografía de alguien que no le caía bien a Isabel: el Petimetre, lo llamaba. Había sufrido un desmayo mientras cruzaba Princes Street desde The Mound y habían tenido que llevarlo a toda prisa a un hospital. Grace siguió leyendo, en un principio se pensó que había sido un ataque al corazón, pero no —y eso era realmente sorprendente—, tenía una gran raja en uno de los costados, que afortunadamente habían intervenido con una rápida y eficaz sutura. Se había recuperado completamente, pero después habían hecho público el diagnóstico: había explotado de prepotencia.

Grace dejó la cucharilla del café. No podía ser. Era imposible. Cogió el periódico para examinarlo con mayor detenimiento y vio la fecha. Uno de abril.* Sonrió. Era un chiste, muy divertido y muy acertado.

---

* Uno de abril, día de los inocentes en la cultura anglosajona. *(N. del T.)*

14

*A*pesar de que él había bebido tres copas de vino e Isabel estaba acabando su segunda, al principio Hugo se mostró poco convencido por la propuesta de Isabel, pero finalmente ésta le convenció adulándolo, sugiriéndole que al menos debían intentarlo.

¿Hacer qué? Ir a ver a Paul Hogg, por supuesto, como primer paso para averiguar qué era lo que había descubierto Mark Fraser y sobre quién. Sentados a la mesa de la cocina, una vez hubo acabado la tortilla de setas de haya, Hugo había escuchado atentamente mientras Isabel le contaba la conversación que había mantenido con Neil y le decía que no podía quedarse de brazos cruzados. Quería seguir adelante con aquel asunto, pero sola. Era más seguro, le dijo, que lo hagan dos personas, aunque no le dio más detalles sobre la naturaleza del peligro, si lo había.

—Si insistes —aceptó Hugo finalmente—. Si realmente quieres hacerlo, estoy dispuesto a ir contigo. Pero sólo porque no quiero que te hagas cargo de esto tú sola, no porque crea que es una buena idea.

Más tarde, mientras Isabel despedía a Hugo, quedaron en que le llamaría para ponerse de acuerdo en cómo iban a actuar con Paul Hogg. Al menos, ella lo conocía, lo que les permitiría ir a verlo. Pero cómo lo iban a hacer y con qué pretexto seguía sin estar claro.

Apenas había salido Hugo de la casa, le vino un pensa-

miento a la mente, lo que hizo que casi saliera apresurada-
mente detrás de él para contárselo, aunque finalmente de-
sistió. No era excesivamente tarde y había varios vecinos
que a esa hora paseaban a sus perros. No quería que la vieran corriendo detrás de chicos jóvenes, al menos en la calle
(aunque en un contexto metafórico sería igual de malo).
Una situación en la que a nadie le gustaría que le vieran,
más o menos como había explicado Dorothy Parker cuando
dijo que no le gustaría que la sorprendieran, atascada por las
caderas, mientras intentaba entrar por la ventana de una casa ajena. Sonrió al acordarse. ¿Por qué le parecía tan divertido? Era difícil de explicar. Puede que fuera por el hecho de
que una persona que jamás intentaría entrar por una ventana expresaba una opinión sobre la posibilidad de hacerlo. Pero ¿por qué era gracioso aquello? Quizá no hubiera explicación, al igual que no la hay para encontrar divertido el
comentario que había oído en una conferencia de Domenica
Legge, una gran autoridad en historia anglonormanda. La
catedrática Legge había dicho: «Debemos recordar que los
nobles de aquella época no se sonaban las narices como lo
hacemos nosotros, no tenían pañuelos». Aquella afirmación
había sido recibida con grandes carcajadas y todavía le parecía extremadamente cómico. Pero, en realidad, no lo era. Sin
duda, no tener pañuelos era un asunto muy serio; frívolo,
ciertamente, pero sin embargo, serio. (¿Qué hacían los nobles entonces? Aparentemente, la respuesta era: «paja». Qué
horror. ¡Los arañazos que se harían! Y si los nobles se veían
obligados a utilizarla, ¿qué usaban los que estaban por debajo de ellos en la escala social? La respuesta era, por supuesto, muy gráfica: se sonaban las narices con los dedos, como
todavía hace mucha gente. Ella misma lo había presenciado
en dos o tres ocasiones, aunque no en Edimburgo, por supuesto.)

No era en pañuelos, o en la falta de ellos, en lo que pensó, sino en Isabel Blackadder. Paul Hogg se había quedado con el cuadro que ella quería. La exposición en la que lo había comprado duraba pocos días y las personas que hubieran adquirido alguna obra habrían ido ya a recogerlas. Eso significaba que si alguien quería ver el cuadro tendría que hacerlo en casa de Paul Hogg, en Great King Street. Ella podría ser ese alguien. Podía llamarlo y pedirle que le dejara verlo otra vez, ya que estaba pensando en pedirle a aquella pintora, que seguía teniendo su estudio en Grange, que le pintara algo parecido. Parecía razonable. Un artista puede no querer hacer una mera copia de una obra existente, pero podría estar dispuesto a hacer otra similar.

«Una mentira», pensó, pero que sólo lo era en esa fase del plan; las mentiras pueden convertirse en verdades. Había pensado comprar un blackadder y no había razón por la que no pudiera encargarlo. De hecho, era exactamente lo que haría, lo que significaba que podía ver a Paul Hogg con la conciencia muy tranquila. Ni siquiera Sisella Bok, la autora de *Mentiras*, podría objetar. Después, tras haber estudiado el cuadro, que orgullosamente tendría expuesto en la pared, plantearía con suma delicadeza la posibilidad de que Mark Fraser podría haberse enterado de algo extraño mientras trabajaba en McDowell's. ¿Tenía él idea de qué podría ser? Si no lo sabía, entonces podría ser más específica y, si sentía algún cariño por aquel joven —y, a juzgar por su emotiva reacción ante lo que le había contado en el Vincent Bar, le profesaba un gran afecto—, preguntarle si estaría dispuesto a hacer alguna averiguación para probar o refutar la preocupante hipótesis hacia la que todo parecía indicar. Era algo que debía plantear con suma delicadeza, pero que podía hacerse. Seguro que aceptaría. Durante todo ese tiempo, para que se sintiese más segura, Hugo estaría sentado a su lado en el sofá de cretona de Paul Hogg. «Creemos —diría—. Nos preguntábamos.» Sonaba mucho más razonable que si lo expresaba en singular.

139

A la mañana siguiente llamó a Hugo lo más temprano que permite la decencia: a las nueve en punto. Isabel observaba una etiqueta con el teléfono: una llamada antes de las ocho era una emergencia; entre las ocho y las nueve, una intromisión; a partir de esa hora podían hacerse llamadas hasta las diez de la noche, aunque las realizadas a partir de las nueve y media requerían una disculpa por la molestia. Después de las diez se entraba de nuevo en horas de emergencia. Al contestar el teléfono, se debía, si era posible, decir el nombre, pero solamente después de dar los buenos días, buenas tardes o buenas noches. Ninguna de esas convenciones, reconocía, eran muy respetadas por nadie ni, tomó nota, por el propio Hugo, que contestó su llamada aquella mañana con un brusco «¿sí?».

—No estás muy cordial —le reprendió Isabel—. ¿Cómo voy a saber quién eres? Un sí no es suficiente. ¿Y si hubieras estado demasiado ocupado como para contestar la llamada?, ¿habrías dicho «no»?

—¿Isabel?

—Si me hubieras dicho quién eres no tendría que explicarle quién soy yo. Tu última pregunta habría sido inútil.

—¿Cuánto va a durar esto? —la cortó Hugo echándose a reír—. Porque tengo que coger un tren a Glasgow a las diez. Vamos a ensayar *Parsifal*.

—Pobre. Pobres cantantes. Vaya prueba de resistencia.

—Sí —reconoció Hugo—. Wagner me da dolor de cabeza. Lo siento, pero tengo que acabar de arreglarme.

Isabel le explicó su idea rápidamente y después esperó su reacción.

—Si insistes. Supongo que es factible. Si te empeñas, iré contigo.

«Podía haber sido más complaciente —pensó Isabel después de colgar—, pero, al menos, ha aceptado.» Ahora tenía que llamar a Paul Hogg a McDowell's y preguntarle si le parecía bien que le hiciera una visita y cuándo. Estaba segura de que aceptaría su sugerencia encantado. Se habían caído bien y, aparte del momento en el que sin querer había despertado en él un doloroso recuerdo, la tarde que habían pasado juntos había sido muy agradable. Le había propuesto, ¿no era cierto?, que conociera a su novia, cuyo nombre había olvidado, pero a la que, de momento, podía referirse simplemente como «prometida».

Le telefoneó a las diez cuarenta y cinco, una hora en la que supuso habría más posibilidades de que cualquiera que trabajara en una oficina estuviera haciendo una pausa para el café y era lo que estaba haciendo cuando le preguntó.

—Sí, estoy en mi escritorio con el *Financial Times*. Debería estar leyéndolo, pero no consigo hacerlo. Estoy mirando por la ventana y tomando un café.

—Pero estoy segura de que está a punto de tomar decisiones importantes. Y una de ellas podría ser si me permite volver a ver su blackadder. Quiero pedirle que me pinte un cuadro y he pensado que volver a ver el suyo me sería de gran ayuda.

—Pues claro. Todo el mundo puede verlo, todavía está en la galería. Lo tienen expuesto una semana más.

Isabel se quedó momentáneamente desconcertada. Debería haber llamado a la galería para preguntar si la exposición seguía abierta y, en caso afirmativo, haber esperado hasta que recogieran aquella obra.

—En todo caso, será muy agradable volver a verla —continuó amablemente Paul Hogg—. Tengo otro blackadder que a lo mejor le gustaría ver.

Concertaron una cita. Isabel iría al día siguiente por la tarde, a las seis, para tomar una copa. A Paul Hogg no le importaba en absoluto que acudiera con otra persona, un joven muy interesado en arte y al que le gustaría que conociera. Por supuesto, le parecía bien, y muy grato.

Ha sido fácil, pensó Isabel. Tratar con gente educada como Paul Hogg resulta realmente sencillo. Saben cómo inter-
cambiar ese tipo de gentilezas que consiguen suavizar esta
vida; en eso consisten los buenos modales, en evitar las fric-
ciones entre las personas y eso se logra estableciendo las
pautas de un encuentro. Si las dos partes saben lo que el otro
debe hacer, el conflicto es poco probable. Funciona a todos
los niveles, desde la más insignificante transacción entre dos
personas a las relaciones entre países. El derecho internacional, después de todo, es simplemente un código de buenas
maneras, a lo grande.

Hugo era una persona educada, al igual que Paul Hogg.
El mecánico de Isabel, propietario de un pequeño taller en
un callejón y al que llevaba a arreglar un coche que en raras
ocasiones utilizaba, tenía buenos modales. Por el contrario,
Toby era un maleducado, y no sólo en la superficie, donde él
equivocadamente pensaba que era donde importaba, sino en
su interior, en su actitud hacia los demás. La buena educación depende de la atención que se presta a otras personas;
requiere que uno los trate con absoluta seriedad moral para
poder entender sus sentimientos y sus necesidades. Algunas
personas, los egoístas, tienen tendencia a no hacerlo y eso se
nota. Se muestran impacientes con la gente que no cuenta
para ellos: los ancianos, los que tienen dificultades para ex-
presarse, los desfavorecidos. Por el contrario, una persona
educada siempre los escucha y los trata con respeto.

Qué absolutamente miopes hemos sido al prestar atención a aquellos que piensan que la educación es una muestra
de afectación burguesa, algo irrelevante que no se debe seguir valorando. Esa idea condujo a un desastre moral porque
la cortesía es el componente básico de la sociedad civil. Constituía el método de transmitir el mensaje del respeto. Por
ello toda una generación perdió una pieza vital del puzle
moral y ahora nos encontramos con los resultados: una so-

142

ciedad en la que nadie ayuda a nadie, y donde nadie siente nada por los demás; una sociedad en la que la agresividad verbal y la falta de sensibilidad son la norma.

Se obligó a parar. Era una línea de pensamiento que, a pesar de que evidentemente era correcta, la hacía sentirse vieja; como el anciano Catón cuando dijo: «*O tempora, o mores!*». Un hecho que, por sí mismo, demostraba el sutil y corrosivo poder del relativismo. Los relativistas habían logrado introducirse de tal manera bajo nuestra piel que habían conseguido que interiorizáramos sus postulados e Isabel Dalhousie, a pesar de su interés por la filosofía moral y de su aversión por la postura relativista, se sintió avergonzada por tener semejantes pensamientos.

Debía evitar esas reflexiones sobre la imaginación moral y concentrarse en cosas de importancia más inmediata, como revisar la correspondencia de la mañana para la revista y averiguar por qué el pobre Mark Fraser cayó desde el gallinero. Pero sabía que jamás abandonaría esas cuestiones más profundas; era su destino, tenía que aceptarlo. Estaba sintonizada a una emisora diferente de la de la mayoría de la gente y el dial se había roto.

Llamó a Hugo, olvidándose de que estaría en el tren de camino a Glasgow y que, más o menos en ese momento, estaría entrando en Queen Street Station. Esperó a que el contestador automático terminara de hablar y después dejó un mensaje:

—Hugo, he llamado a Paul Hogg. Le ha parecido bien que pasemos a verlo mañana a las seis. Nos vemos media hora antes en el Vincent Bar. Y, Hugo, gracias por todo. Valoro enormemente tu ayuda. Muchas gracias.

143

15

*E*speraba a Hugo en el pub, un tanto inquieta. Era un local muy masculino, al menos a esa hora, y no estaba nada a gusto. Por supuesto, las mujeres pueden ir solas a esos sitios pero aún así, se sentía fuera de lugar. El camarero que le sirvió un *bitter lemon* con hielo le sonrió cordialmente e hizo un comentario sobre aquella maravillosa tarde. Acababan de adelantar los relojes y el sol no se ponía hasta después de las siete.

Isabel pensaba lo mismo, pero no se le ocurrió nada apropiado y tuvo que decir:

—Es por la primavera, supongo.

—Supongo —repitió el camarero—. Pero nunca se sabe.

Isabel volvió a su mesa. Nunca se sabe. Por supuesto que nunca se sabe. En esta vida puede ocurrir cualquier cosa. Ahí estaba ella, la editora de la *Revista de ética aplicada* a punto de ir en busca de… de un asesino, eso era. Y en esa tarea le iba a ayudar un apuesto joven del que estaba medio enamorada, aunque éste amaba a su sobrina, que a su vez estaba loca por otra persona que tenía una aventura con la compañera de piso de su hermana. No, ciertamente el camarero no lo sabía y si se lo hubiera dicho, difícilmente la habría creído.

Hugo llegó diez minutos tarde. Había estado practicando y había mirado el reloj un poco antes de las cinco y media.

—Pero has llegado y eso es lo importante —dijo Isabel antes de comprobar el suyo—. Tenemos veinte minutos. Creo que deberíamos repasar la forma en que he planeado abordar el tema.

Hugo la escuchaba y la miraba de vez en cuando por encima de su vaso de cerveza. Seguía intranquilo por aquella idea, pero tenía que admitir que todo estaba muy bien pensado. Le plantearía la cuestión con delicadeza, en especial teniendo en cuenta la aparente intensidad de los sentimientos de Paul Hogg por Mark Fraser. Le explicaría que no quería entrometerse y que la última cosa en la que estaba interesada era causar ningún tipo de molestia a McDowell's, pero que al menos debían, por respeto a Mark, y a Neil, que se lo había contado, profundizar un poco más en aquel asunto. Por supuesto, ella estaba convencida de que no había ocurrido nada extraño, pero si investigaban un poco, podrían olvidarse del caso con la conciencia tranquila.

—Un buen guión —comentó Hugo una vez que Isabel hubo acabado—. Cubre todos los ángulos.

—No creo que se ofenda por nada de esto.

—No, a menos que sea él.

—¿El qué?

—A menos que sea él el que lo hizo. Podría ser él la persona que trafica información privilegiada.

—¿Por qué piensas una cosa así?

—¿Por qué no? Es con quien Mark debió trabajar más estrechamente. Es el director de su sección o lo que sea. Si Mark sabía algo, sería sobre las cosas en las que él estuviera trabajando.

Isabel meditó aquellas palabras. Era posible, supuso, pero lo consideró poco probable. Había presenciado la genuina emoción que había mostrado durante su primer encuentro, cuando había mencionado el nombre de Mark. Se había mostrado desolado por lo que había ocurrido, aquello era obvio. No podía ser la persona que se había deshecho de Mark, lo que quería decir que no podía temer que lo descubrieran.

—¿Lo ves?

Hugo tuvo que aceptar su razonamiento, pero comentó que sería más prudente no tener ideas preconcebidas.

—Podríamos estar equivocados. Los asesinos se sienten culpables. A veces lloran la muerte de sus víctimas. Paul Hogg podría ser uno de ellos.

—Él no es así. No lo conoces. Nosotros estamos buscando a otra persona.

—Puede que sí y puede que no —dijo Hugo encogiéndose de hombros—. Al menos procura estar abierta a todas las posibilidades.

Paul Hogg vivía en el primer piso de una casa georgiana adosada, en Northumberland Street. Era una de las calles más bonitas del New Town y desde aquel extremo, el sur, había una vista, al menos en los pisos más altos, del estuario del Forth, de una franja de mar azul más allá de Leith y, pasado éste, de las colinas de Fife. Había más razones para elogiar ese primer piso, incluso si sólo tuviera vistas al otro lado de la calle. A esos pisos se les llamaba «casas salón», ya que habían sido los salones principales de los antiguos edificios, antes de que los dividieran. Por lo tanto, tenían paredes más altas y las ventanas iban desde el techo hasta el suelo en grandes extensiones de vidrio que inundaban de luz las habitaciones.

Subieron por la escalera comunal —un imponente despliegue de escalones de piedra, en la que flotaba un ligero olor a gato—, y encontraron la puerta que mostraba una placa cuadrada de latón con el nombre de Hogg. Isabel miró a Hugo, que le guiñó un ojo. Había cambiado su inicial escepticismo por un creciente interés en lo que estaban haciendo y en ese momento la que tenía dudas era ella.

Paul Hogg abrió la puerta rápidamente y recogió sus abrigos. Isabel le presentó a su amigo y se estrecharon la mano.

—Le he visto en algún sitio —comentó Paul Hogg—, pero no me acuerdo dónde.

—En Edimburgo —sugirió Hugo y los dos se echaron a reír.

Les hizo pasar al salón, una amplia y elegantemente amueblada habitación, dominada por una impresionante repisa de chimenea. Isabel se fijó en las invitaciones —al menos cuatro— que había sobre ella y cuando Paul Hogg salió de la habitación para traerles algo de beber, antes de sentarse, se acercó furtivamente y las leyó rápidamente. Aquello era lícito: las invitaciones expuestas son documentos públicos.

«Jueves 16, recepción en nuestra casa. Señor y señora Holmes» (a Isabel también la habían invitado). Después, «George Maxtone se complace en invitar a la señorita Minty Auchterlonie a la recepción que tendrá lugar en la galería Lothian el jueves 18 de mayo a las 6»; Minty: «Cóctel en el jardín (si el tiempo lo permite, probablemente no), viernes 21 de mayo a las 6. Peter y Jeremy». Finalmente, Paul y Minty: «Tenemos el placer de invitaros al banquete de bodas que tendrá lugar en Prestonville House el sábado 15 de mayo. Baile con música tradicional a las ocho. Esmoquin/Traje Escocés. Angus y Tatti».

Isabel sonrió, a pesar de que Hugo la miraba con cara de desaprobación, como si estuviera leyendo algo privado. Hugo se acercó a ella y miró de reojo las invitaciones.

—No deberías leer la correspondencia de otras personas —le susurró—. Es de mala educación.

—¡Bah! —contestó ésta entre dientes—. Están ahí para eso. Para que las lean. He visto invitaciones en la repisa de una chimenea con tres años de antigüedad. Invitaciones para la recepción en los jardines del palacio Hollyrodhouse, por ejemplo. Hacía años que se había celebrado, pero seguía a la vista.

Apartó a su amigo de allí y lo llevó delante de una gran acuarela de amapolas en un jardín.

—Esto es de ella. De Elizabeth Blackadder. Amapolas. Muros de jardín con gatos. Muy bien pintados, a pesar del tema.

«Ni tengo cuadros de amapolas ni me he quedado atascada al intentar entrar por la ventana de la casa de otra persona», pensó.

Allí fue donde Paul Hogg los encontró cuando volvió con dos copas en la mano.

—Ahí está —dijo alegremente—. Lo que han venido a ver.

—Es muy bueno —lo alabó Isabel—. Amapolas. Muy importantes para ella.

—Sí —aseguró Paul—. Me gustan esas flores. Es una pena que se rompan cuando las coges.

—Un inteligente mecanismo de defensa —arguyó Isabel mirando a Hugo—. Las rosas deberían caer en la cuenta. Evidentemente, las espinas no bastan. La belleza perfecta debería dejarse tal y como es.

—¡Oh! —exclamó Hugo devolviéndole la mirada, luego se quedó callado.

Paul Hogg se fijó en él y después clavó la vista en Isabel. Ésta, al darse cuenta, pensó: «Seguro que se está preguntando qué relación tenemos. Amante de una mujer mayor, sin duda, eso es lo que cree. Pero, aunque ése fuera el caso, ¿por qué se sorprendía? Es algo muy frecuente hoy en día».

Paul Hogg salió de la habitación un momento para traer

148

su copa e Isabel sonrió a Hugo llevándose a la vez un dedo a los labios en un rápido gesto de complicidad.

—Pero si todavía no he pronunciado una palabra —protestó Hugo—. Sólo he dicho «¡oh!».

—Más que suficiente. Un monosílabo muy elocuente.

—No sé por qué accedí a venir contigo —susurró meneando la cabeza—. Estás medio chiflada.

—Gracias, Hugo —dijo en voz baja—. Ahí viene nuestro anfitrión.

Paul volvió y brindaron a la salud de ellos mismos.

—Lo adquirí en una subasta hace un par de años con la primera paga extra de la empresa. Lo compré para celebrarlo.

—Bien hecho —lo elogió Isabel—. Siempre se oye que los corredores de bolsa y la gente del mundo de las finanzas hacen sus celebraciones con horribles comidas que les cuestan miles de libras en vino. Algo que no ocurre en Edimburgo, espero.

—Sin duda alguna —corroboró Hugo—. A lo mejor lo hacen en Nueva York y Londres, en sitios así.

Isabel se volvió hacia la chimenea. En la repisa había un gran cuadro con marco dorado, que reconoció inmediatamente.

—Ése es un peploe muy bueno. Fantástico.

—Sí —aseguró su dueño—. Es muy bonito. Creo que es la costa oeste de Mull.

—¿O de Iona? —preguntó Isabel.

—Puede ser —contestó Paul Hogg distraídamente—. Alguna de esas islas.

—¿Se enteró del caso de las falsificaciones de hace unos años? —preguntó acercándose unos pasos para examinar el cuadro—. ¿Lo ha comprobado?

—¿Las hubo? —preguntó sorprendido.

—Eso se decía —contestó Isabel—. Peploe, Cadell, unos

cuantos. Hubo un juicio que causó cierto revuelo. Conozco a una persona que tuvo una en sus manos (un cuadro muy bonito), pero poco más o menos lo habían pintado la semana anterior. Extremadamente bien, como suele hacer esa gente.

—Siempre se corre el riesgo, supongo —concluyó Paul Hogg encogiéndose de hombros.

—¿Cuándo lo pintó Peploe? —inquirió volviendo a mirar el cuadro.

—No tengo ni idea —contestó Paul Hogg con cara de no saberlo—. Cuando estuvo en Mull, quizá.

Isabel lo miró. Era una respuesta asombrosamente pobre, pero al menos encajaba con la impresión que rápidamente se estaba formando. Paul no sabía mucho de arte y, lo que era más, no estaba especialmente interesado en él. Si no, ¿cómo iba a tener un peploe como ése —y estaba segura de que era auténtico— y no saber lo más básico sobre el artista?

En la habitación había al menos otros diez cuadros, todos ellos interesantes, aunque no tan espectaculares como el peploe. Había un paisaje de Gillies, por ejemplo, un mctaggart muy pequeño y, en el fondo, un bellamy muy propio de él. Quienquiera que los hubiera reunido, o sabía mucho de arte escocés o se había topado con una colección ya hecha, tremendamente representativa.

Isabel fue de un cuadro a otro. Paul la había invitado a ver el blackadder, así que era perfectamente normal que curioseara, al menos, los cuadros.

—Éste es un cowie, ¿verdad? —preguntó.

—Eso creo —contestó Paul Hogg mirando hacia allí.

No lo era. Era un crosbie, como cualquiera habría sabido. Aquellas obras no pertenecían a Paul Hogg, lo que quería decir que eran propiedad de Minty Auchterlonie, que era, supuso, su prometida y cuyo nombre venía mencionado por separado en dos de las invitaciones. Y, casualmente, las dos eran de propietarios de galerías. George Maxtone era el dueño de la galería Lothian y el tipo de persona a la que uno acudiría si quería comprar alguna obra de un pintor escocés importante de principios del siglo XX. Peter Thom y Jeremy Lambert poseían una pequeña galería en un pueblecito a las afueras de Edimburgo, pero frecuentemente les encargaban que buscaran algún cuadro en particular. Poseían una extraordinaria habilidad para localizar a gente dispuesta a vender y que prefería hacerlo con la mayor discreción posible. Sin duda, dos operaciones que se llevaban a cabo gracias a una mezcla de amigos y clientes, o de personas que fueran ambas cosas.

—Minty… —comenzó a decir Isabel con la intención de preguntar a Paul Hogg acerca de su novia, pero éste la interrumpió.

—Mi prometida, sí. Llegará en cualquier momento. Ha estado trabajando hasta tarde, aunque no tanto como acostumbra. A veces no viene hasta las once o las doce.

—¡Ah! —exclamó Isabel—. Déjeme adivinar. Es… cirujano, ¿verdad? O cirujano o…, ¿bombero?

—Poco probable —repuso Paul Hogg echándose a reír—. Enciende más fuegos de los que apaga.

—¡Qué bonito que diga usted eso de su prometida! ¡Qué apasionado! Espero que digas lo mismo de la tuya, Hugo.

Paul Hogg lanzó una mirada a éste, que frunció el entrecejo, y después, como si recordara una obligación, cambió el ceño por una sonrisa.

—¡Ah!

—¿Qué hace entonces, para estar tan ocupada hasta tan tarde por la noche? —preguntó Isabel volviéndose hacia Paul Hogg.

Sabía la respuesta, pero aún así, había formulado la pregunta.

—Financiación empresarial —contestó. Isabel notó cierto tono de resignación, casi como un suspiro, y llegó a la conclusión de que ese tema le provocaba cierta tensión. Minty Auchterlonie, a la que iban a conocer en breve, no era una prometida pegada a su novio. No sería una tranquila ama de casa. Sería fuerte y dura. Era la que tenía dinero, la que compraba esos cuadros tan caros. Y lo que era más: estaba convencida de que no los adquiría por amor al arte, sino que formaban parte de un plan.

Estaban frente a uno de los dos grandes ventanales, cerca del cowie que era un crosbie. Paul miró afuera y dio un suave golpe en su copa.

—Ahí está —dijo indicando hacia la calle—. Es Minty. —En esa ocasión lo dijo con orgullo.

Isabel y Hugo miraron también. Debajo, justo frente a la entrada del piso, alguien maniobraba un pequeño y llamativo deportivo para aparcarlo. Era de color verde césped y tenía una peculiar rejilla cromada en la parte delantera, pero no era una marca que Isabel, a la que no interesaban mucho los coches, reconociera. ¿Italiano quizás? ¿Un Alfa Romeo poco corriente? ¿Un antiguo Spider? En su opinión, el único buen automóvil que ha exportado Italia.

Unos minutos más tarde, la puerta del salón se abrió y entró Minty. Isabel se fijó en que Paul Hogg se cuadraba, como un soldado cuando llega un oficial, pero sonreía y, evidentemente, estaba encantado de verla. «Eso siempre se nota —pensó—. La gente se ilumina cuando realmente se alegra de ver a alguien. Es inconfundible.»

Miró a Minty; Paul Hogg había cruzado la habitación para abrazarla. Era alta, una mujer de rasgos angulosos cercana a la treintena, lo suficientemente cercana como para necesitar prestar atención a su maquillaje, que llevaba en abundancia, aunque hábilmente aplicado. También cuidaba de su ropa, evidentemente cara y cuidadosamente confeccionada. Besó a Paul Hogg mecánicamente en las mejillas y después se acercó a ellos. Les estrechó la mano y su mirada pasó rápidamente de Isabel («descartada», pensó) a Hugo («interesada», se fijó). Isabel desconfió de ella inmediatamente.

153

16

—No le has preguntado nada sobre Mark —protestó Hugo acaloradamente en cuanto cerraron la puerta que había al final de las escaleras y salieron al atardecer de la calle—. Nada de nada. ¿Para qué hemos venido?

Isabel se agarró del brazo de su amigo y lo condujo hacia el cruce de Dundas Street.

—Calma. Son sólo las ocho y aún nos da tiempo de ir a cenar. Esta vez invito yo. En la esquina hay un restaurante italiano muy bueno, allí podremos hablar y te lo explicaré todo.

—No lo entiendo. Hemos estado allí sentados hablando con Paul Hogg y esa espantosa prometida suya, y el tema de conversación ha sido el arte. Sobre todo tú y esa Minty no habéis parado. Paul Hogg ha estado todo el tiempo mirando el techo. Parecía que estaba aburridísimo.

—Ella también se aburrió. Me he fijado.

Hugo se quedó en silencio e Isabel le apretó el brazo.

—No te preocupes. Te lo contaré todo mientras cenamos. Ahora me gustaría meditarlo un momento.

Caminaron por Dundas Street y cruzaron Queen Street en dirección a Thistle Street, en donde según Isabel encontrarían el restaurante. No había mucha gente en el centro de la ciudad ni tráfico en esa calle. Así que anduvieron un corto trozo por la propia calzada y sus pasos resonaron contra las paredes de ambos lados. Después, a su derecha, apareció la discreta puerta del restaurante.

No era muy grande, unas ocho mesas en total y sólo había una o dos ocupadas. Isabel reconoció a una pareja en una de ellas y saludó con la cabeza. Sonrieron y después bajaron la vista al mantel, con discreción, por supuesto, aunque parecía que habían despertado su interés.

—Bueno —dijo Hugo cuando se sentaron—. Cuéntame.

— El mérito es tuyo, o parte de él —aseguró Isabel mientras se colocaba la servilleta en el regazo y cogía el menú.

—¿Mío?

—Sí, tuyo. En el Vincent Bar me dijiste que Paul Hogg podría ser la persona que buscamos. Ésas fueron tus palabras y me hicieron pensar.

—Así que has decidido que es él.

—No. Es ella, Minty Auchterlonie.

—Bruja caradura —murmuró Hugo.

—Ya lo creo —corroboró Isabel sonriendo—. Quizá yo no la calificaría de esa forma, pero no te lo discuto.

—Me cayó mal en el mismo momento en el que entró en la habitación.

—Lo que no deja de ser extraño porque creo que le gustas. De hecho, estoy casi segura de que…, cómo decirlo…, que se fijó en ti.

Aquel comentario pareció avergonzar a Hugo, que miró la carta que le había dejado delante el camarero.

—No me he dado cuenta… —comenzó a decir.

—Pues claro. Esas cosas sólo las notan las mujeres. Pero se interesó por ti. Aunque eso no evitó el que al cabo de un rato se aburriera con nosotros dos.

—No sé. De todas formas es el tipo de persona que no aguanto.

Isabel parecía pensativa.

—Me pregunto qué nos habrá llevado, a los dos, a cogerle tirria —utilizó esa palabra intencionadamente. Tirria expresa un sentimiento de antipatía, pero tenía un matiz muy sutil.

155

—¿Por lo que representa? —sugirió Hugo—. Por esa especie de mezcla de ambición y crueldad, de materialismo y…

—Sí —le interrumpió Isabel—. Por eso mismo. Es difícil de explicar, pero creo que los dos sabemos exactamente lo que es. Y lo más interesante es que ella es así y él no. ¿No te parece?

—Él me cae bien. No lo elegiría como amigo íntimo, pero parece simpático.

—Exactamente. Intachable, aunque anodino.

—No parece una persona dispuesta a eliminar despiadadamente a alguien que le amenace con denunciarlo.

—Indudablemente no —corroboró Isabel meneando la cabeza.

—Mientras que ella…

—Lady Macbeth —dijo Isabel con firmeza—. Debería existir un síndrome que llevara ese nombre. Puede que lo haya, como con el síndrome de Otelo.

—¿Qué es eso?

Isabel cogió el panecillo y lo partió encima del plato de pan. No iba a usar el cuchillo para cortarlo, por supuesto, aunque Hugo sí lo hizo. En tiempos, en Alemania, usar el cuchillo con las patatas era ofensivo, una curiosa costumbre que nunca llegó a entender. Al preguntarle a una amiga alemana, ésta le dio una extraña respuesta, que supuso no podía ser seria. «Se remonta al siglo XIX —le explicó—. Quizás el emperador tenía cara de patata y lo interpretaban como una falta de respeto.» En ese momento se rió, pero cuando más tarde vio un retrato del emperador, pensó que quizá podía ser cierto. Realmente tenía cara de patata, al igual que Quinton Hogg, lord Hailsman, tenía un aspecto ligeramente porcino. Se lo imaginó durante un desayuno, cuando le sirvieran el beicon, dejando el cuchillo y el tenedor y suspirando: «No puedo…».

—El síndrome de Otelo son los celos patológicos —le informó Isabel cogiendo el vaso de agua con gas que el atento camarero le había servido—. Normalmente afecta a los hombres; les hace creer que su esposa o pareja les es infiel. Se obsesionan con esa idea y nada, absolutamente nada consigue convencerles de lo contrario. Incluso pueden llegar a ser violentos. —Se dio cuenta de que Hugo la escuchaba atentamente y un pensamiento le vino a la mente: «Se siente aludido». ¿Estaba celoso de Cat? Por supuesto que lo estaba. Pero ésta tenía una aventura con otra persona, al menos, en su opinión—. No te preocupes —dijo para tranquilizarlo—. No encajas con el tipo de personas que llegan a ser patológicamente celosas.

—Pues claro que no —corroboró Hugo, demasiado rápidamente, pensó ella. Después añadió—: ¿Dónde podría estudiar algo sobre el tema? ¿Tú has leído algo?

—Tengo un libro en la biblioteca que se titula *Síndromes psiquiátricos poco habituales* que habla de unos cuantos muy interesantes. Por ejemplo, el culto al carguero. Se da en grupos de gente que creen que alguien va a llegar y a regalarles provisiones, cargamento, maná: es lo mismo. En los mares del Sur se han dado casos extraordinarios. Islas en las que sus pobladores creían que los norteamericanos llegarían y les lanzarían cajas con comida si esperaban lo suficiente.

—¿Algún otro?

—El síndrome por el que crees que reconoces a otra gente. Estás convencido de que los conoces, pero no es así. Es neurológico. Esa pareja de allí, por ejemplo: estoy segura de que he estado con ellos alguna vez, pero seguramente no es verdad. Puede que yo misma lo esté sufriendo —sugirió entre risas.

—Paul Hogg también lo padece. Dijo que me había visto. Fueron sus primeras palabras.

—Seguramente sí que lo había hecho. La gente se fija en ti.

—No creo. ¿Por qué iban a hacerlo?

Isabel lo miró. Qué encantador le parecía que no se diera cuenta. Quizá fuera mejor así. Podría echarlo a perder, así que no dijo nada, pero sonrió. ¡Qué equivocada estaba Cat!

—Así pues, ¿qué tiene que ver lady Macbeth con todo esto? —preguntó Hugo.

—Asesina —susurró Isabel inclinándose hacia delante—. Es una astuta y manipuladora asesina.

Hugo se quedó quieto. El desenfadado y bromista tono de la conversación había desaparecido de repente. Sintió frío.

—¿Ella?

—En seguida me di cuenta de que los cuadros que había en aquella habitación no eran de Paul sino de ella —aseguró Isabel sin sonreír y con un tono de voz serio—. Las invitaciones a las galerías de arte también eran para ella. Él no sabe nada de pintura. Es ella la que ha estado comprando todos esos valiosos garabatos.

—¿Y? Puede que tenga dinero.

—Sí, con toda seguridad lo tiene. Pero ¿no te das cuenta? Si tienes mucho dinero y no te interesa que esté en el banco sin que produzca intereses, comprar arte es una buena forma de invertirlo. Si quieres, puedes pagar en efectivo y entonces tienes un activo que se revaloriza y que es portátil. Todo eso mientras sepas lo que estás haciendo, algo que ella sabe muy bien.

—Pero no entiendo qué tiene que ver con Mark Fraser. El que trabajaba con él era Paul Hogg, no Minty.

Isabel cogió el tenedor y trazó un esquema en el mantel.

—Paul Hogg está aquí. Mark Fraser, allí. Paul Hogg consigue cierta información aquí, que Mark Fraser también conoce porque está ahí, en la misma casilla que Paul Hogg. Pero más allá —dijo haciendo una curva sobre el mantel— está nuestra amiga Minty Auchterlonie que a su vez está conectada, como indica esta línea, a Paul Hogg. Minty Auchterlonie es una bruja caradura (tal como tan intuitivamente la has descrito), que trabaja en un banco como directora de ventas para empresas. Paul Hogg vuelve a casa un día y ella le pregunta: «¿Qué tal hoy en la oficina, Paul?». Éste le contesta que esto y aquello, y se lo cuenta porque ella trabaja en el mismo mundo que él. Parte de la información es confidencial, pero ya sabes, las conversaciones en la cama han de ser sinceras para que sean interesantes, y ella se entera de todo. Va y compra las acciones a su nombre —o posiblemente utilizando alguna especie de tapadera— y ¡hete aquí que consigue un suculento beneficio!, aprovechándose de información privilegiada, claro. Coge esos beneficios y los invierte en cuadros, que dejan menos rastro. Otra posibilidad es que llega a un acuerdo con un marchante de arte. Ella le da la información y él hace la compra. No hay forma de relacionarlos. Él le paga en cuadros, quedándose su porcentaje me imagino, y esas obras simplemente no se han vendido oficialmente, así que en sus libros de cuentas no queda constancia de que haya obtenido un dinero por el que tenga que pagar impuestos.

159

—¿Has llegado a todas esas conclusiones esta tarde? —preguntó Hugo, que la había escuchado con la boca abierta—. ¿Mientras veníamos hacia aquí?

—No es tan complicado —contestó Isabel echándose a reír—. En cuanto me di cuenta de que no era él y la conocimos a ella, todo encajó. Por supuesto, sólo es una hipótesis, pero creo que puede ser cierta.

Hasta ahí podía estar claro para Hugo, pero no entendía por qué habría intentado Minty deshacerse de Mark. Isabel se lo explicó. Minty era ambiciosa. El matrimonio con Paul Hogg, que evidentemente iba a llegar muy alto en McDowell's, le convenía. Era un hombre agradable y dócil, y seguramente ella se sentía muy afortunada de tenerlo como prometido. Un hombre más fuerte y dominador hubiera encontrado a Minty demasiado difícil de tratar, demasiada competitividad. Así que Paul Hogg le convenía. Pero si alguien descubría que éste le había dado información —aunque hubiera sido de forma inocente— habría perdido su puesto de trabajo. Él no habría sido el empleado que había utilizado información confidencial, sino ella. Y si se descubría que ella lo había hecho, no sólo perdería su puesto, sino que no podría volver a encontrar trabajo en el mundo financiero empresarial. Sería el final de su carrera y eso sólo podía evitarse si ocurría una tragedia que acabara con todos sus problemas. La gente como Minty Auchterlonie no tiene conciencia. No creía en una vida después de ésta, en ninguna recompensa, y por ello, lo único que se interponía entre ella y el asesinato era su sentido interno para diferenciar lo que está bien de lo que está mal. Y no había que ser un lince para darse cuenta de que Minty Auchterlonie carecía de él.

—Nuestra amiga Minty tiene un trastorno de la personalidad —dijo Isabel finalmente—. La mayoría de la gente no se daría cuenta, pero evidentemente lo tiene.

—¿El síndrome de lady Macbeth?

—Puede que ése también, si existe. Estaba pensando en algo mucho más normal. Psicopatía o sociopatía, llámalo como quieras. Es sociopática; no tendría ningún reparo moral en hacer cualquier cosa que le beneficiase. Así de sencillo.

—¿Incluido tirar a alguien desde el gallinero del Usher Hall?

—Sí, por supuesto.

Hugo lo pensó un momento. La explicación de Isabel parecía verosímil y estaba dispuesto a aceptarla, pero ¿sabía lo que tenían que hacer a partir de ahí? Lo que le acababa de explicar era una simple conjetura. Para continuar necesitarían algún tipo de prueba. Y no tenían ninguna, en absoluto. Lo único que tenían era de una teoría sobre el móvil.

—Así pues, ¿ahora qué?

—No tengo ni idea —contestó Isabel sonriendo.

—No creo que debamos abandonar —protestó Hugo sin poder ocultar su enfado ante aquella despreocupación—. Llegados a este punto, no podemos dejar las cosas así.

—No estaba diciendo que vayamos a abandonar nada —lo tranquilizó Isabel en tono conciliador—. Y poco importa que no tenga ni idea de lo que vayamos a hacer a partir de este momento. Precisamente lo que necesitamos son unos días de no hacer nada. —Al ver el desconcierto de Hugo, continuó su explicación—: Creo que lo sabe. Creo que intuye por qué fuimos a verlos.

—¿Dijo algo?

—Sí. Cuando estaba hablando con ella (en ese momento tú conversabas con Paul), me contó que su prometido le había dicho que yo estaba interesada, palabras textuales, «interesada en Mark Fraser». Esperaba que le contestara algo, pero simplemente asentí con la cabeza. Volvió sobre el tema al cabo de un rato y me preguntó si lo conocía bien. De nuevo, volví a eludir su pregunta. Aquello la puso nerviosa. Me di cuenta. Y no me sorprende.

—¿Crees que sabe que sospechamos de ella?

Isabel tomo un sorbo de vino y notó el olor a ajo y aceite de oliva que provenía de la cocina.

—Huele eso. Delicioso. ¿Que si cree que lo sabemos? Es posible, pero piense lo que piense, estoy segura de que pronto tendremos noticias suyas. Querrá saber qué pretendemos; démosle un par de días.

—Estos sociópatas… —comentó Hugo, que parecía poco convencido—. ¿Cómo se sentirán en su interior?

—Insensibles —comentó Isabel sonriendo—. Así se sienten. Fíjate en los gatos cuando hacen alguna travesura. Ni se inmutan. Los gatos son sociópatas; es su estado natural.

—¿Y es culpa suya? ¿Se les puede echar en cara?

—A los gatos no se les puede culpar de ser gatos. Y por ello no se les puede reprochar que hagan lo que hacen los gatos, como comerse los pájaros del jardín o jugar con sus presas. No pueden remediarlo.

—¿Y la gente que es así? ¿Puede hacer algo para arreglarlo?

—Culparles de sus actos es problemático. Hay una bibliografía muy interesante al respecto. Pueden alegar que su conducta es el resultado de su sociopatología; que actúan de esa forma porque tienen esa personalidad, pero que no sufren un trastorno de esa naturaleza por voluntad propia. ¿Cómo van a ser responsables de algo que no han elegido?

Hugo miró hacia la cocina. Vio que uno de los cocineros metía el dedo en un cuenco y después se lo chupaba pensativo. Un jefe de cocina sociopático sería una pesadilla.

—Es el tipo de cosas que puedes comentar con tus amigos del Club Filosófico de los domingos. Podríais discutir sobre la responsabilidad moral de gente así.

—Si pudiera reunirlo —suspiró compungida—. Si consiguiera juntarlos.

—Los domingos no son un día fácil.

—No, eso mismo dice Cat. —Hizo una pausa. No quería mencionar mucho a su sobrina en presencia de Hugo porque cuando lo hacía siempre parecía nostálgico, perdido.

17

«*L*o que necesito son unos días sin intrigas —pensó Isabel—. Tengo que volver a preparar la edición de la revista, hacer el crucigrama sin interrupciones, ir a dar un paseo de vez en cuando a Brunstfield para tener una conversación intrascendente con Cat. No tengo por qué pasar todo el tiempo conspirando con Hugo en pubs y restaurantes y codearme con financieros conspiradores con gustos caros en arte.»

La noche anterior no había dormido bien. Le dijo adiós a Hugo después de cenar en el restaurante y no volvió a casa hasta pasadas las once. Una vez en la cama, con la luz apagada y el resplandor de la luna proyectando en la habitación la sombra de un árbol cercano a la ventana, permaneció despierta pensando en el callejón sin salida al que habían llegado. A pesar de que el próximo movimiento le tocaba hacerlo a Minty, aún quedaban complejas decisiones que tomar y también estaba el asunto de Cat y Toby. Deseó no haberlo seguido, ya que lo que había presenciado le pesaba mucho en la conciencia. Decidió que por el momento no haría nada al respecto, aunque sabía que aquello era postergar un problema con el que tarde o temprano tendría que enfrentarse. No estaba segura de cómo reaccionaría la próxima vez que lo viera. ¿Sería capaz de mantener su habitual actitud hacia él que, a pesar de que en el fondo no era amistosa, al menos era todo lo educada que requerían las circunstancias?

Durmió sólo a ratos, por lo que cuando a la mañana siguiente llegó Grace, estaba todavía profundamente dormida. Si Grace no la encontraba en el piso de abajo, siempre subía a ver si estaba, con una revitalizadora taza de té. Al oírla llamar a la puerta, se despertó.

—¿Ha pasado mala noche? —le preguntó atentamente mientras dejaba la taza en la mesilla.

—Creo que no me dormí hasta las dos —contestó Isabel sentándose en la cama y frotándose los ojos.

—¿Preocupaciones?

—Sí. Preocupaciones y dudas. Un poco de todo.

—Sé cómo se siente. A mí también me pasa. A veces me preocupa este mundo y me pregunto cómo acabará.

—«No con una explosión, sino con un gemido» —recitó Isabel distraídamente—. Es lo que dijo T. S. Eliot y lo que siempre cita la gente. Pero, en realidad, es una tontería y estoy segura de que se arrepintió de haber pronunciado esas palabras.

—Qué tonto. Su amigo Auden seguro que no lo habría dicho, ¿verdad?

—No me cabe duda de que no —contestó Isabel dándose la vuelta para coger la taza—. Aunque también dijo tonterías cuando era joven. —Tomó un sorbo de té, algo que siempre parecía aclararle inmediatamente las ideas—. Y cuando era mayor. Sin embargo, entre una cosa y otra, fue muy intuitivo.

—¿Atractivo?

—Intuitivo —la corrigió mientras se levantaba de la cama y buscaba con los dedos de los pies las zapatillas que había sobre la alfombrilla de cama—. Si escribía algo que no estaba bien o le parecía rimbombante, lo revisaba y, si podía, lo cambiaba. Censuró completamente algunos de sus poemas. *Primero de septiembre de 1939*, por ejemplo.

Descorrió las cortinas. Hacía un radiante día de primavera y los rayos del sol empezaban a dar calor.

—Dijo que ese poema era poco ético, aunque yo creo que tiene algunos versos maravillosos. Después, en *Cartas desde Islandia* escribió algo que no tenía ningún sentido, pero que era precioso: «Donde los puertos tienen nombres para el mar». Es un verso maravilloso, ¿no te parece? Pero no significa nada, ¿verdad?

—No. No veo cómo van a tener los puertos nombres para el mar. No lo entiendo.

—Grace, me gustaría pasar un día tranquilo. ¿Crees que podrás ayudarme? —le pidió volviéndose a frotar los ojos.

—Por supuesto.

—¿Podrás contestar el teléfono? Dile a todo el mundo que estoy trabajando, que los llamaré mañana.

—¿A todo el mundo?

—Excepto a Cat. Y a Hugo. Si llaman, me pondré, aunque espero que hoy no lo hagan. El resto tendrá que esperar.

Grace hizo un gesto de aprobación. Le gustaba estar al mando de la casa y que le pidieran que no atendiera a alguien era una de las órdenes que más apreciaba.

—Ya era hora de que lo hiciera. Siempre está a la entera disposición de los demás. Es absurdo. Merece tener más tiempo para usted misma.

Isabel sonrió. Grace era su mejor aliada. Por muchas discusiones que tuvieran, tenía muy presentes sus intereses. Era un tipo de lealtad poco común en tiempos de autoindulgencia. Una virtud pasada de moda que sus compañeros filósofos elogiaban, aunque ni siquiera supieran estar a la altura. Grace, a pesar de su tendencia a no aceptar a cierto tipo de gente, tenía muchas virtudes. Creía en un Dios que finalmente haría justicia con los que habían sufrido injusticias; en el trabajo, en la importancia de no llegar nunca tarde o perder un día por una «supuesta enfermedad» y en no desatender ninguna petición de ayuda por parte alguien, sin importar su condición o la culpa que hubiera tras aquella de-

165

licada situación. Tenía un espíritu auténticamente generoso, oculto por un exterior ligeramente arisco en ocasiones.

—Eres maravillosa. ¿Qué haríamos sin ti?

—*Hud yer wheesht* —contestó Grace en escocés. Aquello quería decir «calla», algo normalmente descortés, pero totalmente permitido en ese dialecto. Un matiz que no se consigue si se expresa con otras palabras. Isabel se acordó de su madre y de su lánguido tono de voz sureño; otra lengua que podía tener más de un registro.

Trabajó toda la mañana. Había recibido por correo otro fajo de colaboraciones para la revista e introdujo la información en el cuaderno que utilizaba para ello. Se temía que muchas no pasarían la fase de selección, aunque a primera vista intuyó que una de ellas, *El juego: un análisis ético*, tenía posibilidades. ¿Qué problemas éticos planteaba el juego? Isabel pensó que, al menos, podía hacerse un sencillo razonamiento utilitarista. Si se tienen seis hijos, como parecen tener a menudo los jugadores —«¿otro tipo de juego?», pensó— entonces existe la obligación de administrar los recursos de los que uno dispone, por el bien de los niños. Pero si se es una persona pudiente, sin cargas familiares, entonces, ¿había algo intrínsecamente malo en poner, si no el último céntimo, el céntimo de sobra, en una apuesta? Isabel reflexionó un momento. Sin duda, los kantianos estarían seguros de la respuesta, pero ése era el problema de la moralidad kantiana, que era extremadamente predecible y no dejaba lugar a la sutileza; «como el propio Kant», pensó. En un sentido puramente filosófico, ser alemán debía de ser muy exigente. Era mucho mejor ser francés —irresponsables y lúdicos— o griego —graves, aunque despreocupados—. Por supuesto, su propia herencia era envidiable: lógica escocesa por un lado y pragmatismo norteamericano por otro. Era una combinación perfecta. También estaban, por supuesto, los años que pasó en Cambridge, que aportaban wittgensteinismo y una dosis de filosofía lingüística, algo que nunca había hecho daño a nadie, siempre que uno se acordara de deshacerse de ello conforme iba llegando a la madurez. «He de admitirlo: soy una mujer madura», pensó mientras miraba por la ventana de su estudio hacia el jardín y disfrutaba de su exuberante vegetación y de las primeras hojas blancas que brotaban del magnolio.

Seleccionó uno de los artículos más prometedores para leerlo aquella mañana. Si merecía la pena, lo enviaría para que lo revisaran, y conseguiría esa sensación de haber trabajado que tanto necesitaba. El título le había llamado la atención, en gran medida por el interés que despertaba la genética —que constituía el trasfondo del problema— y por el problema por sí mismo, que era, una vez más, la sinceridad. Sintió que estaba rodeada por cuestiones relacionadas con la honradez. Estaba el artículo que había leído sobre la sinceridad en las relaciones sexuales, que tanto la había entretenido y del que había recibido unos comentarios muy elogiosos por parte de uno de los especialistas de la revista. Después estaba el problema de Toby, que había llevado aquel dilema hasta las mismas entrañas de su vida moral. Daba la impresión de que el mundo se basaba en mentiras y medias verdades, de un tipo u otro, y que una de las tareas de la moralidad era ayudarnos a negociar nuestra forma de sortearlas. Sí, había demasiadas mentiras y, sin embargo, el poder de la verdad no se veía debilitado en forma alguna. Acaso no había dicho Alexander Solzhenitsyn en su discurso de aceptación del Premio Nobel que una sola verdad conquistaría el mundo. ¿Se trataba del pensamiento ilusorio de alguien que había vivido dentro de una maraña de mentiras respaldadas por un Estado orwelliano o era una fe justificable en la capacidad de la verdad para brillar a través de la oscuridad? Tenía que ser esto último; si era lo primero, entonces la vida sería demasiado sombría como para seguir adelante. Camus tenía razón: el planteamiento filosófico definitivo es el suicidio. Si no existe la verdad, entonces nada tiene sentido y nuestra vida sería sisífica. Y si la vida era sisífica, ¿qué sentido tenía continuar con ella? Reflexionó un momento sobre adjetivos sombríos: orwelliano, sisífico, kafkiano. ¿Había más? Para un filósofo o un escritor era un gran honor convertirse en adjetivo. Había oído decir hemingwayano, que podía aplicarse a una vida de pesca y toros, pero, de momento, no había adjetivo para el mundo de fracaso y ambientes decadentes elegidos por Graham Greene como escenario para sus dramas morales. ¿Greeneano?, se preguntó; demasiado feo. Quizá greeniano. Claro que *Greenelandia* ya existía.

Otra vez la sinceridad, en esa ocasión en el ensayo de un filósofo de la Universidad Nacional de Singapur, el doctor Chao. *Dudas sobre el padre* era su título y el subtítulo, «Paternalismo y sinceridad en genética». Isabel dejó su escritorio para dirigirse a la silla que había cerca de la ventana, la silla en la que le gustaba leer los ensayos. En ese momento sonó el teléfono del recibidor. Tras tres timbrazos, alguien descolgó. Esperó, pero Grace no la llamó, así que volvió a concentrar su atención en la lectura.

El ensayo, escrito con claridad, comenzaba con un relato. Según el doctor Chao, los genetistas clínicos se enfrentan en ocasiones a paternidades atribuidas erróneamente y esos casos plantean difíciles cuestiones de cómo, si era posible, podían hacerse públicas esas equivocaciones. «Éste es un caso —escribía— que entraña una de esas situaciones.»

El señor y la señora B habían tenido un hijo que padecía una enfermedad genética. A pesar de que no se temía por su vida, su estado era lo suficientemente grave como para plantear si se debería hacer una prueba a la señora B durante el embarazo, ya que algunos fetos pueden estar afectados mientras que otros no. La única forma de saberlo es la detección prenatal.

«Hasta ahí, bien», pensó Isabel. Por supuesto, había cuestiones más complejas en el tema de la detección, incluidas algunas muy importantes como la eugenesia, pero el doctor Chao no parecía estar interesado en ellas, lo que le pareció acertado: su ensayo trataba de la sinceridad y el paternalismo. El relato explicaba a continuación que el señor y la señora B se hicieron un análisis genético para confirmar su condición de portadores. Para que esa enfermedad en particular se manifestara, los dos padres del niño afectado tenían que ser portadores de cierto gen. Sin embargo, cuando el médico recibió los resultados de la prueba, éstos mostraron que mientras la señora B era portadora, el señor B no lo era. El niño había nacido con la enfermedad, lo que implicaba que era de otro hombre. La señora B —«señora Bovary, quizá», pensó Isabel—, a la que no describía, tenía un amante.

169

Una solución era comunicárselo en privado a la señora B y dejar que ella decidiera si se lo confesaba a su marido. A primera vista, aquella solución parecía la más adecuada, ya que de esa forma se evitaba ser responsable de la posible ruptura del matrimonio. El inconveniente, sin embargo, era que si no se le decía al señor B, éste se pasaría toda la vida pensando que era portador de un gen que, de hecho, no portaba. ¿Tenía derecho a que su médico, con el que mantenía una relación profesional, se lo contara? Evidentemente, era su obligación, pero ¿dónde estaba el límite?

Isabel llegó a la última página del ensayo. Había referencias, correctamente presentadas, pero no conclusión. El doctor Chao no sabía cómo resolver una cuestión que él mismo había planteado. Le pareció razonable: hacer preguntas para las que no se tienen respuestas o para las que no hay voluntad de respuesta es legítimo. Pero, en general, a Isabel le gustaban más los ensayos que tomaban partido.

Se le ocurrió preguntarle a Grace qué opinaba al respecto. En cualquier caso, era hora de tomar el café de la mañana y tenía excusa para ir a la cocina. Allí la encontró, vaciando el lavavajillas.

—Te voy a contar una historia muy delicada. Después te pediré que me digas cuál sería tu reacción. No te preocupes por las razones, dime simplemente qué harías.

Le contó la historia del señor y la señora B. Grace continuó sacando platos mientras la escuchaba, pero dejó de hacerlo cuando acabó el relato.

—Yo le escribiría una carta al señor B —dijo sin vacilar—. Le diría que no confiara en su esposa.

—Ya veo.

—Pero no la firmaría —añadió Grace—. Lo haría anónimamente.

—¿Anónimamente? —preguntó Isabel sin poder disimular su sorpresa—. ¿Por qué?

—No lo sé —respondió Grace—. Ha dicho que no me preocupara por las razones; que le dijera simplemente lo que haría.

Isabel se quedó callada. Estaba acostumbrada a oír sus insólitas opiniones, pero esa curiosa preferencia por una carta anónima la dejó atónita. Estaba a punto de insistir un poco más, pero su ama de llaves cambió de tema.

—Ha llamado Cat. No quería molestarla, pero me ha dicho que le gustaría venir a tomar el té esta tarde. Le he dicho que la avisaríamos.

—Me parece bien. Me apetece verla.

Sinceridad. Paternalismo. Sintió que no avanzaba, pero de repente, tomó una decisión. Le preguntaría su opinión a Grace.

—Tengo otra pregunta. Imagínate que te enteras de que Toby sale con otra chica y que no le dice nada a Cat. ¿Qué harías?

—Complicada situación —contestó frunciendo el entrecejo—. No creo que se lo dijera a Cat. —Isabel se sintió aliviada. Al menos pensaba lo mismo que ella en esa cuestión—. Pero —continuó Grace— creo que le diría a Toby que o dejaba a Cat o se lo contaría todo a la otra chica. De esa forma me libraría de él; no me gustaría que alguien así se casara con Cat. Eso es lo que haría.

—Ya —aceptó Isabel asintiendo con la cabeza—. ¿Y no dudarías a la hora de hacerlo?

—No. En absoluto. —Después añadió—: Tampoco es algo que vaya a pasar, ¿verdad?

Isabel dudó. Otra ocasión en la que se le podía escapar una mentira. Pero su vacilación fue suficiente.

—¡Dios mío! ¡Pobre Cat! ¡Pobre niña! Nunca me gustó ese chico, ya sabe, jamás. No se lo he querido decir nunca, pero ahora ya lo sabe. ¡Esos pantalones de color fresa que lleva! Sabía lo que significaban. Lo supe desde el primer momento. ¿Ve?, yo tenía razón.

18

*C*at llegó a las tres y media, después de dejar a Eddie al cuidado de la tienda. Grace la hizo pasar y la miró de forma extraña, o al menos, eso es lo que pensó; pero Grace era un poco rara, siempre lo había sido y ella lo sabía. Aquella mujer tenía sus propias teorías y opiniones sobre prácticamente cualquier cosa y uno nunca sabía lo que se le pasaba por la cabeza. No tenía ni idea de cómo podía aguantar Isabel esas conversaciones en la cocina. Quizá no le hacía caso la mayor parte de las veces.

Isabel estaba en el cenador corrigiendo pruebas. Era un pequeño edificio octogonal de madera, pintado de color verde oscuro y situado en la parte de atrás, apoyado contra el alto muro que rodeaba el jardín. Su padre había pasado días enteros en él cuando estuvo enfermo, mirando el jardín, pensando y leyendo, a pesar de que le costaba mucho pasar las páginas y esperaba a que Isabel fuera para ayudarle. Durante los años siguientes a su muerte fue incapaz de entrar en él —demasiados recuerdos—, pero poco a poco empezó a trabajar allí, incluso en invierno, cuando podía calentarlo con una estufa noruega de leña que había en un rincón. Prácticamente carecía de decoración, a excepción de tres fotografías enmarcadas que alguien había colgado en la pared del fondo. Su padre con el uniforme de los cameronianos, en Sicilia, bajo un sol implacable, frente a una casa de campo requisada. Hacía mucho tiempo de toda aquella valentía y sacrificio por una causa absolutamente justa. Su madre —su santa madre norteamericana, a la que una vez Grace se refirió equivocadamente como su «saneada» madre norteamericana—, sentada con su padre en un café de Venecia. Y ella, cuando era niña, con sus padres, de picnic. Manchadas en los bordes, aquellas fotografías necesitaban una buena restauración pero de momento, nadie se ocupaba de ellas.

Era un caluroso día de primavera —de verano realmente— e Isabel había abierto la doble puerta de cristal. Vio que Cat se acercaba atravesando el césped, con una pequeña bolsa marrón en la mano. Sería algo del *delicatessen*: Cat nunca iba a verla con las manos vacías, siempre le llevaba un tarro de paté de trufas o de olivas, cogido al azar de las estanterías de la tienda.

—Ratones de chocolate belga —le explicó su sobrina al dejar el paquete en la mesa.

—Una gata ofreciéndome ratones —notó Isabel apartando las pruebas—. Mi tía (tu tía abuela) tenía una gata que cazaba ratones y se los dejaba en la cama. ¡Qué detalle!

—Grace me ha dicho que querías aislarte —dijo Cat mientras se sentaba en una silla de mimbre cerca de ella—. Que no te podía molestar nadie, excepto yo.

Isabel pensó que aquello demostraba mucho tacto por parte de Grace. Mencionar a Hugo demasiado a menudo no ayudaba en nada.

—Últimamente mi vida se ha complicado un poco. Necesitaba un par de días para avanzar con mi trabajo y «descomplicarme» un poco.

—Ya. Días en los que sólo te apetece recogerte y apartarte de todo. A mí también me pasa.

—Grace nos traerá el té y podremos hablar un rato. Ya he trabajado bastante por hoy.

—Yo voy a tirar la toalla también —dijo Cat sonriendo—.

173

Eddie puede ocuparse de todo hasta la hora de cerrar. Me voy a ir a casa a cambiarme y después… vamos a salir.

—Muy bien. Con ese «vamos» te refieres a Toby, supongo.

—Es una celebración —le explicó mirándola de reojo—. Primero iremos a cenar y después a una discoteca.

Isabel contuvo la respiración. No esperaba algo así, pero se lo temía. Había llegado el momento.

—¿Una celebración?

Cat asintió. No miró a su tía mientras hablaba, sino que fijó la vista en el césped. El tono de su voz era cauteloso.

—Toby y yo nos hemos prometido. Ayer por la noche. Publicaremos un anuncio en los periódicos la semana que viene. Quería que fueras la primera en saberlo. —Hizo una pausa—. Creo que él ya se lo ha dicho a sus padres, pero aparte de ellos, nadie más lo sabe. Sólo tú.

Isabel se volvió hacia su sobrina y le cogió la mano.

—Cariño, bien hecho. Enhorabuena —dijo haciendo un esfuerzo supremo, como una cantante que quiere alcanzar una nota muy alta, pero su intento resultó fallido, su voz sonó falsa y poco entusiasta.

—¿Lo dices en serio?

—Lo único que quiero es que seas feliz. Si eso te hace feliz, entonces por supuesto que lo digo en serio.

—Ésa es la enhorabuena de un filósofo —replicó su sobrina tras sopesar aquellas palabras un momento—. ¿No podrías decir algo más personal. —Cat no le dio tiempo a contestar, aunque Isabel no tenía una respuesta preparada y habría tenido que esforzarse para encontrar una—. No te cae bien, ¿verdad? No estás dispuesta a darle una oportunidad, ni siquiera por mí.

—Todavía no se ha ganado mi simpatía, lo admito —confesó Isabel bajando la vista. En eso no podía mentir—. Pero te prometo que lo intentaré, por mucho que me cueste.

Cat se apresuró a sacar partido de aquellas palabras y levantó la voz, indignada.

—¿Por mucho que te cueste? ¿Por qué te tendría que costar? ¿Por qué dices eso?

Isabel no estaba en situación de controlar sus sentimientos. Aquella noticia era demoledora; olvidó su propósito de no mencionar lo que había visto y lo soltó:

—Creo que no te es fiel. Lo he visto con otra persona, por eso lo digo. Ésa es la razón.

Se calló, horrorizada por lo que acababa de desvelar. No tenía intención de hacerlo —sabía que había sido una equivocación— y sin embargo se le había escapado, como si lo hubiera dicho otra persona. Inmediatamente se sintió mezquina y pensó: «Así se hace el mal, sin pensarlo». No es que fuera difícil hacer el mal si iba precedido de una cuidadosa meditación; de esa manera, era fortuito. Ése era el argumento de Hannah Arendt, ¿no?: la pura banalidad del mal. Sólo el bien es heroico.

Cat seguía inmóvil. Se libró con una sacudida de la mano que Isabel le había puesto suavemente en el hombro.

—Vamos a dejar esto bien claro. Dices que lo has visto con otra mujer, ¿no?

Isabel asintió. Ya no podía retractarse y su única opción era la sinceridad.

—Sí, lo siento. No tenía intención de decírtelo porque creo que no debo interferir en tus asuntos. Pero lo vi abrazando a otra mujer. Había ido a verla. Estaba en la puerta de su casa. Yo... pasaba por allí y lo vi.

—¿Dónde? —preguntó en voz baja—. ¿Dónde lo viste exactamente?

—En Nelson Street.

Cat se quedó callada un momento. Entonces se echó a reír y la tensión desapareció.

—Su hermana Fiona vive allí. Isabel, creo que te has

175

equivocado. Va muchas veces a verla. Claro que le da besos. Se quieren mucho, son una familia muy sobona.

«No —pensó Isabel—, no es que sea una familia que se toque; al menos, no en la forma en que yo entiendo el término.» Tocarse es una expresión de cariño y ellos, o al menos Toby y su padre —al que conocía vagamente— no parecían tenérselo. Y no era su hermana.

—En realidad era la compañera de piso, no su hermana.

—¿Lizzie?

—No sé cómo se llama.

—Es absurdo —dijo con firmeza—. Has malinterpretado un beso en la mejilla y no estás dispuesta a aceptar que estás equivocada. Sería muy diferente si lo admitieras, pero no lo haces. Le odias demasiado.

—No le odio. No tienes derecho a decir algo así —se defendió Isabel, aunque sabía que sí lo hacía, ya que en el momento de pronunciar aquellas palabras le vino a la mente la imagen de una avalancha, y se sintió avergonzada.

—Lo siento mucho —dijo Cat poniéndose de pie—. Ahora entiendo por qué me has contado todo esto, pero creo que estás siendo injusta. Amo a Toby y nos vamos a casar. Eso es todo.

Isabel se levantó de la silla y al hacerlo tiró todos los papeles.

—Cat, por favor. Sabes muy bien cuánto te quiero. Lo sabes. Por favor… —se calló. Cat había echado a correr por el césped en dirección a la casa. Grace estaba en la puerta de la cocina con una bandeja en las manos. Se apartó para dejarla pasar y la bandeja cayó al suelo.

El resto del día se había echado a perder. Después de que se fuera su sobrina, Isabel pasó una hora discutiendo la situación con Grace, que hizo todo lo que pudo por tranquilizarla.

—Estará así de momento. Es posible que no quiera verlo, pero reflexionará y no conseguirá sacar de su cabeza la posibilidad de que sea cierto. Puede que empiece a pensar que quizá, que a lo mejor es verdad. Después se le caerá la venda de los ojos.

Isabel sabía que la situación era desoladora, pero tenía que reconocer que había algo de cierto en lo que había dicho Grace.

—Pero mientras tanto no va a perdonarme.

—Seguramente no —dijo Grace despreocupadamente—. Aunque quizá si le escribe y le dice que está muy apenada, se sentirá mejor. Acabará perdonándola, pero si le deja la puerta abierta le será más fácil.

Isabel hizo lo que le había sugerido y redactó una carta. En ella le pedía disculpas por el dolor que le había causado y le decía que esperaba que la perdonara. Pero, a pesar de que había escrito «Por favor, perdóname», se dio cuenta de que unas semanas antes ella misma le había comentado a Cat que existía una cosa llamada perdón prematuro. Las personas que no entendían, o que ni siquiera habían oído hablar de lo que el catedrático Strawson había planteado en *Libertad y resentimiento* sobre las actitudes reactivas y lo importantes que son —Peter Strawson, cuyo nombre podría escribirse anagramática e injustamente *«pen strews rot»* (algo así como «pluma que esparce podredumbre»)— decían muchas tonterías sobre el perdón. Necesitamos el resentimiento ya que es lo que identifica y subraya el mal. Sin esas actitudes reactivas corremos el riesgo de degradar nuestro sentido del bien y del mal porque podríamos acabar pensando que da igual. Así que no debemos perdonar prematuramente, algo que presumiblemente pensó el papa Juan Pablo II durante todos los años que esperó antes de ir a ver a su agresor a la cárcel. Isabel se preguntó qué le habría dicho a aquel pistolero. ¿«Te perdono»? ¿O habría sido algo completamente

177

diferente y nada compasivo? ¿Algo en polaco, quizá? Sonrió al imaginárselo; a fin de cuentas, los papas son humanos y se comportan como tales, lo que quiere decir que se miran al espejo de vez en cuando y se preguntan: ¿realmente soy yo ése que va vestido con ropa absurda y que espera para salir al balcón y saludar a toda esa gente, con sus banderitas, sus esperanzas y sus lágrimas?

Una hipótesis elaborada en un restaurante después de haber tomado unos cuantos vasos de vino italiano en compañía de un atractivo joven es una cosa; una hipótesis que resista un razonamiento en frío, otra. Isabel era consciente de que lo único que tenía en el caso de Minty Auchterlonie era una conjetura. Aunque fuera verdad que en McDowell's había irregularidades y que Mark Fraser las había descubierto, aquello no probaba que Paul Hogg estuviera implicado. Su teoría de cómo podía haberse involucrado era factible, pensó, pero nada más. McDowell's era una empresa en la que trabajaba mucha gente y no había razón por la que Paul Hogg fuera la persona relacionada con lo que había descubierto Mark.

Cayó en la cuenta de que si quería elaborar una base más sólida para su hipótesis, si quería que fuera remotamente creíble, necesitaría averiguar más cosas sobre McDowell's, y eso no sería fácil. Necesitaría hablar con gente del mundo financiero, quienes estarían al tanto incluso si no trabajaban en esa empresa. La comunidad financiera de Edimburgo tenía las características propias de un pueblo —al igual que la jurídica—, y habría cotilleos. Pero necesitaba algo más, necesitaba saber cómo se puede descubrir si alguien ha hecho negocios con información confidencial. ¿Tendría que investigar la transacción de acciones? ¿Cómo demonios se encuentran datos sobre una compra en los millones de transacciones que se hacen en bolsa cada año? Por supuesto, la gente tendría mucho cuidado a la hora de ocultar todo rastro, a través de sociedades interpuestas e intermediarios en paraísos fiscales. Si había pocos juicios por tráfico de información privilegiada —y, de hecho, casi ninguna condena—, era por alguna razón. Simplemente no se podía probar. Y, si ése era el caso, sería imposible rastrear cualquier cosa que Minty hubiera hecho con la información que le dio su prometido. Minty podía actuar con total impunidad a menos que —y eso era un requisito importante—, alguien de dentro, alguien como Mark Fraser, pudiera relacionar sus transacciones con la información que poseía Paul Hogg. Pero, por supuesto, Mark estaba muerto, lo significaba que tendría que ir a ver a su amigo Peter Stevenson, financiero, discreto filántropo y presidente de la Orquesta Realmente Mala.

19

West Grange House era un enorme edificio cuadrado, construido a finales del siglo XVIII y pintado de blanco. Ocupaba un extenso solar en The Grange, un barrio residencial bien situado que se codeaba con Morningside y Brunstfield, a un corto paseo desde la casa de Isabel y más cerca todavía del *delicatessen* de Cat. Peter Stevenson siempre había deseado vivir allí y no dejó escapar la oportunidad de comprarla cuando, de forma inesperada, la pusieron en venta.

Había sido un exitoso financiero que, a los cuarenta y pico, había decidido emprender una nueva carrera como asesor de empresas. Las empresas con problemas financieros lo llamaban para que intentara salvarlas, y las que tenían consejos de administración en los que había constantes discusiones lo invitaban a mediar en sus peleas. Su sosegado temperamento, que invitaba a la gente a que se sentara y estudiara los problemas uno por uno, había llevado paz a problemáticos negocios.

—Todo tiene solución —le contestó a Isabel cuando ésta le hizo una pregunta acerca de su trabajo al entrar en el salón—. Todo. Lo único que hay que hacer es descomponer el problema y empezar desde ahí. Sólo hay que hacer una lista y ser razonable.

—Algo que la gente no es muy a menudo —comentó Isabel.

—Eso se puede arreglar —aseguró Peter sonriendo—.

Casi todo el mundo puede llegar a ser razonable, aunque no lo sea en un principio.

—Excepto algunos —insistió Isabel—. Los profundamente poco razonables. Y hay unos cuantos, tanto vivitos y coleando como muertos. Idi Amin y Pol Pot, sin ir más lejos.

Peter reflexionó sobre el modismo que había empleado Isabel. ¿Cuánta gente utilizaba este tipo de expresiones? La mayoría de la gente hubiera dicho simplemente «vivos». Qué típico en ella mantener el lenguaje vivo, como hace un jardinero con una planta débil. Bien por ella.

—Los irremediablemente poco razonables no suelen dirigir empresas, aunque intenten gobernar países. Los políticos son muy diferentes de los empresarios o los ejecutivos. La política atrae al tipo equivocado de personas.

—Desde luego —aceptó Isabel—. Todos esos egos desmesurados. Por eso se dedican a la política, para dominar a los demás. Les gusta el poder y su pompa; pocos entran en ella para mejorar el mundo. Es posible que algunos sí, supongo, pero no muchos.

—Bueno, están Ghandi y Mandela, y el presidente Carter —comentó Peter después de pensar un momento.

—¿Carter?

—Un buen hombre —aseguró Peter asintiendo con la cabeza—. Demasiado moderado para la política. Creo que fue a parar a la Casa Blanca por equivocación, era demasiado honrado. Hizo unos tristemente sinceros comentarios sobre sus tentaciones privadas y la prensa les sacó el mayor partido posible. Y todos y cada uno de los que le reprendieron habrían abrigado alguna vez el mismo tipo de pensamientos. ¿Quién no lo ha hecho?

—Sé mucho de fantasías. Sé lo que quería decir… —Se calló, Peter la estaba mirando socarronamente y continuó rápidamente—. No me refiero a ese tipo de fantasías. Pienso en avalanchas…

181

—Bueno, *chacun à son rêve* —dijo Peter sonriendo mientras le indicaba una silla.

Isabel se recostó en aquel asiento y miró afuera, hacia el césped y la araucaria. El jardín era más grande que el suyo, y más abierto. Puede que si cortara algún árbol tuviera más luz, pero sabía que nunca lo haría; ella desaparecería antes que ellos. En ese sentido, los robles son aleccionadores: al mirarlos piensas que seguramente seguirán ahí cuando tú hayas muerto.

Se fijó en Peter. Era un poco como un roble, no al que mirar, por supuesto —en ese sentido era más parecido a una glicina quizá—, sino que era una persona en la que se podía confiar. Es más: era discreto y se podía hablar con él sin miedo a que nadie supiera lo que se le había contado. Así que si le preguntaba por McDowell's, como acababa de hacer, nadie más sabría que tenía algún tipo de interés por esa empresa.

Peter meditó la pregunta un momento.

—Conozco a gente que trabaja allí. Por lo que sé es una empresa muy sólida. Sé de alguien que te podría contar cosas de ella; creo que se despidió después de algún tipo de desacuerdo y quizás esté dispuesto a hablar contigo.

Era lo que necesitaba. Peter conocía a todo el mundo y podía ponerla en contacto con cualquier persona.

—Eso es exactamente lo que me gustaría —dijo y añadió—: Gracias.

—Has de tener cuidado —continuó Peter—. En primer lugar porque no lo conozco personalmente, así que no puedo responder por él. Recuerda también que es posible que tenga algún tipo de resentimiento contra ellos. Nunca se sabe. Pero si quieres ver a Johnny Sanderson, tendrás que estar presente en el concierto que damos mañana; su hermana toca en la orquesta y suele acompañarla. Me aseguraré de presentártelo en la fiesta que habrá luego.

—¿Vuestra orquesta? ¿La Orquesta Realmente Mala? —preguntó echándose a reír.

—Ésa misma. Me sorprende que no hayas venido todavía a ningún concierto. Estoy seguro de que te he invitado alguna vez.

—Lo hiciste, pero estaba fuera. Siento habérmelos perdido. Me imagino que serían…

—Realmente malos. No somos nada buenos, pero nos divertimos. Y, de todas formas, la mayoría del público viene para reírse, así que no importa que toquemos mal.

—Mientras lo hagáis lo mejor que podáis…

—Exactamente. Y me temo que lo mejor que podemos no es muy bueno. Qué le vamos a hacer.

Isabel miró el jardín. Le parecía muy interesante que las personas que han hecho algo muy bien en su vida intenten dominar otra cosa y fracasen. Peter había sido un exitoso financiero y en la actualidad era un humilde clarinetista. Sin duda, el éxito hace que el fracaso sea más llevadero, ¿o no? Quizás uno se acostumbra a hacer las cosas bien y se siente frustrado cuando otras las hace menos bien. Sin embargo, Isabel sabía que no era eso lo que movía a su amigo, que no le importaba tocar el clarinete moderadamente bien, tal como había dicho.

Isabel cerró los ojos y se dispuso a escuchar. Los músicos, sentados en el auditorio de un colegio femenino de Murrayfield que pacientemente acogía a la Orquesta Realmente Mala, se enfrentaban a una partitura muy superior a su talento. Aquello no era lo que Purcell había compuesto y seguramente no habría reconocido su obra. A Isabel le resultaba vagamente familiar —o, al menos, algunos pasajes—, pero le dio la impresión de que algunas secciones de la orquesta tocaban obras diferentes y en distintos tiempos. Las cuerdas sonaban particularmente desacompasadas y varios tonos más bajo, mientras que los trombones, que tendrían que haber tocado en un compás de seis por ocho, como el resto de la orquesta, parecían estar tocando en uno de cuatro por cuatro. Abrió los ojos y miró a los trombonistas, concentrados en su interpretación con el entrecejo fruncido; si hubieran mirado al director se habrían acompasado correctamente, pero sólo eran capaces de leer la partitura. Isabel y la persona que tenía a su lado se miraron con complicidad. El público lo estaba pasando bien, como siempre hacía en un concierto de la Orquesta Realmente Mala.

Para evidente alivio de los músicos, la pieza de Purcell llegó a su fin y muchos de ellos dejaron en el suelo sus instrumentos e inspiraron profundamente, como hacen los corredores al acabar una carrera. Entre los espectadores se escuchaban risas sordas y el crujido del papel cuando consultaban los programas. Lo siguiente era Mozart y después, por curioso que pudiera parecer, *Submarino amarillo*. Aliviada, Isabel comprobó que Strindberg no estaba incluido y por un instante, y con tristeza, se acordó de la noche en el Usher Hall, motivo que en el fondo la había llevado hasta allí para contemplar cómo la Orquesta Realmente Mala se esforzaba en completar el programa ante su confundido, pero leal público.

Al término del concierto hubo un entusiasta aplauso general y el director, vestido con un chaleco con ribetes dorados, hizo varias reverencias. Público y músicos fueron juntos al atrio para probar el vino y los sándwiches que la orquesta había preparado para sus espectadores, como compensación por asistir al concierto.

—Es lo mínimo que podemos hacer —explicó el director en sus palabras finales—. Han sido ustedes muy tolerantes.

Isabel conocía a unos cuantos de los músicos y a mucha

gente del público, y pronto se vio rodeada por un grupo de amigos que no se alejaban de una enorme bandeja de sándwiches de salmón ahumado.

—Creía que habían mejorado, pero después de lo que hemos oído esta tarde no estoy tan seguro —comentó uno de ellos—. La parte de Mozart...

—Ah, ¿era Mozart?

—Es terapéutico —intervino otro—. Mira lo felices que están. Son gente que no podría tocar en ningún otro sitio. Es terapia de grupo. Me parece fantástico.

—Tú puedes entrar en él. Tocabas la flauta, ¿no? —preguntó alguien volviéndose hacia ella.

—A lo mejor lo hago. Lo pensaré —aventuró, pero en lo que estaba pensando era en Johnny Sanderson, que debía de ser el hombre que había al lado de Peter Stevenson y que la miraba a través de la multitud, después de que éste indicara hacia donde estaba ella.

—Me gustaría que os conocierais —dijo Peter haciendo la presentación—. Puede que consigamos que Isabel se una a nuestra orquesta. Es mucho mejor que nosotros, pero no nos vendría mal otra flautista.

—Os vendría bien cualquier cosa. Clases de música, para empezar —intervino Johnny.

—No lo han hecho tan mal —los defendió Isabel entre risas—. A mí me ha gustado mucho *Submarino amarillo*.

—Su canción para las fiestas —aseguró Johnny cogiendo un canapé de pan integral y salmón ahumado.

Hablaron de la orquesta unos minutos antes de que Isabel cambiara el tema de la conversación. Había trabajado en McDowell's, según tenía entendido, ¿estaba satisfecho de su trabajo allí? Sí, respondió, pero después lo pensó un momento y la miró de reojo con fingido recelo.

—¿Por eso querías hablar conmigo? ¿O porque Peter ha insistido en que nos conociéramos?

185

Isabel lo miró a los ojos. No tenía sentido disimular más, estaba claro que era inteligente.

—Sí —contestó simplemente—. Me interesaría enterarme de algunas cosas.

—No hay mucho de lo que enterarse —afirmó Johnny—. Es el típico montaje. Casi todos son bastante sosos. Me llevaba bien con algunos compañeros, pero en general me parecían… aburridos. Lo siento. Suena un poco arrogante, pero así era. Gente de números, matemáticos.

—¿Y Paul Hogg?

—Pasable —contestó Johnny encogiéndose de hombros—. Demasiado formal para mi gusto, pero bueno en su trabajo. Es el típico ejemplo del personal que solía trabajar allí. Algunos de los nuevos empleados son diferentes. Paul representa el antiguo estilo financiero de Edimburgo, honrado hasta la médula.

186

Isabel le acercó la bandeja de salmón ahumado y Johnny cogió otro canapé. Ella levantó el vaso y bebió un poco de vino, que era de bastante mejor calidad que el que normalmente se servía en ese tipo de celebraciones. Eso había sido cosa de Peter, estaba segura.

Johnny había dicho algo que había llamado su atención. Si Paul Hogg era el típico ejemplo de la gente que trabajaba en McDowell's y era tan honrado, tal como lo había descrito él, ¿cómo eran los nuevos?

—Así pues, es una empresa que está cambiando —sugirió Isabel.

—Sí, claro. Como todo el mundo: bancos, entidades financieras, corredores de bolsa, todos. El nuevo espíritu es más duro. Se ahorran gastos. Es igual en todas partes, ¿no te parece?

—Supongo que sí —contestó Isabel. Tenía razón, las antiguas convicciones morales estaban desapareciendo y las reemplazaba el interés propio y la crueldad.

Johnny tragó el pan integral y el salmón ahumado y se chupó la punta de un dedo.

—Paul Hogg —dijo pensativo—. Mmm... Creo que era un poco niño mimado, la verdad, y luego va y aparece con una bruja explosiva, su prometida. Minty nosequé, Auchtermuchty, Auchendinny.

—Auchterlonie —apuntó Isabel.

—Espero que no sea prima tuya. No tenía intención de ofender a nadie.

—Lo que has dicho de ella es más o menos lo mismo que pienso yo, aunque has sido un poco más magnánimo —aseguró Isabel sonriendo.

—Ya veo que nos entendemos. Es más dura que el pedernal. Trabaja para un tinglado que hay en North Charlotte Street, el Escosse Bank. En mi opinión es una auténtica furcia. Va por ahí con un par de jóvenes de la oficina de Paul. La he visto alguna vez cuando éste no estaba presente. En una 187 ocasión en Londres, en un bar de la City, cuando creía que no había nadie de Edimburgo presente. Bueno, pues yo estaba y la vi, colgada de una de las nuevas promesas de Aberdeen, que consiguió trabajo en McDowell's porque es bueno haciendo malabarismos con los números y corriendo riesgos que merecen la pena. Juega en algún equipo de rugby. Es un tipo muy físico, pero sin embargo, inteligente.

—¿Colgada de él?

—Así, encima —le explicó Johnny haciéndole una demostración—. Lenguaje corporal nada platónico.

—Pero si está prometida a Paul Hogg.

—Exactamente.

—¿Y Paul lo sabe?

—Paul es un inocente que se ha juntado con una mujer que probablemente es demasiado ambiciosa para él. Suele pasar.

Isabel tomó otro sorbo de vino.

—¿Y qué es lo que ve en Paul? ¿Por qué tomarse la molestia?

—Por respetabilidad —aseguró Johnny categóricamente—. Es una buena tapadera para medrar en el mundo financiero de Edimburgo. Su padre fue socio fundador del Scottish Montreal y del Gullane Fund. Si se es un don nadie, por decirlo así, y se quiere ser alguien, nada mejor que el pobre Paul. Es perfecto. Tiene todos los contactos adecuados. Aburridas cenas con el mundo académico. Entradas de empresa para el Festival de Teatro, veladas de ópera. ¡Perfecto!

—Y mientras tanto ella prospera en su propia carrera.

—Por supuesto. Yo diría que lo que más le interesa es el dinero, y probablemete no mucho más. Bueno, a lo mejor los amigos. Un poco tempestuosos, como Ian Cameron.

Isabel se quedó callada. Daba la impresión de que la infidelidad era algo de lo más normal. Descubrir lo que hacía Toby la había sorprendido, pero después de enterarse de la historia de Minty, era lo que se podía esperar. Quizás uno debería sorprenderse ante la fidelidad, que de todas formas es hacia donde apuntan los sociobiólogos. Los hombres sienten un poderoso impulso de tener cuantas más compañeras posible para asegurar la supervivencia de sus genes, según dicen. Pero ¿y las mujeres? Puede que se sientan subconscientemente atraídas por los hombres que subconscientemente aseguran una mayor perpetuación de genes, lo que significaba que Minty e Ian eran una pareja perfecta.

Isabel estaba confundida, pero no tanto como para no poder formularle la siguiente pregunta de forma que pareciera inocente.

—Y me imagino que Ian y Minty tienen conversaciones en la cama sobre transacciones, dinero y cosas así. ¿No?

—No, porque eso sería tráfico de información privilegiada y personalmente nada me complacería más que cogerlos y colgarlos de las orejas en la puerta del New Club.

Isabel se imaginó el cuadro. Era casi tan bueno como imaginarse a Toby en una avalancha, Pero se obligó a olvidarlo y dijo:

—Creo que eso es exactamente lo que ha estado pasando.

Johnny se quedó inmóvil, tenía el vaso a medio camino de sus labios pero lo detuvo. Miró fijamente a Isabel.

—¿Lo dices en serio?

Isabel asintió.

—No puedo decirte exactamente por qué lo creo, pero te aseguro que tengo una buena razón para pensar así. ¿Me ayudarías a demostrarlo? ¿Podrías ayudarme a seguirles la pista?

—Sí, sí que puedo —aseguró Johnny dejando el vaso—. O, al menos, lo intentaré. No soporto la falta de honradez en los negocios, está arruinando el mercado. Hace que se pierda la confianza en todos nosotros, totalmente. Esa gente es una plaga.

—Estupendo. Me alegro.

—Pero hagas lo que hagas tiene que ser con discreción —añadió Johnny—. Si estás equivocada, nos habremos metido en un buen lío. No se pueden hacer acusaciones difamatorias sobre estas cosas. Nos pondrían una denuncia y yo quedaría como un tonto. ¿Lo entiendes?

Sí que lo hacía.

189

20

*L*a noche de la desagradable tarde en la que Isabel le había expresado sus miedos a Cat, ésta y Toby habían ido a un restaurante antes de lo previsto, pues su mesa estaba ocupada más tarde. La Facultad de Derecho había organizado una reunión de la Asociación Francobritánica de Juristas y muchos de sus miembros habían reservado mesa. Era el lugar apropiado para hablar sobre la jurisprudencia del *Conseil d'État* y de otra cuestiones, por supuesto.

Cat había abandonado la casa de Isabel deshecha en lágrimas. Grace había intentado hablar con ella cuando entró en la cocina, pero no estaba dispuesta a escuchar. En ese momento sólo sentía ira. Isabel no podía haber dejado más claro lo que pensaba de Toby. Lo había mantenido a distancia desde el principio, para estudiarlo, a tanta distancia que no le extrañaría que él lo hubiera notado, aunque jamás lo había mencionado. Sabía que tenían diferentes puntos de vista, pero ésa no era la razón por la que se había mostrado tan desdeñosa. Toby no era un intelectual como Isabel, pero ¿qué importaba? Tenían suficientes puntos en común como para coincidir en alguno; no es que fuera un completo ignorante, tal como le había dicho su sobrina en más de una ocasión.

Y sin embargo, Isabel se había mantenido distante y lo había comparado siempre, de forma negativa, con Hugo. Eso era lo que más le molestaba. No debía hacer comparaciones entre las relaciones. Cat sabía lo que quería: un poco de diversión y pasión también. Toby era apasionado. La necesitaba con una urgencia que la excitaba y Hugo no era así. Hablaba demasiado y siempre intentaba agradarla. ¿Y sus sentimientos? ¿No le preocupaban? Quizás Isabel no lo entendía. ¿Cómo iba a hacerlo? Había tenido un desastroso matrimonio hacía mucho, mucho tiempo y desde entonces, que ella supiera, no había tenido amantes. Así que verdaderamente no estaba en situación de entender y mucho menos de hacer ningún comentario sobre algo que sólo conocía superficialmente.

Cuando llegó al *delicatessen*, su repentina ira se había aplacado. Había pensado en volver sobre sus pasos e intentar reconciliarse con Isabel, pero si quería acudir a su cita con Toby a las seis, tal como tenía planeado, tendría que irse a casa pronto. La tienda no estaba muy llena y parecía que Eddie se desenvolvía bien él solo. En los últimos días se había mostrado más alegre y aquello la reconfortaba, aunque tampoco quería contar con él demasiado. Pensó que le hacía falta más tiempo, años quizá.

Habló brevemente con él y después se dirigió a su casa. Seguía preocupada por su conversación con Isabel, pero hizo un firme esfuerzo por apartarla de su mente. Esa noche celebraban solos su compromiso y no quería arruinar la velada más de lo que ya estaba. Su tía se había equivocado, eso era todo.

Toby fue puntual, subió de un salto los escalones de la puerta y le ofreció un gran ramo de claveles. En la otra mano llevaba una botella de champán, envuelta en papel de seda y fría. Pasaron a la cocina, donde Cat colocó las flores en un jarrón y Toby se ocupó de abrir el champán. Al subir las escaleras corriendo la había sacudido y el corcho salió con un gran estallido y la espuma cayó en cascada por el cuello de la botella. Toby hizo un chiste que hizo sonrojar a Cat.

Brindaron por ellos antes de ir al cuarto de estar. Des-

191

pués, un poco antes de que llegara el taxi, pasaron al dormitorio y se abrazaron. Toby dijo que le gustaba el olor a perfume de su dormitorio. Le revolvió el vestido y Cat tuvo que forcejear para mantener la compostura. Nunca había sentido algo con tanta intensidad, jamás.

Durante la cena hablaron de cosas triviales: sobre cómo redactar el anuncio en *The Scotman* y sobre la reacción de los padres de Toby cuando les dio la noticia.

—Mi viejo parecía aliviado y exclamó: «¡Ya era hora!», o algo parecido. Entonces le dije que necesitaría un aumento de sueldo y eso le borró la sonrisa de la cara.

—¿Y tu madre?

—Empezó a hablar de lo maja que eres. También parecía muy contenta. Creo que siempre le ha preocupado que acabara con algún putón. No es que le haya dado ningún motivo para pensar algo así.

—Ya… —bromeó Cat.

Toby sonrió.

—Me alegro de que dijeras que sí —aseguró cogiéndole la mano—. Si hubieras dicho que no, me habría hundido.

—¿Y qué habrías hecho? ¿Buscar otra mujer?

La pregunta flotó en el aire un momento. No lo había pensado, pero en ese momento, de repente, sintió algo en su mano, como una ligera descarga eléctrica, una suave sacudida. Lo miró y durante un instante vio pasar una sombra, un cambio en la luz de sus ojos. Algo casi imperceptible, pero ella lo notó.

Se soltó de la mano y, momentáneamente aturdida, apartó las migajas de pan que había al lado del plato.

—¿Por qué iba a hacer una cosa así? —preguntó Toby sonriendo—. No soy de esa manera.

Cat sintió que el corazón le empezaba a latir con fuerza al mismo tiempo que volvía a escuchar la conversación con su tía, reprimida hasta ese momento.

—Claro que no —dijo alegremente—. Por supuesto.

Pero se imaginó a Toby y a la compañera de piso de su hermana Fiona. Estaba desnudo, de pie al lado de una ventana, mirando por ella como hacía cuando se levantaba de la cama, y la otra chica lo observaba como ella misma hacía. Cerró los ojos para librarse de aquel pensamiento, de aquella horrible imagen, pero no lo consiguió.

—¿Qué vamos a hacer? —preguntó de repente.

—¿Cuándo?

—Ahora —dijo Cat intentando sonreír—. ¿Volvemos a casa o vamos a ver a alguien? Me apetece quedar con alguien.

—Si es que no han salido todos… ¿Qué te parecen Richard y Emma? Siempre están. Podemos llevar una botella de champán y darles la buena noticia.

Cat pensó con rapidez. La desconfianza, una tensión interior que aumentaba rápidamente, la incitaba.

—No, no me apetece ir hasta Leith. ¿Qué te parece ir a ver a Fiona? Al fin y al cabo es tu hermana; deberíamos celebrarlo con ella. Vamos a Nelson Street.

Lo miró. Sus labios se habían abierto ligeramente cuando ella empezó a hablar, como si fuera a interrumpirla, pero la dejó acabar.

—No sé, la veremos mañana en casa de mis padres. No hace falta ir hasta allí ahora.

—No. Vamos a su casa. Me apetece mucho.

Toby no volvió a protestar, pero Cat notó que estaba nervioso. En el taxi guardó silencio y se dedicó a mirar por la ventanilla mientras bajaban The Mound y después subían la cuesta de George Street. Cat no dijo nada, aparte de pedirle al taxista que parara en la puerta de una tienda de licores que abría por la noche. Toby bajó, compró una botella de champán y volvió a subir al taxi. Hizo un comentario sobre el dependiente de la tienda y algo intrascendente sobre la visita a casa de sus padres que habían planeado para el día siguiente. Cat asintió, pero no se enteró de lo que le había dicho.

Se detuvieron frente a la casa de Fiona en Nelson Street. Toby pagó el taxi y Cat se acercó a las escaleras. En el interior había luz; Fiona estaba dentro. Mientras lo esperaba, miró a Toby y llamó al timbre. Éste jugueteaba con el papel que envolvía la botella de champán.

—Lo vas a romper.

—¿El qué?

—Vas a romper el papel.

La puerta se abrió, pero en ella no pareció Fiona, sino otra mujer. Miró a Cat como si no entendiera nada y después se dio cuenta de que estaba Toby.

—Fiona… —empezó a decir Cat.

—No está —contestó aquella mujer. Se dirigió hacia Toby, que por un momento pareció echarse hacia atrás, pero ella estiró la mano y lo cogió por la muñeca.

—¿Quién es tu amiga, Toby?

—Su prometida. Me llamo Cat.

194

21

*I*sabel echó al correo la carta de disculpa el día antes del concierto de la Orquesta Realmente Mala y Cat contestó dos días después. La respuesta llegó en una postal de un cuadro de Raeburn, el reverendo Robert Walker patinando en el lago Duddingston, una imagen con tanta fuerza y tan inmediatamente reconocible a escala local como *El nacimiento de Venus*. Pensó en el efecto relajante que tiene el buen arte, que logra estremecer a la persona que lo contempla, lo que no hacen ni Damien Hurst ni Andy Warhol. Con ellos uno no se queda asombrado. Quizá consiguen que te pares en seco, pero no es lo mismo; el estremecimiento es algo completamente diferente.

Le dio la vuelta al clérigo del siglo XVIII y leyó el mensaje de Cat: «Por supuesto que te perdono, siempre lo hago. De todas formas, ha ocurrido algo que me ha demostrado que tenías razón. Ya está; pensaba que me iba a costar mucho decirlo y supongo que así ha sido. Casi no he podido seguir escribiendo. Si vienes a tomar un café a la tienda te dejaré que pruebes un queso que acaba de llegar. Es portugués y sabe a olivas. Cat».

Isabel agradeció el amable carácter de su sobrina, aunque una de las facetas de ese mismo carácter fuera su falta de juicio en lo tocante a hombres. Estaba segura de que había muchas jóvenes que no habrían perdonado tan fácilmente una intromisión de ese tipo y, por supuesto, todavía había menos que admitieran que su tía tenía razón en semejante asunto. Eran buenas noticias e Isabel esperaba con impaciencia enterarse de cómo había desenmascarado a Toby; quizá lo había seguido, como ella, y había llegado a una conclusión por la más convincente de las pruebas: la de los propios ojos.

Fue paseando hasta Brunstfield disfrutando del calor del sol. En Merchiston Crescent había una obra; estaban empotrando una casa en una pequeña parcela que había en una esquina y sobre la embarrada calzada había un saco de cemento. Unos pocos pasos más adelante vio unas gaviotas que volaban en círculo sobre los tejados, en busca de un sitio donde anidar. En aquel barrio pensaban que esas aves eran una plaga —grandes y piantes pájaros que se lanzaban en picado sobre los que se acercaban demasiado a sus nidos—, pero nosotros también construimos y dejamos cemento y piedras y basura, y somos igual de agresivos territorialmente. *The Journal* tenía previsto sacar un número sobre ética medioambiental al año siguiente e Isabel había solicitado los artículos. Era posible que alguien escribiera sobre la ética de la basura. No es que hubiera mucho que decir al respecto: la basura era sin lugar a dudas mala y seguramente nadie argumentaría en su favor. Sin embargo, ¿por qué era malo tirar basura? ¿Era simplemente una objeción estética basada en la idea de que la contaminación de la superficie era poco atractiva? ¿O se trataba del impacto estético ligado a la angustia que otras personas sienten ante la basura? Si ése era el caso, entonces incluso podríamos tener la obligación de ser atractivos a los ojos de los demás, para evitarles el sufrimiento. Una cuestión con interesantes implicaciones.

Una de ellas se presentó ante Isabel unos cincuenta pasos más adelante, en la puerta de Correos, por la que salió un joven de unos veintitantos años —la edad de Hugo, quizá— que llevaba varios pinchos metálicos en el labio inferior y en la barbilla. Aquellos puntiagudos clavos sobresalían provo-

196

cativamente, como pequeños falos afilados, e hicieron que Isabel pensara en lo desagradable que debe de ser besar a un hombre que los lleve. La barba es una cosa —hay mujeres que se quejan de la reacción de su piel cuando entra en contacto con la de los hombres que no se afeitan—, pero con toda seguridad, la sensación de esas puntas metálicas en los labios y en las mejillas debía de ser más molesta. Fría, quizá; cortante, con toda seguridad, pero ¿quién querría besar a un joven como aquél, con el entrecejo fruncido y ese aspecto tan descorazonador? Isabel se formuló la pregunta y se respondió inmediatamente: sin duda hay muchas chicas a las que les gustaría y seguramente lo hacían. Chicas con anillos en el ombligo y la nariz, que llevan collares de tachuelas. Después de todo, los clavos y los anillos se complementan. Lo único que tiene que hacer ese tipo de chicos es buscar gente que esté en su onda.

Cuando cruzaba la calle hacia la tienda de Cat, vio que el joven de los pinchos salía corriendo delante de ella en la misma dirección y, de repente, tropezaba en el bordillo. Dio un traspiés y cayó sobre una de sus rodillas en las losas de piedra de la acera. Isabel, unos cuantos pasos detrás de él, se acercó y le ayudó a levantarse. Una vez de pie, el joven estudió el desgarrón que se había hecho en los descoloridos pantalones vaqueros. Después la miró y sonrió.

—Gracias —dijo con voz suave y ligero acento de Belfast.

—Menudo tropezón. ¿Estás bien?

—Sí, creo que sí. Sólo me he roto un poco los pantalones, eso es todo. De todas formas, hoy en día hay gente que paga por llevarlos desgarrados. A mí me han salido gratis.

Isabel sonrió y, de repente, dijo:

—¿Por qué llevas todos esos clavos en la cara?

—¿Los *piercings*? —preguntó sin parecer molesto y tocando la punta que sobresalía de su labio inferior—. Supongo que son mis joyas.

—¿Tus joyas? —se extrañó Isabel fijándose en el diminuto anillo dorado que llevaba en una ceja.

—Sí. Usted lleva joyas y yo también. Me gustan y demuestra que no me preocupa.

—¿Que no te preocupa el qué?

—Lo que piense la gente. Deja bien claro que tengo mi propio estilo. Que soy yo. Que no llevo un uniforme.

Isabel sonrió. Valoraba aquella franqueza y le gustaba su voz y su marcada cadencia.

—Me parece estupendo. Los uniformes no son buenos. —Hizo una pausa. El sol centelleaba en uno de los clavos y proyectaba un débil y reverberante reflejo en el labio superior—. A menos que en tu afán por evitarlos te hayas puesto uno. Es una posibilidad, ¿no te parece?

—Vale —exclamó riéndose y echando la cabeza hacia atrás—. Voy exactamente igual que el resto de la gente que lleva *piercings*, ¿y...?

Isabel miró hacia la calle. No estaban lejos de la tienda de Cat y pensó que no le costaría nada invitar a aquel joven a tomar un café antes de probar el queso portugués de su sobrina. Entrar con alguien lleno de clavos distraería a su sobrina. Estaba segura de que ésta tenía asumido que todos los amigos de su tía eran de un solo tipo; muy bien, la dejaría especular acerca de Púas.

Hizo un gesto hacia la puerta del *delicatessen*.

—Iba a tomar un café allí. Lo hacen muy bien. Te invito a uno y continuamos la conversación.

El joven pareció meditarlo un segundo.

—¿Se me está insinuando?

—Lo que te he insinuado es que te levantaras, Púas, si me permites llamarte así. Me temo que no eres mi tipo y me imagino que yo no soy el tuyo. Así que por qué no nos tomamos un café y hablamos de todas estas cosas antes de que nos digamos adiós.

Púas dudó un instante y miró su reloj.

—Tengo que estar en un sitio dentro de cuarenta minutos. Pero ¿por qué no? Sí, vamos.

—Eres de Belfast, ¿verdad? —le preguntó Isabel mientras iban hacia el *delicatessen*.

—De cerca. De un sitio en la península de Ards donde nunca pasa nada.

—La mayoría de los ambientes de donde es la gente son así —comentó Isabel—. Nacen en sitios en los que no pasa nada y se van a otros donde creen que pasan muchas cosas. Así que los pueblos que abandonan se quedan aún con menos vida.

—Aquí hay muchas cosas; para mí está bien.

—¿Y qué es eso que está bien?

—Cine, bares, gente…

—Supongo que es lo que resume a una ciudad: cine, bares, gente. Es extraño, ¿no te parece?, que vivamos para esas cosas. Que sean nuestro objetivo. No es mucho, ¿no crees?

Llegaron a la puerta y Púas no tuvo tiempo de contestar aquella pregunta. La abrió y dejó que pasara Isabel. Las dos mesas estaban vacías y se sentaron en la más cercana a la salida. Cat, que estaba en el mostrador con un cliente, los miró y saludó.

—Mi sobrina es la dueña. Es aquélla de allá. Nos traerá un café enseguida.

—Estupendo. Huele muy bien, a queso, café y ese tipo de cosas.

—¿Trabajas?

Púas estaba mirando las estanterías y no contestó inmediatamente a la pregunta. Después, dijo:

—¿Por qué debería hacerlo?

—Para sobrevivir, supongo.

—Sobrevivo sin tener que hacerlo —contestó Púas con toda tranquilidad—. ¿Y usted?

—Un poco. Tengo un trabajo insignificante. No sé si alguien lo valora, pero yo sí lo hago.

Miró a su sobrina, que estaba metiendo la compra de su cliente en una bolsa. Se dio cuenta de que no tenía ni idea de la vida que podría llevar ese chico. Era de Irlanda del Norte, se consideraba a sí mismo un espíritu libre y no trabajaba. Pero ¿qué otras cosas hacía? ¿En qué ocupaba el tiempo? Difícilmente podía estar a todas horas en el cine o en los bares, ¿o sí? Quizás era simplemente lo que hacía.

—Estoy intrigada —dijo Isabel de repente—. Seguramente llevas una vida muy diferente a la mía y me gustaría saber más de ella. Supongo que es pura curiosidad, pero ¿tienes tú algún interés por la mía? Seguramente no.

—Eres muy rara —dijo Púas con una sonrisa bailándole en los labios—. Hablarme de esa forma. ¿Cómo sabes que no me voy a ofender y decirte que te metas en tus propios asuntos?

—Sé que no lo harás. Se nota que no eres así, que no te importa que te hable… —Se calló. Eddie acababa de entrar con una caja en las manos. Había abierto la puerta con la espalda y al darse la vuelta vio a Isabel y a su acompañante. Se quedó de piedra, con la boca ligeramente abierta. Púas le daba la espalda, pero se fijó en que Isabel miraba en esa dirección y se dio la vuelta. Después se volvió hacia Isabel mientras Eddie se dirigía rápidamente hacia el almacén que había al fondo de la tienda y tiraba a su paso una gran bandeja de huevos de corral, que se rompieron al chocar contra el suelo. Al oír el ruido, Cat frunció el ceño.

—Tengo que irme —dijo Púas repentinamente—. Lo siento, otro día.

Isabel se levantó e hizo una seña hacia la clara de huevo que se extendía por el suelo.

—Ten cuidado —le previno, pero Púas ya había llegado a la puerta y salía por ella. Después se volvió y vio que Cat había entrado en el almacén. La siguió y la encontró con un brazo alrededor de Eddie, que miraba el suelo temblando.

—¿Estás bien? —le preguntaba Cat en voz baja, aunque Isabel consiguió oírla.

—Sí —murmuró Eddie—. Estoy bien.

—No, no lo estás —aseguró Cat—. Algo te ha molestado.

—No, no pasa nada.

Cat se volvió hacia Isabel y le hizo señas para que los dejara solos.

*J*ohnny Sanderson llamó a Isabel —tal como había asegurado que haría— pocos días después del concierto de la Orquesta Realmente Mala. La citó en los salones de la Asociación del Whisky Escocés de Leith, el viernes a las seis. Había una cata de whiskies y podría probarlos, si se atrevía. Tenía información y podría contársela durante aquel acto. No habría problemas para hablar.

Isabel desconocía el mundo del whisky y lo bebía en raras ocasiones, pero sabía que en las catas se utilizaba más o menos la misma parafernalia que para el vino, aunque el lenguaje era completamente diferente. Los catadores de aroma de whisky, tal como se llamaban a sí mismos, evitan lo que denominan como «la cursilería» del vocabulario del vino. Mientras los enófilos recurren a adjetivos rebuscados, éstos utilizan el lenguaje de la calle y detectan indicios de algas podridas, o incluso sabor a gasoil. Isabel pensó que tenía mucho mérito. Los maltas de las islas, que apenas se atrevía a probar a pesar del entusiasmo que había demostrado su padre por ellos, le recordaban a antiséptico y al olor de la piscina del colegio, y en cuanto a su sabor, gasoil parecía ser el adjetivo que mejor lo definía. No es que fuera a exteriorizar esos puntos de vista en la Asociación del Whisky Escocés o ni siquiera confesárselo a Johnny Sanderson, del que alguien había dicho que tenía whisky en las venas debido a las cuatro generaciones de destiladores de las Highlands que había en su árbol genealógico y que comenzaba, como orgullosamente había señalado él, con un humilde campesino arrendado que tenía un alambique ilegal detrás del vallado para las ovejas. Los proveedores de whisky tenían fama de haber fundado auténticas dinastías, como Joe Kennedy, al que el abuelo de Isabel conoció, aunque no en profundidad, cuando éste empezaba a dejar el negocio del ganado y el alcohol por el de la compra y venta de terrenos durante la segunda guerra mundial. El abuelo de Isabel, un hombre de principios, adivinó sus intenciones desde el primer momento y rechazó una tentadora oferta por su empresa. A partir de entonces se estremecía cuando alguien mencionaba el apellido Kennedy, algo suficientemente elocuente y de hecho más expresivo que las mismas palabras.

A Isabel le divertía el hecho de acompañar las referencias verbales con gestos. Se sorprendía cuando veía a los devotos cristianos santiguarse cuando alguien mencionaba a la Virgen María, incluso le gustaban sus siglas, VM, que la hacían parecer tranquilizadoramente moderna y competente, como CEO y misil AGM, o incluso BMW. También le gustaban los sitios como Sicilia en los que se escupía a un lado cuando alguien pronunciaba el nombre de un enemigo o, como pasaba a veces en Grecia, cuando se hablaba de Turquía o en turco. Se acordó del tío griego de una amiga suya al que toda la familia protegía de cualquier mención de Turquía, por miedo a que sufriera un ataque al corazón. O el propietario de un hotel en una isla griega en el que estuvo una vez, que se negaba a admitir que desde su terraza se viera la costa turca; según él era imposible, no la veía. Así que uno podía proponerse que ese país no existía, si ése era su deseo. Todo aquello debía evitarse, Isabel lo sabía. Jamás había escupido al oír pronunciar un nombre —ni siquiera había puesto los ojos en blanco—, bueno quizá sí lo había hecho una o dos veces cuando en alguna conversación alguien mencionaba alguna figura muy conocida en el mundo del arte. Pero eso, pensó, tenía justificación, a diferencia de lo que hacían los griegos con los turcos y éstos, imaginó, con los griegos.

Johnny Sanderson estaba allí cuando ella llegó y la condujo a un tranquilo rincón del salón.

—Una pregunta antes de empezar. ¿Te gusta o no? Porque si no te gusta puedo ir a buscarte un vaso de vino.

—Algunos whiskies me gustan.

—¿Cuáles?

—Los de Speyside. Los suaves, los que no pican.

—Me parece razonable —aseguró Johnny—. Macallan, un agradable speyside de quince años. Nadie se sentirá ofendido.

Isabel permaneció sentada mientras Johnny iba a pedir al bar. Le gustaba aquel templo dedicado al whisky, sus altos techos y su amplitud. También le caía bien aquella gente, franca y con cara de buena persona que creían en la camaradería y en el buen humor. Se imaginó que no miraban mal a sus semejantes, a diferencia de los que hoy en día velan por las costumbres. Gente indulgente, como los gourmets, con tendencia a las actitudes tolerantes y sociales. Los desdichados y angustiados son los que se obsesionan con las dietas.

Una vez le enviaron un ensayo a la revista que sugería que estar delgado era una obligación. *La gordura es una cuestión moral* era el título que había elegido la autora; una obra muy mala, pensó Isabel, pero con un título inteligente que ya había utilizado otra persona. La argumentación también era pobre, completamente previsible y totalmente deprimente. En un mundo necesitado, sólo se podía ser delgado. Hasta que todos pudiéramos consumir calorías hasta saciarnos, nadie debería tener exceso de peso. Por lo tanto, los gordos no tenían derecho a ser lo que eran. La justa distribución exigía lo contrario.

Había leído el ensayo con creciente enfado, pero al final,

cuando lo desestimó y fue a la cocina a coger un trozo de tarta, se detuvo frente al plato y pensó: «Puede que el tono de la autora de *La gordura es una cuestión moral* sea mojigato, pero tiene razón; las reivindicaciones de los que pasan hambre son exigencias morales muy especiales. No pueden desoírse, uno no puede desentenderse de ellas, a pesar de que las personas que las hacen en nombre de los hambrientos nos parecen unos aguafiestas». Y ése, quizás, era el problema: el tono con el que la autora se había expresado —ese tono acusatorio— había molestado a Isabel. Su condescendencia le había hecho sentir que la estaban acusando de falta de moderación y de glotonería. Pero no podía negar la verdad fundamental que contenía aquel ensayo: las súplicas de los hambrientos no pueden desoírse. Y si era necesario estudiar por qué el exceso de consumo priva a algunas personas de comida, había que hacerlo. Con ese pensamiento en mente, miró la tarta y después volvió a guardarla en la nevera.

205

—Esto es muy bueno —aseguró Johnny levantando su vaso hacia ella—. Quince reposados años en una cuba. Entonces yo tenía, déjame pensar, treinta; acababa de tener mi primer hijo y creía que era listísimo y que a los cuarenta sería millonario.

—¿Lo conseguiste?

—No, nunca conseguí ganar un millón, pero llegué a mi cuadragésimo aniversario, que de alguna forma es un privilegio aún mayor.

—Pues sí. Hay gente que pagaría millones por vivir un año, y no digamos por cuarenta.

—La avaricia tiene tantas caras... —comentó Johnny mirando el interior de su vaso—. Educada o descarada, en el fondo siempre es lo mismo. Nuestra amiga Minty, por ejemplo...

—¿Te has enterado de algo?

Johnny miró a sus espaldas. La cata de whiskies iba a empezar al otro lado del salón y un grupo de gente se arremolinaba alrededor de la mesa en la que habían dispuesto unas filas de vasos y jarras de agua de cristal tallado.

—Charlie está a punto de empezar. Está olfateando el aire.

Isabel miró al catador de aromas de whisky, un hombre fornido vestido con un cómodo traje de *tweed* que lucía un enorme bigote. Observó cómo se servía un vaso de whisky y lo levantaba para mirarlo a contraluz.

—Lo conozco.

—Todo el mundo lo conoce —aseguró Johnny—. Charlie Maclean. Puede oler el whisky a cincuenta metros. Tiene una nariz extraordinaria.

Isabel miró su pequeña dosis de malta y tomo un sorbo.

—Cuéntame lo que has averiguado de Minty.

—Nada —contestó Johnny meneando la cabeza—. Lo único que he dicho es que es avariciosa, lo que es indudable. De lo que me he enterado es mucho más interesante. Me han hablado de lo que ha estado haciendo su amigo Ian Cameron. Me lo imaginaba, pero ahora sé mucho más gracias a mis descontentos amigos que trabajan en McDowell's.

Isabel no dijo nada y esperó a que continuara. En el otro extremo del salón, Charlie Maclean comentaba alguna de las cualidades del whisky a su atento público, entre el que una o dos personas asentían con la cabeza entusiasmados.

—Pero antes necesitas que te ponga en antecedentes. Las empresas como McDowell's no son muy antiguas. Hace poco celebraron su vigésimo aniversario, creo. Y tampoco empezaron con un capital enorme; calculo que los socios fundadores aportarían unos cincuenta mil o algo así entre los dos. En la actualidad, esa cantidad es calderilla para ellos.

Isabel observaba a Johnny, que miraba su vaso de whisky y le daba vueltas suavemente por la pared del vaso, igual que Charlie Maclean hacía para su público al otro extremo del salón.

—Crecimos rápidamente —continuó Johnny—. Aceptamos fondos de pensiones y los invertimos cuidadosamente en acciones fiables. Por supuesto, el mercado iba bien y teníamos buenas perspectivas. A finales de los ochenta administrábamos más de dos mil millones y, a pesar de que nuestra tarifa era ligeramente más baja que el medio punto que habíamos estado cobrando por nuestros servicios, puedes imaginarte lo que eso significaba en beneficios. Contratamos a gente inteligente. Estudiamos lo que ocurría en Extremo Oriente y en los países en vías de desarrollo. Nos movíamos en ellos con bastante éxito, pero por supuesto, les pillamos los dedos con las acciones en Internet, al igual que todo el mundo. Ésa fue la primera ocasión en la que nos asustamos. Yo estaba con ellos en ese momento y me acuerdo de cómo cambió el ambiente. Recuerdo una reunión en la que Gordon McDowell tenía aspecto de haber visto un fantasma: estaba totalmente blanco.

»Sin embargo, aquello no nos hundió; sólo significaba que teníamos que actuar con mayor rapidez, y también que teníamos que trabajar más duro para conservar sus clientes, que estaban muy nerviosos por lo que estaba pasando con sus fondos y empezaban a preguntarse si estarían más seguros en la City de Londres. Al fin y al cabo, la razón por la que alguien viene a Edimburgo es para conseguir solidez y seguridad. Si esta ciudad se volvía inestable, uno podía unir su suerte con la del sector más arriesgado de Londres.

»Por aquel entonces empezamos a buscar gente nueva. Contratamos al personaje ese de Cameron y a unos cuantos más como él. Empezó a estudiar nuevas acciones, que parecía ser en lo único en lo que podíamos conseguir una cantidad decente de dinero. Pero, por supuesto, las nuevas emisiones las suscribía gente importante de Londres y Nueva York, y normalmente Edimburgo no tenía muchas posibilidades. Ver que su valor aumentaba un dos o tres por ciento a los pocos meses de su emisión era exasperante. Todo ese beneficio iba a parar a los que tenían una estrecha relación con las casas emisoras en Londres, a las que daban una buena asignación. Cameron empezó a ocuparse de parte de esas emisiones y también de una o dos cosas más, y poco a poco iba quitando fondos de las acciones que no producían mucho. Nuestro amigo Cameron es muy bueno en eso. Se deshizo de unas cuantas acciones un mes o algo así antes de que hubiera un aviso de caída de beneficios. Nada excesivamente descarado, pero lo hizo. No me enteré hasta que hablé con unos amigos que trabajaban con él; yo estaba en otro departamento. Me dijeron que se habían hecho dos grandes ventas en los últimos seis meses, ambas antes de un aviso de ese tipo.

Isabel lo había estado escuchando atentamente. Todo lo que le explicaba era el músculo que necesitaba el esqueleto de su teoría.

—¿Hay alguna prueba concreta de que se utilizara información confidencial en esos dos casos? ¿Algo en lo que apoyarnos?

—Buena pregunta —dijo Johnny sonriendo—, pero me temo que no te gustará la respuesta. La verdad es que esas dos ventas fueron de acciones de empresas en las que el asesor era el banco en el que trabaja Minty Auchterlonie. Así que Minty podía disponer de información privilegiada y habérsela pasado a Paul o, por el contrario, no haberlo hecho. En mi opinión no hay forma de probarlo. Por lo que me he enterado, en los dos casos hubo un momento en la reunión en el que Cameron sugirió la posibilidad de vender las acciones y en ambas ocasiones adujo un motivo muy convincente.

—Y, sin embargo, la verdadera razón podría ser lo que Minty le había contado.

—Sí.

—¿Y no hay forma de probar que el dinero cambió de manos entre Cameron y Minty?

Johnny pareció sorprendido.

—No creo que necesariamente pasara algo así, a menos que compartiera la prima con ella. No, lo más probable es que lo hicieran por varias razones. Ella tenía una relación sexual con él que quería mantener. Eso es perfectamente posible. La gente da cosas a sus amantes simplemente porque lo son. Es la misma historia de siempre.

—¿O?

—O Minty estaba realmente preocupada porque el departamento de Paul Hogg se estuviera quedando atascado y quisiera darle un nuevo impulso, ya que él era parte de su plan para entrar en el corazón de las altas esferas de Edimburgo. Como futura señora Hogg no le interesaba unir su futuro al de una vieja gloria.

Isabel reflexionó sobre aquello.

—Así que lo que me estás diciendo es que es posible que haya habido tráfico de información privilegiada, pero que nunca se podrá probar, ¿no?

Johnny asintió.

—Lo siento. Así son las cosas. Puedes intentar examinar con mayor detenimiento la situación financiera de Minty y ver si hay ganancias imprevistas que no pueda explicar, pero no sé cómo vas a conseguir esa información. Su banco es el Adam and Company y son muy discretos; no lograrás engatusar a ningún empleado, son muy correctos. Así que, ¿qué piensas hacer?

—¿Olvidarme de todo?

—Me temo que es lo mejor —aseguró Johnny suspirando—. Créeme que me fastidia, pero creo que no hay nada que hacer. Bueno, quizá puedas estar al tanto de lo que hace Minty, pero dudo mucho de que alguien pueda acusarla de nada.

Isabel levantó el vaso y tomo un sorbo de whisky. No había querido mencionarle su verdadera sospecha a Johnny, pero le estaba agradecida por las indagaciones que había hecho y porque quería confiarse a otra persona que no fuera Hugo. Si Johnny creía que su teoría sobre lo que había pasado en el Usher Hall era descabellada, a lo mejor debería darse por vencida.

—¿Te importa que te cuente algo? —le pidió dejando el vaso en la mesa.

—En absoluto. Soy muy discreto —aseguró Johnny haciendo un gesto despreocupado.

—Hace poco, un joven cayó desde el gallinero del Usher Hall y se mató. Seguramente lo leerías en los periódicos.

Johnny pensó un momento antes de hablar.

—Creo que lo recuerdo. Fue algo terrible.

—Sí, muy doloroso —continuó Isabel—. Yo estaba allí en ese momento; no es que sea importante, pero lo que sí es interesante es que ese joven trabajaba en McDowell's. Debió de entrar después de que tú te fueras y estaba en el departamento de Paul Hogg.

—Ya veo —dijo Johnny, que había cogido el vaso y la miraba por encima del borde.

«No muestra ningún interés», pensó Isabel.

—Me vi envuelta en aquel asunto —continuó—. Una persona que lo conocía muy bien me dijo que había descubierto algo muy extraño en esa empresa.

Hizo una pausa. Johnny miraba a lo lejos, a Charlie Maclean.

—Y por eso le empujaron desde esa galería —dijo en voz baja—. Le empujaron.

Johnny volvió la cara hacia ella. Isabel no pudo descifrar su expresión. «Ahora sí está interesado, pero su interés parece teñido de incredulidad», pensó Isabel.

—Me parece poco probable —dijo al cabo de un rato—. La gente no hace ese tipo de cosas. Simplemente no las hace.

—Yo creo que sí —dijo Isabel suspirando—. Por eso quería saber más sobre Minty y el tráfico de información privilegiada. Podría tener sentido.

—No; creo que deberías dejarlo —sugirió Johnny meneando la cabeza—. No creo que llegues a ninguna parte.

—Lo pensaré. De todas formas, te estoy muy agradecida.

—Si quieres ponerte en contacto conmigo, éste es el número de mi móvil. Llama cuando quieras. Suelo estar despierto hasta media noche.

Le dio una tarjeta en la que había garabateado un número e Isabel la guardó en su bolso.

—Vamos a ver lo que nos cuenta Charlie Maclean —propuso Johnny levantándose.

—Paja húmeda —dijo éste desde el otro extremo del salón mientras ponía la nariz en la boca del vaso—. Huelan esta copita. Paja húmeda, lo que, a mi modo de ver, significa que viene de una destilería de los Borders. Paja húmeda.

23

« *P*or supuesto, Johnny tiene razón», pensó Isabel. Aquello era el fin; jamás podría probar que Minty Auchterlonie utilizaba información privilegiada y, aunque pudiera, tendría que relacionarlo de alguna manera con la muerte de Mark. Johnny conocía a esa gente mucho mejor que ella y se había mostrado incrédulo ante su teoría. Lo aceptaría y abandonaría.

Había llegado a esa conclusión la noche de la cata de whiskies. Se despertó, miró las sombras del techo un momento y finalmente tomó la decisión. Al poco se quedó dormida y por la mañana —un fantástico día en el límite entre la primavera y el verano— sintió una extraordinaria libertad, como la que se siente cuando se acaba un examen, se deja el papel y el bolígrafo y ya no se puede hacer nada más. A partir de aquel momento el tiempo volvía a ser suyo. Podía dedicarse por completo a la revista y al montón de libros que esperaban incitantemente apilados en el estudio. Podía permitirse el lujo de tomar un café por la mañana en Jenners y contemplar cómo cotilleaban las ricachonas de Edimburgo, un mundo en el que podía haber entrado sin ningún problema y que había evitado en un acto deliberado de libre albedrío, gracias al cielo. Y, sin embargo, ¿era más feliz que aquellas mujeres con sus bien situados maridos y sus hijos listos para parecerse a sus padres y perpetuar aquel mundo seguro de sí mismo de la alta burguesía de Edimburgo? Seguramente no: ellos eran felices a su manera (no debo mostrar condescendencia, pensó) y ella a la suya. Y Grace y Hugo a la suya y Minty Auchterlonie... Se paró y pensó: «Cómo se sienta Minty Auchterlonie no es de mi incumbencia». No, no iría a Jenners aquella mañana, pero daría un paseo hasta Brunstfield, compraría algo que oliera bien en la tienda de quesos Melli's y después se tomaría un café en el *delicatessen* de Cat. Por la tarde había una conferencia en el Royal Museum of Scotland a la que podía asistir. El catedrático Lance Butler de la Universidad de Pau hablaba sobre Beckett, como siempre. Suficientes emociones para un día.

Y, por supuesto, tenía los crucigramas. Una vez en el piso de abajo, cogió el periódico de la esterilla del recibidor y miró los titulares. «Preocupación por los bancos bacaladeros» leyó en la primera página de *The Scotman*, en la que también aparecía la fotografía de unos barcos amarrados en Peterhead; un panorama aún más sombrío para Escocia y para una forma de vida que había generado una poderosa cultura. Los pescadores habían compuesto canciones, pero ¿qué cultura dejaría una generación de informáticos? Ella misma contestó su pregunta: más de lo que podría imaginarse, una cultura electrónica de cuentos por correo electrónico e imágenes creadas por ordenador, efímera y poco original, pero sin duda una cultura.

Buscó el crucigrama y rápidamente resolvió algunas respuestas. «Dolor de oídos (6)». Otitis era un cliché en el mundo de los crucigramas y aquello le molestaba. A ella le gustaba más lo novedoso en las definiciones, por malas que fueran. Después se topó con «Actúe el cleptómano (4)», «Igualdad de nombres (9)» y «Rareza, irregularidad (11)», hasta que llegó a «Dios griego inmortal que ríe una exclamación, ¡madre! (6)». Aquello sólo podía ser zeugma: Zeu(s) g (risa) ma (mamá), una palabra que no conocía y que la obligó a consultar un diccionario, que confirmó su sospecha. Le gustaban aquellas definiciones, claras y aleccionadoras. El zeugma, explicaba, es correcto, a diferencia de la silepsis, con la que normalmente se lo confundía. Así que «La belleza de la señora Bolo era legendario» era una silepsis porque no había concordancia entre el nombre y el adjetivo mientras que «Compró una hogaza que era prieta como una fruta madura, dorada como el sol de junio» era un zeugma que no requería la introducción de un verbo diferente al que ya estaba allí.

Cuando llegó Grace, Isabel había terminado de desayunar y había revisado el correo de la mañana. Su ama de llaves llegaba tarde, en un estado de gran agitación y en un taxi, una llegada muy siléptica, pensó Isabel. Grace era muy estricta en cuestiones de puntualidad y odiaba retrasarse, aunque fuera unos minutos, de ahí el caro taxi y su agitación.

—La pila del despertador —le explicó cuando entró en la cocina, donde Isabel estaba sentada—. Una nunca se acuerda de cambiarla y al final se agota.

Isabel ya había preparado el café y le sirvió una taza, mientras ésta se arreglaba el pelo frente al pequeño espejo que había colgado al lado de la puerta de la despensa.

—Anoche estuve en mi reunión —dijo Grace antes de tomar el primer sorbo—. Había más gente que de costumbre. Y una médium muy buena (una mujer de Inverness) que es extraordinaria. Fue directa al grano; todo era muy misterioso.

Grace iba el primer miércoles de cada mes a una reunión de espiritistas que se celebraba en una bocacalle de Queensferry Place. Una o dos veces la había invitado a acompañarla, pero ésta, que temía que le entrara la risa, había rechazado la oferta y su ama de llaves no había insistido más. No le gustaban los médiums; pensaba que la mayoría eran unos charlatanes. Tenía la impresión de que mucha de la gente que iba a esas reuniones —aunque no Grace— había perdido a alguien y estaba desesperada por contactar con ellos en la tumba. En vez de ayudarlos a superarlo, les animaban a creer que podían comunicarse con ellos. En su opinión era una crueldad y un abuso.

—Esa mujer de Inverness —continuó Grace— se llama Annie McAllum. Se nota que es una médium con sólo mirarla. Tiene esa tez gaélica, ya sabe, pelo oscuro y piel translúcida, y ojos verdes también. Tiene el don, se le nota.

—Yo creía que cualquiera puede ser médium, que no hacía falta ser uno de esos videntes de las Highlands.

—Ya, ya lo sé. Una vez vino una mujer de Birmingham. Hasta se puede ser de un sitio como ése. Cualquiera puede tener el don.

—¿Y qué os contó esa Annie McAllum? —preguntó Isabel reprimiendo una sonrisa.

—Ya casi es verano —contestó Grace mirando por la ventana.

Isabel la miró sorprendida.

—¿Eso es lo que dijo? Bueno, algo es algo. Para saber eso es necesario tener el don.

—No, estaba mirando el magnolio —le aclaró Grace, que se había echado a reír—. Yo he dicho que casi es verano, ella dijo muchas cosas.

—¿Por ejemplo?

—Bueno, hay una mujer que lleva tiempo acudiendo a las reuniones, mucho antes que yo me uniera. Lady Strathmartin. Tiene más de setenta años, perdió a su marido hace años (era juez) y le gusta contactar con él en el más allá.

Aquello confirmó su teoría, pero Isabel no dijo nada y Grace continuó:

—Vive en Ainslie Place, en la parte norte. La cónsul italiana vive en el piso de abajo. Van juntas a muchos sitios, pe-

ro nunca la había traído, hasta el otro día. Así que allí estábamos, sentados en círculo, cuando Annie McAllum se volvió hacia ella y le dijo: «Veo Roma, sí la veo». Me quedé sin
aliento. Era asombroso. Y después dijo: «Sí, creo que usted
está en contacto con Roma».

Se quedaron en silencio y Grace miró expectante a Isabel, que la observaba sin abrir la boca.

—Bueno —dijo finalmente Isabel—, puede que no sea
tan sorprendente. Después de todo es la cónsul italiana y
normalmente suelen estar en contacto con Roma, ¿no?

Grace meneó la cabeza, aunque no para negar que los
cónsules italianos estuvieran en contacto con la Ciudad
Eterna, sino con gesto de alguien que ha explicado una cosa
muy sencilla y la otra persona no lo ha entendido.

—Ella no la conocía. ¿Cómo iba a saber alguien de Inverness que esa mujer era la cónsul de Italia?

—¿Qué llevaba?

—Una toga blanca. Más bien era una sábana convertida
en toga.

—¿La cónsul italiana llevaba una toga blanca?

—No —contestó Grace con paciencia—. Los médiums
suelen ponerse esas cosas. Les ayuda a establecer contacto.
No, ella llevaba un vestido muy elegante y zapatos italianos.

—Ahí lo tienes.

—No veo la diferencia.

Si Grace hubiera tenido el don, habría dicho: «Recibirá
una llamada de un hombre que vive en Northumberland
Street», que es lo que ocurrió esa mañana a las once. A esa
hora Isabel estaba en su estudio, ya que había pospuesto
su paseo a Brunstfield hasta las doce y se había enfrascado
en un manuscrito sobre la ética de la memoria. Apartó los
papeles a regañadientes y contestó. No esperaba que Paul

Hogg le telefoneara ni contaba con una invitación a tomar una copa esa tarde, en una reunión totalmente improvisada, según él, sin previo aviso.

—A Minty le gustaría mucho que viniera. Usted y su amigo, ese joven. Le encantaría que estuvieran presentes.

Isabel pensó rápidamente. Ya no le interesaba Minty, había decidido abandonar por completo la historia del tráfico de información privilegiada y de la muerte de Mark, y no estaba segura de si debía aceptar una invitación que parecía conducirla directamente a volver a relacionarse con una gente por la que había perdido el interés. Y, sin embargo, le seducía terriblemente la perspectiva de ver a Minty de cerca, igual que se estudia a un bicho raro. Era una mujer horrible —de eso no cabía duda—, pero el horror puede suscitar una extraña atracción, como la que se siente por una serpiente letal. Gusta observarlas, incluso mirarlas a los ojos si en el caso de las serpientes hay un cristal que protege al curioso de las consecuencias de su indiscreción. Aceptó, y añadió que no estaba segura de si Hugo podría ir, pero que le preguntaría. Paul Hogg parecía encantado y acordaron la hora de la cita. Dijo que sólo habría una o dos personas y que la cosa acabaría a tiempo para que pudiera ir a la conferencia del catedrático Butler en el museo.

Volvió al artículo sobre la ética de la memoria y abandonó la idea de dar un paseo hasta Brunstfield. Al autor de aquel ensayo le preocupaba hasta qué punto el olvido de información sobre otras personas implica cierta culpabilidad a la hora de registrar esos datos en la memoria. «Tenemos la obligación de, al menos, intentar recordar lo que es importante para otras personas —había escrito—. Si uno tiene una relación de amistad o dependencia con otra persona, debe preocuparse por saber su nombre. Puede no recordarlo, algo que no se puede controlar (una debilidad no culpable), pero si no se hace un esfuerzo por grabarlo en la memoria desde un principio, entonces no se ha dado el debido reconocimiento a un aspecto importante de la identidad del otro.» Evidentemente, tenía razón; nuestros nombres son importantes para nosotros, representan nuestra esencia. Los protegemos y nos molesta que se utilicen mal. A Charles puede no gustarle que le llamen Chuck y a Margaret puede no agradarle el diminutivo Maggie. Llamar Chuck o Maggie a un Charles o a una Margaret, cuando claramente les molesta, es hacerles daño de una forma muy personal. Es como infligirles un cambio unilateral en lo que realmente son.

Isabel se detuvo en esa línea de pensamiento y se preguntó: «¿Cómo se llama el autor de este ensayo?». Se dio cuenta de que no lo sabía y de que no se había preocupado por enterarse cuando sacó el manuscrito del sobre. ¿Había faltado a su deber? ¿Esperaba aquel autor que ella tuviera su nombre en mente cuando leía su trabajo? Seguramente sí.

Pensó en aquello unos minutos y después se levantó. No podía concentrarse y sin duda debía a aquel escritor toda su atención. Sin embargo, estaba pensando en lo que le esperaba: una fiesta en casa de Paul Hogg que evidentemente había organizado Minty Auchterlonie quien, como ella había predicho, la buscaba. Isabel había descubierto su juego, eso era evidente, pero no tenía muy claro lo que debía hacer a partir de entonces. Su primer impulso era atenerse a su decisión de desentenderse de aquello. «Necesito olvidarme de todo esto —pensó—. Un acto de olvido deliberado (si realmente era posible).» Un acto de madurez moral, un acto de reconocimiento de los límites morales del deber para con los demás…, pero, en cambio, se preguntó: «¿Qué se pondrá Minty Auchterlonie?». Se rió de ella misma. Soy una filósofa, pero también mujer, y las mujeres, como hasta los hombres saben, se preocupan por cómo se vestirán las otras. No hay por qué avergonzarse; son los hombres los que tienen una laguna en la forma en la que ven las cosas, como si no pudieran distinguir el plumaje de las aves o la forma de las nubes en el cielo o el color rojizo del zorro que pasaba por el muro frente a la ventana de Isabel. El Hermano Zorro.

219

$\mathcal{H}$abía quedado con Hugo en la esquina de Northumberland Street y lo vio subir la colina, a través de los resbaladizos adoquines de Howe Street.

—Me alegro mucho de que hayas venido. No creo que hubiera podido enfrentarme a esa gente yo sola.

—Es como ir a la guarida del león, ¿no? —dijo Hugo levantando una ceja.

—Leona —le corrigió Isabel—. Un poco sí. Pero no creo que debamos intentar averiguar nada. He decidido que no voy a seguir con esto.

—¿Abandonas? —preguntó Hugo sorprendido.

—Sí. Ayer tuve una larga conversación con una persona llamada Johnny Sanderson. Trabajaba con esta gente y los conoce muy bien. Me dijo que no podría probar nada y también echó un jarro de agua fría sobre mi teoría de que Minty tuviera algo que ver con la muerte de Mark. Lo medité largo y tendido, y supongo que lo que dijo me ha hecho entrar en razón.

—Nunca dejas de sorprenderme. Pero tengo que decir que me tranquilizas. No me parecía bien que te inmiscuyeras en los asuntos de otra gente. Te estás volviendo muy sensata.

—Todavía soy capaz de sorprenderte —aseguró Isabel dándole un golpecito en la muñeca—. Pero bueno, he aceptado acudir esta tarde porque tengo una especie de fascinación por el horror. Esa mujer es un poco como una serpiente y he decidido estudiarla más de cerca.

—Me pone de los nervios —dijo Hugo haciendo una mueca—. Fuiste tú la que la llamaste sociópata. Espero que no me tire por la ventana.

—Ya sabes que le gustas —dijo Isabel sin darle importancia.

—No quiero saberlo y no sé de dónde has sacado semejante conclusión.

—Lo único que tienes que hacer es observarlos —aseguró Isabel mientras llegaban a la puerta y apretaba el timbre en el que ponía Hogg—. La gente se delata enseguida. Fíjate en el movimiento de los ojos, dice todo lo que hay que saber.

Hugo permaneció en silencio mientras subían las escaleras y siguió pensativo cuando Paul Hogg abrió la puerta del rellano. Isabel se preguntó si estaba bien haberle hecho a Hugo ese comentario. En general —en contra de lo que se suele pensar—, a los hombres no les gusta saber que las mujeres les encuentran atractivos, a menos que estén dispuestos a corresponder ese sentimiento. En el resto de los casos se sienten molestos, les pone nerviosos, por eso salen corriendo cuando una mujer los persigue, tal como iba a hacer Hugo con Minty ahora que lo sabía. Y tampoco es que le molestara que se apartara de ella; sería espantoso que lo atrapara y lo añadiera a su lista de conquistas, una perspectiva horrorosa que Isabel no quería ni imaginarse. ¿Por qué? «Porque me gusta protegerlo —reconoció—, y no soporto la idea de que otra persona lo posea.» ¿Ni siquiera Cat? ¿Quería realmente que volviera con su sobrina o era simplemente que sabía que eso no sucedería nunca y por eso podía albergar ese pensamiento?

No tuvo tiempo para aclararse. Paul Hogg los saludó efusivamente y les hizo pasar al salón, el mismo en el que colgaban los mal atribuidos cowies y los fabulosos peploes.

Otros dos invitados habían llegado ya y, mientras se los presentaban, se dio cuenta de que los conocía. Él era un abogado con ambiciones políticas y ella, columnista en un periódico. Isabel leía sus artículos de vez en cuando, pero le parecían aburridos. No le interesaban los prosaicos detalles de las vidas de los periodistas, algo que parecía alimentar la prosa de esa mujer y se preguntó si su conversación estaría cortada por el mismo patrón. Miró a la mujer, que le dirigió una sonrisa que era una invitación e inmediatamente se ablandó y pensó que quizá debería hacer un esfuerzo. El abogado también sonrió y estrechó la mano de Hugo cordialmente. La periodista miró a Hugo y después volvió la vista rápidamente hacia Isabel, quien se fijó en ese rápido movimiento de ojos y supo de inmediato que esa mujer pensaba que Hugo y ella eran pareja, y que estaba volviendo a evaluarla. Bajó la vista hacia la figura de Isabel, en opinión de ésta con demasiado descaro, aunque le resultaba curiosamente halagador que alguien pensara que tenía un novio mucho más joven, en especial uno como Hugo. Esa mujer estaría celosa porque su hombre, que habría estado levantado toda la noche trabajando en la biblioteca del Colegio de Abogados, estaba cansado, no era nada divertido y siempre hablaba de política, algo que inevitablemente hacen los políticos. Así que la periodista debía de estar pensando: «Esta Isabel tiene un novio joven y muy sexy (sólo hay que verlo) lo que realmente querría yo si dijera la verdad, si fuera totalmente sincera…». Pero entonces, Isabel pensó: «¿Es justo permitir que la gente abrigue una idea equivocada sobre algo importante o se deben corregir los malentendidos?» Había momentos en los que ser la editora de la *Revista de ética aplicada* era muy pesado: le resultaba muy difícil no estar de guardia a todas horas, olvidar, tal como habría observado el catedrático… ¡comosellame!

Minty acababa de entrar. Venía de la cocina con una bandeja plateada con canapés. La dejó en la mesa, se acercó al abogado y le besó en las mejillas.

—Jamie. Te he votado dos veces desde la última vez que nos vimos.

Después le dijo a la periodista:

—Kirsty, me alegro de que hayas podido venir a pesar de haberos avisado con tan poco tiempo.

Luego se dirigió a Isabel:

—¡Isabel!

Eso fue todo, pero hubo un cambio en la luz de sus ojos, sutil, pero perceptible. Y finalmente:

—Hugo, ¿verdad?

Su lenguaje corporal cambió de repente; se acercó mucho a él e Isabel se fijó en que, para su gran satisfacción, Hugo se apartaba ligeramente, como un imán delante de otro.

Paul, que había estado en el otro extremo del salón preparando las bebidas, se unió a ellos. Todo el mundo cogió su copa y se miraron para brindar. Entablaron una tranquila conversación, sorprendentemente fluida, creía Isabel. Paul le preguntó a Jamie sobre la campaña política y éste le contestó dándole divertidos detalles de la lucha electoral. Los nombres de los protagonistas eran muy conocidos: un terrible egocéntrico y un famoso mujeriego discutían por cargos sin importancia. Después, Minty mencionó el nombre de otro político ante el que Jamie resopló y Kirsty hizo un movimiento cómplice de cabeza. Hugo no dijo nada; no conocía a ningún político.

Un poco más tarde, cuando Hugo estaba hablando con Kirsty sobre algo que había ocurrido con la orquesta de la Scottish Opera, Isabel se dio cuenta de que estaba de pie al lado de Minty; ésta la cogió del brazo suavemente y la llevó hacia la chimenea. Sobre la repisa había más invitaciones que la última vez que había estado allí, aunque no pudo leerlas —excepto una, que tenía las letras muy grandes, y

223

estaba allí seguramente para que los invitados pudieran leerla con facilidad.

—Me alegro mucho de que hayas venido —le agradeció Minty en voz baja. Isabel supo que aquella conversación no debía escucharse y cuando contestó lo hizo en el mismo tono.

—Me ha dado la impresión de que querías hablar conmigo.

—De hecho, hay algo que quiero contarte —confesó Minty apartando la mirada—. Me he enterado de que te interesas por McDowell's. Me han dicho que has hablado con Johnny Sanderson.

Isabel no se lo esperaba. ¿Le habría contado alguien que lo había visto en la cata de whiskies?

—Sí, lo hice. Lo conozco un poco.

—Y él ha estado hablando con gente de McDowell's.

—Sí, lo sabía.

—Entonces, ¿te importaría decirme qué es lo que te interesa de esa empresa? —dijo después de tomar un sorbo de vino—. Primero le preguntaste a Paul, después estuviste hablando con Johnny Sanderson y así sucesivamente, lo que me lleva a pensar de dónde vendrá esa repentina inquietud. No trabajas en el mundo de las finanzas, ¿no? Así pues, ¿cuál es la explicación a tu curiosidad por nuestros asuntos?

—¿Vuestros asuntos? No sabía que trabajaras para McDowell's.

Minty esbozó una tolerante sonrisa.

—Los asuntos de Paul están estrechamente ligados a los míos. Al fin y al cabo, soy su prometida.

Isabel pensó un momento. Al otro lado de la habitación Hugo no le quitaba ojo y sus miradas se cruzaron. No sabía qué hacer. No podía negar todo aquello, así que ¿por qué no decirle la verdad?

—Sí, me interesaba, pero ya no. —Hizo una pausa.

Minty la miraba y la escuchaba atentamente—. Ya no estoy implicada, aunque lo estuve. Hace tiempo presencié una caída en la que se mató un joven. Fui la última persona que él vio en este mundo y sentí que era mi obligación averiguar lo que había ocurrido. Él trabajaba en McDowell's, como bien sabes. Se había enterado de que en la empresa se hacían cosas poco éticas y quise saber si había alguna relación. Eso es todo.

Isabel estudió el efecto de sus palabras en Minty. Si era una asesina, aquello era una acusación directa. Pero ésta no se puso pálida, no mostró sorpresa ni pánico y cuando habló lo hizo sin alterar la voz.

—¿Así que pensaste que alguien lo había tirado? ¿Es eso?

—Era una posibilidad y creí que tenía que investigarlo. Pero lo he hecho y me he dado cuenta de que no hay pruebas de ningún fraude.

—¿Y puedo preguntar quién le habría empujado?

Isabel sintió que el corazón le golpeaba con fuerza dentro del pecho. Quería decir: «Tú». Habría sido un sencillo y delicioso momento, pero en vez de eso, dijo:

—Evidentemente alguien que temía que lo descubrieran.

Minty dejó la copa y se llevó una mano a la sien para darse un suave masaje, como para ayudarse a pensar.

—Tienes una gran imaginación. Dudo mucho que pasara nada parecido. De todas formas, deberías saber que no se puede hacer caso a nada que diga Johnny Sanderson. Lo despidieron de McDowell's.

—Sabía que se había marchado de allí, pero no las circunstancias.

—Quizá deberías haber preguntado —replicó Minty, que parecía animarse—. No se llevaba bien con la gente con la que trabajaba porque no fue capaz de adaptarse a las nuevas circunstancias. Las cosas habían cambiado, pero no fue por

225

eso solamente, sino porque sospecharon que hacía negocios desde el interior, lo que quiere decir, por si no lo sabes, que utilizaba información confidencial para especular. ¿Cómo crees que puede mantener el tren de vida que lleva?

Isabel no dijo nada, no tenía ni idea de cómo vivía.

—Tiene una casa en Perthshire, otra en Heriot Row y otra en Portugal, y más cosas. Grandes inversiones en todas partes.

—Nunca se sabe de dónde saca el dinero la gente. De una herencia, por ejemplo. Puede que heredara una fortuna.

—Su padre era un borracho. Su negocio hizo suspensión de pagos dos veces. No podía esperar mucho de él. —Minty volvió a coger la copa—. No hagas caso de nada de lo que te cuente. Odia a McDowell's y a todo lo que tenga que ver con ella. Hazme caso y aléjate de él.

Minty la miraba de forma amenazante y no le costó nada imaginarse que era un aviso para que no se acercara a Johnny Sanderson. Después, la dejó y volvió al lado de Paul. Isabel se quedó un momento donde estaba, observando el cuadro que había sobre la repisa de la chimenea. Había llegado el momento de abandonar la fiesta, su anfitriona le había indicado claramente que estaba de más. Además, era hora de subir The Mound para ir a la conferencia sobre Beckett.

25

*L*a conferencia tuvo un gran éxito de público y el catedrático Butler estaba en forma. Beckett sobrevivió a esa nueva
reinterpretación, para alivio de Isabel, y más tarde, en la recepción, pudo hablar con algunos viejos amigos que también
habían ido. Ambos acontecimientos, que Beckett sobrevivie-
ra y el encuentro con sus antiguas amistades contribuyeron
a levantarle el ánimo. La conversación con Minty no había
sido nada agradable, aunque era consciente de que podía haber sido mucho peor. No esperaba semejante ataque contra
Johnny Sanderson, pero tampoco que supiera que habían hablado. Quizá no debería extrañarle; en Edimburgo era difícil
hacer algo sin que se supiera. No hacía falta nada más que fijarse en la aventura de Minty con Ian Cameron. Seguramente ella no se había enterado de que había gente al corriente.

Isabel no sabía muy bien qué podía pensar Minty de su
conversación. Quizás estaba segura de que ya no represen-
taba ningún peligro. Le había dejado muy claro que ya no le
interesaban los asuntos internos de McDowell's. Incluso
aunque Minty hubiera tenido algo que ver en la muerte de
Mark —lo que tras contemplar su reacción ante lo que le había dicho dudaba mucho—, habría llegado a la conclusión de
que no había descubierto nada sobre cómo pasó. No volvería
a saber nada de ella ni del desafortunado Paul Hogg. Los
echaría de menos: de una extraña manera eran su contacto
con un mundo diferente.

Se quedó en la recepción hasta que la gente empezó a irse y habló brevemente con el catedrático Butler: «Querida, me alegro mucho de que haya disfrutado con lo que he contado. No me cabe duda de que algún día expondré más cosas sobre el tema, pero no debería obligarla a oírlo ahora. No, no debería». Agradecía su cortesía, cada vez más poco frecuente en los modernos círculos académicos, en los que especialistas estrechos de miras, desprovistos de cualquier tipo de cultura general, habían apartado a empujones a cualquiera que mostrara un mínimo de gentileza. Había muchísimos filósofos académicos de ese tipo, capaces de hablar solamente con ellos mismos porque carecían de un discurso más amplio y porque su experiencia con el mundo exterior era muy limitada aunque, por supuesto, no todos eran así. Se había hecho una lista mental de las excepciones, una lista que parecía ir menguando.

228   Un poco después de las diez subió Chambers Street y ocupó su lugar en la corta cola que había en la parada de autobús del puente George IV. Había taxis al acecho, con las luces amarillas encendidas, pero prefería coger el autobús. La dejaría en Brunstfield, más o menos frente al *delicatessen* de Cat y después disfrutaría de los diez minutos de paseo por Merchiston Crescent hasta su casa.

El autobús llegó puntual, como había comprobado en el horario que había en la marquesina. Tendría que comentárselo a Grace, o quizá no, ya que podría desencadenar una diatriba contra los responsables del departamento de transporte. «Está muy bien eso de que lleguen a su hora por la noche, cuando no hay nadie en la calle. Lo que queremos es que lo hagan durante el día, cuando hace falta.» Isabel subió al autobús, compró el billete y se dirigió hacia un asiento en la parte de atrás. Había unos cuantos pasajeros: un hombre con abrigo, una pareja que se abrazaba indiferente a lo que sucediera a su alrededor, y un adolescente con una bufanda alrededor del cuello, tipo Zorro. Isabel sonrió; era un microcosmos de la condición humana: soledad y desesperación, amor y ensimismamiento, y adolescencia, una condición en sí misma.

El chico se bajó en la misma parada que ella, pero echó a andar en dirección opuesta. Isabel cruzó la calle, empezó a caminar por Merchiston Crescent y cruzó East Castle Road y West Castle Road. De vez en cuando pasaba algún coche y algún ciclista con una luz roja intermitente en la espalda, pero, aparte de aquello, estaba sola.

Llegó al punto en el que la calle, una tranquila avenida con árboles, torcía hacia la derecha. Un gato se cruzó en su camino y saltó hacia la valla de un jardín para desaparecer en su interior; en una casa cercana brillaba una luz y oyó un portazo. Siguió la acera, pasó por delante de las grandes puertas de madera de la casa de la esquina y del bien cuidado jardín de un vecino. Entonces, bajo las ramas del árbol que crecía en un extremo de su jardín, se detuvo. Más abajo, a unos cincuenta metros, había varios coches aparcados. Uno de ellos, recordó, pertenecía al hijo de unos vecinos, el otro, un elegante Jaguar, tenía encendidas las luces de posición. Se acercó, miró en su interior y hacia la casa frente a la que estaba aparcado. Estaba a oscuras, lo que implicaba que el propietario de aquel automóvil no estaba dentro. Bueno, no había mucho que pudiera hacer para avisarle. La batería duraría unas horas, pero después necesitaría ayuda para ponerlo en marcha.

Volvió sobre sus pasos para dirigirse a su casa. Antes de entrar en el jardín se detuvo, no supo muy bien por qué. Miró las sombras que había bajo el árbol y observó que algo se movía. Era el gato a rayas del vecino, al que le gustaba merodear bajo los árboles. Le hubiera querido avisarle de que el Hermano Zorro podía atacarlo si le entraban ganas de comer, pero no sabía las palabras, así que lo deseó con todas sus fuerzas.

229

Abrió la puerta y, entre las sombras, se dirigió hacia la casa, protegida de las luces de la calle por un abeto y las macetas de abedules que había en la entrada. Entonces sintió que la atenazaba el miedo, un miedo irracional y paralizante. ¿Había estado hablando aquella tarde con una mujer que de forma fría y calculadora había planeado la muerte de una persona? ¿La había amenazado?

Sacó la llave del bolsillo y estaba a punto de introducirla en la cerradura, pero antes comprobó la puerta empujándola suavemente. No se movió, lo que quería decir que estaba cerrada. Introdujo la llave, le dio la vuelta y oyó cómo se descorría el cerrojo. Después, tras abrirla con cuidado, entró en el recibidor y buscó a tientas el interruptor de la luz.

La casa tenía alarma, pero Isabel cada vez la conectaba menos, sólo cuando pasaba la noche fuera. Si la hubiera puesto antes de irse, estaría más tranquila, pero como no lo había hecho, no podía saber si había alguien dentro o no. Aunque, por supuesto, no había entrado nadie, era ridículo pensar una cosa así. El que hubiera tenido aquella conversación con Minty Auchterlonie no significaba que ésta la estuviera vigilando. Hizo un esfuerzo por apartar de su mente aquel pensamiento, tal como debe hacerse con los miedos. Cuando se vive solo es importante no asustarse con facilidad, ya que los ruidos que hacen las casas por la noche —cualquier chirrido o crujido de una casa victoriana— hacen que uno se sobresalte. Sin embargo, en ese momento tenía miedo y no podía evitarlo, así que fue a la cocina a encender todas las luces y después de habitación en habitación para hacer lo mismo. No había nadie y cuando subió al piso de arriba estaba dispuesta a apagarlas, pero mientras se dirigía hacia su estudio para comprobar el contestador automático, vio que la lucecita roja parpadeaba, lo que quería decir que había mensajes. Dudó un momento y después decidió escucharlos. Sólo tenía uno.

«Isabel, soy Minty Auchterlonie. ¿Te importaría que quedásemos para volver a hablar? Espero no haberte parecido maleducada. Te doy mi número de teléfono. Llámame para quedar a tomar un café o comer cuando quieras. Gracias.»

Isabel se quedó muy sorprendida, pero aquellas palabras la tranquilizaron y apuntó el teléfono en un trozo de papel que guardó en el bolsillo. Después salió del estudio y apagó la luz. Ya no estaba asustada, quizás un poco intranquila y un tanto desconcertada por lo que aquella mujer quisiera contarle.

Fue al dormitorio, que estaba en la parte delantera de la casa. Era una amplia habitación con una peculiar ventana saledizo con asiento en un lado. Había dejado las cortinas corridas y estaba completamente a oscuras. Encendió la lámpara de noche, una pequeña bombilla para leer que irradió una leve claridad. No se preocupó por encender la luz del techo ya que quería tumbarse a leer un rato en la cama, antes de acostarse. Tenía demasiadas cosas en la cabeza y era muy pronto para dormir.

231

Se quitó los zapatos, cogió un libro del tocador y se acostó. Estaba leyendo el relato de un viaje a Ecuador, una divertida historia de malentendidos y peligros. Lo estaba disfrutando, pero su mente volvía una y otra vez a su conversación con Johnny Sanderson. Había sido muy atento y tranquilizador, y le había asegurado que podía llamarlo cuando quisiera. A cualquier hora antes de la medianoche. Tenía claro que al sugerirle que la persona que utilizaba información confidencial era Johnny, lo que estaba haciendo Minty era intentar alejarla de posteriores averiguaciones. Aquello era vergonzoso y no se lo contaría. ¿O debería hacerlo? Cabía la posibilidad de que si se enteraba de que Minty estaba intentando desanimarla por cualquier medio, volviera a replanteárselo todo. Podía llamarlo y comentárselo, si no, seguiría sin ser capaz de dormir, dándole vueltas a aquel asunto.

Cogió el teléfono que había al lado de la cama. La tarjeta de Johnny sobresalía entre las páginas de su agenda de bolsillo. La sacó y la miró a la tenue luz de la lámpara de noche. Descolgó y marcó el número.

Hubo una pausa. Después lo oyó: un característico timbre de teléfono que sonaba detrás de la puerta de su habitación.

26

Se quedó paralizada por el horror, aunque fue sólo cuestión de segundos. En ese lapso, permaneció inmóvil, tumbada en la cama, con el auricular en la mano. Como la habitación estaba en semipenumbra, iluminada únicamente por la lámpara de noche, todo eran sombras; sólo alcanzaba a ver armarios, cortinas y un pequeño vestidor. Cuando, tras ese primer instante, recuperó la capacidad de moverse, podría haber dado un salto para encender la luz, pero no lo hizo. Salió de la cama medio tropezando, el teléfono cayó al suelo a su espalda y en un par de pasos llegó a la puerta. Después, agarrada a la gran barandilla de madera para mantener el equilibrio, se lanzó escaleras abajo. Podía haberse caído, pero no fue así. Tampoco resbaló cuando corrió para atravesar la sala que había al pie de las escaleras y se aferró a la puerta que la separaba del recibidor, que cedió y volvió a cerrarse sobre sus goznes haciendo saltar en pedazos el cristal de colores. El sonido del vidrio roto hizo que gritara involuntariamente, entonces sintió que alguien le ponía una mano encima.

—¿Isabel?

Se dio la vuelta. Había una luz encendida en la cocina y su resplandor llegaba hasta el vestíbulo, lo que le permitió ver a Johnny Sanderson de pie, a su lado.

—¿Te he asustado? Lo siento mucho.

Isabel lo miró. Le apretaba con fuerza el brazo, casi le hacía daño.

—¿Qué haces aquí? —preguntó. Tenía la voz quebrada y se la aclaró sin darse cuenta.

—Cálmate. Siento mucho haberte dado un susto. Vine a verte y me encontré la puerta abierta. Estaba todo a oscuras y me preocupé, así que entré para comprobar que no pasaba nada. Después salí al jardín a echar un vistazo. Creí que había entrado alguien.

Isabel pensó con rapidez. Lo que le acababa de decir podía ser verdad. Si alguien se encuentra una casa con la puerta abierta, en la que no hay signos de que el propietario esté en su interior, puede que entre a comprobar que todo está en orden. Pero ¿por qué estaba su móvil en el piso de arriba?

—Tu teléfono —dijo Isabel acercándose al interruptor para encender la luz—. Te he llamado y ha sonado.

—Pero si está en mi bolsillo. Mira. —Se buscó en la chaqueta y después se paró—. O, al menos, ahí estaba.

—Se te ha debido de caer —dijo Isabel después de inspirar profundamente.

—Eso debe ser —dijo Johnny sonriendo—. Te has debido de llevar un buen susto.

—Pues sí.

—Bueno, supongo que a mí me habría pasado lo mismo. Lo siento mucho.

Isabel se soltó y Johnny dejó caer el brazo. Miró el destrozado cristal de colores, una representación del puerto de Kirkcudbright, aunque en ese momento sólo quedaban fragmentos del casco de un barco de pesca. Mientras bajaba la vista, le vino a la mente un pensamiento: «Minty tenía razón». No era a ella a la que debía de haber investigado, sino a él. Por pura coincidencia había dado con la persona que estaba detrás de lo que Mark había descubierto.

Cayó en la cuenta repentinamente. No hacía falta pensarlo más, estaba allí de pie, haciéndole frente. El bien era el mal, la luz, la oscuridad, así de sencillo. El camino que tan

234

confiadamente había seguido no llevaba a ninguna parte, porque acababa, de repente y sin previo aviso, en una señal que decía claramente: «Camino equivocado». Y la mente humana, apartada de golpe de lo que había supuesto, podía rechazar la nueva realidad o cambiar de rumbo. Minty podía ser ambiciosa, dura, intrigante y promiscua (todo empaquetado en un elegante envoltorio), pero no empujaba a jóvenes desde un anfiteatro. Por otro lado, Johnny Sanderson podía ser un culto y simpático miembro de la clase dirigente de Edimburgo, pero era codicioso y el dinero seduce a cualquiera. Y cuando alguien corre el riesgo de que te descubran, lo más sencillo es deshacerse de cualquier amenaza.

—¿Por qué has venido a verme? —preguntó mirándolo fijamente.

—Quería contarte algo.

—¿De qué se trata?

—No creo que debamos hablarlo ahora —contestó Johnny sonriendo—. Después de todo... este alboroto.

Isabel estaba atónita por la insolencia de su respuesta.

—Un alboroto que has causado tú.

Johnny suspiró, como si aquel hubiera sido un comentario pedante.

—Sólo quería comentar lo que estuvimos hablando el otro día. Eso es todo. —Isabel no dijo nada y al cabo de un momento Johnny continuó—: Pero podemos hacerlo en otro momento. Siento mucho haberte dado un susto. —Se dio la vuelta y miró escaleras arriba—. ¿Te importa si voy a buscar mi teléfono? Has dicho que estaba en tu dormitorio. ¿Te importa?

Cuando Johnny se fue, Isabel se dirigió a la cocina y cogió una escoba y un recogedor. Retiró con cuidado los trozos más grandes de cristal, los envolvió en papel de periódico y después barrió los más pequeños y los llevó a la cocina. Se sentó cerca del teléfono y marcó el número de Hugo.

Éste tardó en contestar e Isabel se dio cuenta de que lo había despertado.

—Lo siento mucho. Tenía que hablar contigo.

—No pasa nada —dijo Hugo con voz espesa por el sueño.

—¿Puedes venir a mi casa?

—¿Ahora?

—Sí, ya te lo explicaré cuando llegues. Por favor. ¿Te importaría quedarte a dormir aquí? Sólo esta noche.

Aquello pareció despertarlo del todo.

—Tardaré media hora. ¿Te parece bien?

Cuando Isabel oyó que el taxi entraba en la calle, salió a la puerta para recibirle. Llevaba una cazadora verde y un pequeño bolso de fin de semana de color negro.

—Eres un ángel, de verdad.

—No tengo ni idea de lo que me quieres contar —aseguró Hugo meneando la cabeza con incredulidad—. Pero, bueno, para eso están los amigos.

Isabel lo condujo a la cocina, había preparado un té. Hizo un gesto hacia una silla y le sirvió una taza.

—No te lo vas a creer. He tenido una noche llena de incidentes.

Le contó lo que había pasado y los ojos de Hugo iban haciéndose cada vez más grandes conforme hablaba, aunque estaba segura de que no dudaba de sus palabras ni por un momento.

—No puedes creerte semejante excusa. Nadie se pasea por la casa de otra persona sólo porque la puerta esté abierta…, si es que lo estaba, claro.

—Algo que dudo mucho.

—Entonces, ¿qué demonios estaba haciendo? ¿Para qué había venido? ¿Para liquidarte?

—Sospecho que no debe de tener muy claras mis intenciones —dijo Isabel encogiéndose de hombros—. Si es la persona que debería haber estado angustiada todo este tiempo, puede que le preocupe que haya encontrado alguna prueba. Algún documento que lo relacione con el tráfico de información.

—¿De eso se trata?

—Supongo. A menos que haya estado planeando otra cosa, lo que a estas alturas me parece poco probable.

—¿Y qué hacemos ahora?

—No tengo ni idea —contestó Isabel mirando al suelo—. O, ahora no la tengo. Creo que deberíamos irnos a la cama y hablar mañana. —Hizo una pausa—. ¿Estás seguro de que no te importa quedarte? Es que no me atrevo a quedarme sola en la casa esta noche.

—Por supuesto que no me importa. No te dejaría sola después de todo lo que ha pasado.

—Grace tiene siempre preparada una de las habitaciones para invitados. Está en la parte de atrás. Es bonita y silenciosa. Puedes dormir en ella.

Le acompañó escaleras arriba y le mostró el cuarto. Después le dio las buenas noches. Hugo sonrió y le lanzó un beso con la mano.

—Estoy aquí al lado. Si Johnny intenta molestarte mientras duermes, da un grito.

—Creo que esta noche ya no volveremos a verle.

Se sentía más segura, pero seguía pensando que a menos que hiciera algo, el problema con Johnny Sanderson seguía sin resolver. Hugo se había quedado esa noche, pero no estaría la próxima, ni la siguiente.

237

27

*S*i Grace se llevó alguna sorpresa al ver a Hugo en la casa a la mañana siguiente, lo disimuló muy bien. Cuando entró en la cocina estaba solo y por un momento pareció un poco perdido, sin saber qué decir. Grace, que había cogido el correo del suelo del recibidor, rompió el silencio.

—Cuatro artículos más esta mañana. Ética aplicada. Nunca escasea.

—¿Se ha fijado en la puerta? —preguntó Hugo mirando las cartas.

—Sí.

—Ha entrado alguien.

—Es lo que me había imaginado. Esa alarma… Llevo años diciéndole que la use, pero nunca lo hace, no me hace caso. —Tomó aliento—. Bueno, la verdad es que no había pensado en nada. No sabía qué pensar. Creía que a lo mejor había habido una fiesta anoche.

—No, yo vine cuando me llamó —dijo Hugo sonriendo—. Me he quedado a dormir, en una de las habitaciones de invitados.

Grace lo escuchó con expresión grave mientras le explicaba lo que había pasado. Cuando estaba llegando al final, Isabel entró en la cocina. Se sentaron alrededor de la mesa y entablaron una discusión.

—Esto ha ido demasiado lejos —dijo Hugo—. Has tocado fondo y ahora tendrás que dejarlo en otras manos.

—¿En las de quién? —preguntó Isabel, que pareció no entender.

—En las de la policía.

—Pero ¿qué les vamos a decir? No tenemos pruebas de nada. Lo único que tenemos es la sospecha de que Johnny Sanderson está metido en algún tipo de tráfico de información privilegiada y que puede tener alguna relación con la muerte de Mark Fraser.

—Lo que me desconcierta —continuó Hugo— es que McDowell's también debía sospechar de él. Tú misma dijiste que Minty te había contado que por eso le despidieron. Así que si los demás lo sabían, ¿por qué le iba a preocupar que tú te enteraras?

Isabel meditó aquellas palabras. Había una razón.

—Puede que quisiera echar tierra a todo el asunto. Eso le vendría muy bien a Johnny Sanderson y no le gustaría que nadie de fuera (o sea, tú y yo) se enterase y armara un escándalo. La clase dirigente de Edimburgo es conocida por cerrar filas ante este tipo de cosas.

—Pero tenemos lo de anoche —aseguró Hugo—. Al menos es algo concreto contra él.

—Lo de anoche no prueba nada —dijo Isabel meneando la cabeza—. Tiene una coartada para hacerlo. Se mantendrá firme en ella y la policía le creerá. No les gusta meterse en disputas privadas.

—Pero podríamos hacerles ver la relación con las acusaciones de tráfico de información privilegiada. Podríamos contarles lo que te dijo Neil sobre los cuadros. Hay suficientes pruebas como para establecer una duda razonable.

—No creo que las haya. La policía no puede pedirte que le expliques de dónde sacas el dinero. No trabajan así.

—¿Y Neil? —insistió Hugo—. ¿Qué hay de la información de que Mark Fraser estaba asustado por algo?

—Dijo que no iría a la policía, probablemente incluso negaría que habló conmigo. Si cambia su declaración podrían acusarle de intentar engañarles. En mi opinión, no va a contarles nada.

Hugo se volvió hacia Grace preguntándose si le apoyaría en lo que había propuesto.

—¿Usted qué cree? ¿Está de acuerdo conmigo?

—No, no lo estoy.

Hugo miró a Isabel y enarcó una ceja. Se le estaba ocurriendo algo.

—No hay como un ladrón para atrapar a otro. Como bien dices, hemos tocado fondo. No podemos probar sus tejemanejes financieros. Decididamente no conseguiremos demostrar que haya relación entre ellos y la muerte de Mark Fraser. De hecho, todo parece indicar que ésa no es la cuestión, que simplemente no hay ninguna relación. Así que lo único que podemos hacer es dejarle claro a Johnny Sanderson que ya no estamos implicados de ninguna manera. Eso lo mantendrá alejado de mí.

—¿De verdad crees que… pueda intentar hacerte daño? —preguntó Hugo.

—Anoche me asusté mucho. Es muy capaz. Pero se me ha ocurrido que podemos pedirle a Minty que le diga que sabe que estuvo aquí anoche. Si se entera de que sabe que ha estado presionándome, seguramente no intentará nada más. Si me ocurriera algo, su archienemiga lo acusaría a él.

—Así pues, ¿deberíamos hablar con Minty? —preguntó Hugo, que no parecía muy convencido.

Isabel asintió.

—La verdad es que no me siento con fuerzas para hacerlo. Te importaría…

—Lo haré yo —aseguró Grace poniéndose de pie—. Dígame dónde puedo encontrar a esa Minty, iré y tendré unas palabritas con ella. Después, por si acaso queda alguna duda, iré a hablar con Sanderson. Le dejaré bien claro que no debe volver a acercarse a usted.

Isabel miró a Hugo y éste asintió.

—Grace puede ser muy convincente —dijo Hugo y rápidamente añadió—: Por supuesto, lo he dicho con la mejor de las intenciones.

—No me cabe ninguna duda —aseguró Isabel sonriendo y se quedó en silencio un momento. Después dijo—: Creo que estoy demostrando una espantosa falta de valor moral. He estado investigando un mundo muy desagradable y ahora me echo atrás asustada. Estoy arrojando todas las toallas que tengo a mano.

—¿Y qué más quieres hacer? —preguntó Hugo enfadado—. No puedes hacer nada más. Tienes todo el derecho a preocuparte por ti. Sé razonable por una vez en la vida.

—Me estoy desentendiendo de todo —aseguró en voz baja—. Lo estoy dejando porque alguien me ha dado un gran susto. Y eso es exactamente lo que quieren.

—Muy bien. Dinos qué más puedes hacer. Dinos dónde vamos ahora. No puedes, ¿verdad? Porque no hay nada que puedas hacer —exclamó Hugo con evidente frustración.

—Exactamente —zanjó Grace. Y recurriendo a la versión escocesa del nombre de Hugo, continuó—: Shuggie tiene razón, está equivocada. No es cobardía moral. Usted es la persona menos cobarde que conozco, con diferencia.

—Estoy de acuerdo. Eres muy valiente, Isabel. Y te queremos por eso. Eres muy valiente y buena, y ni siquiera te das cuenta —Se volvió hacia Grace—. Por favor no me llame Shuggie. Me llamo Hugo.

Isabel se dirigió a su estudio para ocuparse del correo y dejó a Hugo y Grace en la cocina. Al cabo de unos minutos, Hugo consultó su reloj.

—Tengo un alumno a las once, pero puedo volver esta noche.

Grace pensó que era una buena idea y aceptó en nombre de Isabel.

—Sólo por unos días más. Si no le importa...

—No dejaré que se enfrente sola a todo esto.

Cuando salió de la casa, Grace lo siguió por el camino y le cogió el brazo. Miró hacia la casa y bajó la voz para decirle algo.

—Es maravilloso, ¿sabe? De verdad. La mayoría de jóvenes no se preocuparían. Pero usted sí lo hace.

—No me cuesta nada. No es ninguna molestia —aseguró un tanto avergonzado.

—Sí, bueno, quizá. Pero hay otra cosa. Cat se ha librado de ese tipo de los calzones rojos. Le escribió a su tía para contárselo.

242   Hugo no dijo nada, pero pestañeó varias veces. Grace aumentó la presión en el antebrazo.

—Isabel le dijo que Toby tenía un lío con otra chica.

—¿De verdad?

—Sí y Cat se enfadó mucho. Salió corriendo llorando a lágrima viva. Intenté hablar con ella, pero no quiso escucharme.

Hugo se echó a reír, aunque se controló rápidamente.

—Lo siento. No me río de que Cat estuviera enfadada. Solamente me alegro de que ahora a lo mejor se ha enterado de cómo es realmente. Si...

—Si le queda algo de sensatez, volverá con usted —aseguró Grace asintiendo con la cabeza.

—Gracias. Me encantaría, pero no creo que suceda.

—¿Puedo decirle algo muy personal? ¿Le molesta? —preguntó Grace mirándole a los ojos.

—Por supuesto que no. Dispare.

Aquella noticia le había animado y estaba listo para cualquier cosa.

—Sus pantalones —le susurró—. Son muy sosos. Tiene un cuerpo fabuloso…, perdone que sea tan directa. Normalmente no le hablaría así a un hombre. Y tiene una cara extraordinaria. Extraordinaria. Pero tiene que… tiene que ser un poco más sexy. Esa chica es…, bueno, que le interesan ese tipo de cosas.

Hugo la miró fijamente. Nadie le había hablado así jamás. Sin duda lo hacía con la mejor intención, pero ¿qué pasaba con sus pantalones? Bajó la vista hacia sus piernas y después la volvió hacia ella.

Grace meneaba la cabeza, no con desaprobación, sino con pena, por las oportunidades perdidas, el potencial sin aprovechar.

Hugo volvió un poco antes de las siete aquella misma tarde con su bolso de fin de semana. El cristalero había cambiado el cristal de colores de la puerta del vestíbulo por uno transparente. Isabel estaba en su estudio y le pidió que esperara unos minutos en el salón mientras acababa la carta que estaba redactando. Cuando le dejó entrar parecía animada, pero después su expresión se volvió sombría.

—He recibido dos llamadas de Minty. ¿Quieres que te las cuente?

—Por supuesto, no he dejado de pensar en esto en todo el día.

—Minty se enfadó mucho cuando Grace le contó lo que había pasado anoche. Me dijo que ella y Paul iban a ir inmediatamente a hablar con Johnny Sanderson, lo que, aparentemente, han hecho. Después volvió a llamar y me dijo que no me preocupara más, que le habían hecho una seria advertencia. Al parecer saben algo con lo que le pueden amenazar y se ha echado atrás, así que todo ha acabado.

—¿Y Mark Fraser? ¿No ha mencionado nada de la muerte de Mark?

—No, pero en mi opinión todavía hay alguna posibilidad de que Johnny Sanderson o alguien que trabajaba para él lo empujara. Nunca podremos probarlo y me temo que Johnny Sanderson lo sabe. Así que éste es el fin, todo vuelve a estar en su sitio. La comunidad financiera ha escondido la ropa sucia y también ha ocultado la muerte de un joven. Todo vuelve a la normalidad.

—No somos muy buenos detectives, ¿verdad? —concluyó Hugo mirando al suelo.

—No, no lo somos —corroboró Isabel con una sonrisa—. Más bien somos un par de inútiles aficionados. Un fagotista y una filósofa. —Hizo una pausa—. Pero supongo que hay algo de lo que podemos alegrarnos en todo este fracaso moral.

—¿Qué es? —preguntó Hugo, que sentía una gran curiosidad.

—Creo que podemos permitirnos brindar por ello con una copita de jerez. Abrir una botella de champán sería indecente —aseguró Isabel levantándose.

Fue hasta el mueble bar y sacó dos copas.

—¿Qué estamos celebrando exactamente?

—Que Cat ha roto su compromiso. Durante un corto periodo de tiempo estuvo en grave peligro de casarse con Toby, pero ha venido esta tarde y nos hemos echado un buen lloro en nuestros respectivos hombros. Toby es historia, como tan gráficamente decís vosotros.

Isabel sabía que tenía razón, no debe celebrarse el fin de una relación con champán. Pero se puede salir a cenar, que es lo que Hugo le propuso y lo que ella aceptó.

$\mathcal{A}$ Isabel no le gustaba dejar las cosas a medias. Había intervenido en el asunto de la caída de Mark Fraser partiendo de la base de que ella estaba implicada, le gustara o no. Esa implicación moral prácticamente había desaparecido, excepto en una cosa. Decidió ir a ver a Neil y contarle el resultado de sus pesquisas. De hecho, él le había pedido que hiciera algo y se sentía obligada a explicarle cómo había acabado todo. Saber que no había relación entre la preocupación de Mark y su caída podría ayudarle, en caso de que se sintiera mal por no haber hecho nada él mismo.

Pero también quería verlo por algo más. Se había sentido intrigada por él desde la primera vez que lo vio aquella extraña noche en la que cruzó a toda prisa el vestíbulo. Las circunstancias en las que se habían conocido no habían sido fáciles; lo había molestado cuando estaba en la cama con Hen, algo muy embarazoso, pero había algo más. En aquel primer encuentro, se había mostrado receloso y sus respuestas habían sido evasivas. Por supuesto, no tenía derecho a esperar una cálida bienvenida —podría haberse sentido ofendido por cualquiera que fuera a preguntarle sobre Mark—, pero era algo que iba más allá de todo aquello.

Decidió que iría a verlo al día siguiente. Intentó llamarlo por teléfono para fijar una hora, pero no obtuvo respuesta y en su oficina no podía atenderla, así que decidió arriesgarse a hacer otra visita sin previo aviso.

Mientras subía las escaleras, reflexionó sobre lo que había pasado en el tiempo transcurrido entre su última visita y aquélla. Sólo habían pasado unas semanas, pero parecía que la hubieran pasado por un contundente rodillo emocional. En ese momento estaba exactamente donde había empezado. Llamó al timbre y, al igual que la vez anterior, la recibió Hen. En esa ocasión, la bienvenida fue más cordial e inmediatamente le ofreció una copa de vino, que aceptó.

—La verdad es que he venido a ver a Neil. Quería hablar con él. Espero que no le importe.

—Estoy segura de que no. Todavía no ha venido, pero no creo que tarde.

Isabel se acordó de la última visita, cuando Hen le había mentido sobre la ausencia de Neil y lo había visto pasar desnudo por el vestíbulo. Le entraron ganas de sonreír, pero no lo hizo.

—Me cambio de casa —comentó Hen tratando de entablar una conversación—, estoy de mudanza. He encontrado trabajo en Londres. Desafíos, oportunidades, ya sabe.

—Por supuesto. Debes de estar muy contenta.

—Me temo que echaré de menos esto, pero estoy segura de que volveré a Escocia. Todo el mundo lo hace.

—Yo lo hice. Pasé unos cuantos años en Cambridge y en Estados Unidos y después volví. Supongo que ahora me quedaré para siempre.

—Bueno, creo que yo estaré fuera unos años. Después ya veré.

Isabel se preguntó qué haría Neil. ¿Se quedaría o se iría con ella? Por alguna razón, se imaginó que no lo haría y preguntó.

—Neil se queda. Tiene un trabajo.

—¿Y el piso? ¿Se lo quedará?

—Creo que sí. —Hizo una pausa—. De hecho, me parece que está un poco enfadado por eso, pero ya se le pasará. La muerte de Mark fue un golpe muy duro para él. Para todos nosotros. Pero él se lo ha tomado muy mal.

—¿Eran muy amigos?

—Sí, se llevaban muy bien, casi siempre. Creo que ya se lo había dicho.

—Sí, claro. Por supuesto que lo hiciste.

Hen cogió la botella de vino que había dejado en la mesa y se llenó la copa.

—¿Sabe? Sigo pensando en aquella noche. La noche en que Mark se cayó. Me viene a la mente en los momentos más extraños del día. Me lo imagino sentado allí, en su última hora, su última hora para siempre. Me lo imagino escuchando a McCunn. Conozco su música porque mi madre solía tocarla en casa. Lo recuerdo sentado allí, escuchando.

—Lo siento mucho. Me imagino que debe de ser muy duro para ti.

McCunn, *Land of the Mountain and the Flood*. Una obra muy romántica. Entonces un pensamiento le vino a la mente y, por un momento, se le paró el corazón.

—¿Sabes lo que interpretaron aquella noche? —le preguntó con un hilo de voz y Hen la miró sorprendida.

—Sí. No me acuerdo del resto, pero me fijé en McCunn.

—¿Te fijaste?

—En el programa —contestó mirándola de manera burlona. Lo vi en el programa. ¿Y?

—Pero ¿de dónde lo has sacado? ¿Te lo ha dado alguien?

Hen volvió a mirarla como si le estuviera haciendo una pregunta sin sentido.

—Creo que me lo encontré aquí, en casa. De hecho, sé dónde está. ¿Quiere verlo? —Isabel asintió y Hen se levantó y rebuscó entre un montón de papeles que había en una estantería—. Aquí está, éste es. Mire ahí está McCunn y la lista con el resto de obras.

—¿De quién es? —preguntó Isabel cogiéndolo con manos temblorosas.

—No lo sé. Supongo que de Neil. Todo lo que hay aquí es suyo o mío o… de Mark.

—Debe de ser de Neil —dijo Isabel en voz baja—. Mark no volvió del concierto, ¿verdad?

—No sé qué importancia puede tener un programa —dijo Hen, que parecía ligeramente molesta, e Isabel aprovechó la ocasión para irse.

—Creo que lo esperaré abajo. No quiero entretenerte.

—Me iba a dar un baño…

—Bueno, hazlo —dijo Isabel rápidamente—. ¿Viene andando desde el trabajo?

—Sí, por Tollcross —contestó Hen poniéndose de pie—. A través de los campos de golf.

—Ya me lo encontraré. Hace una tarde estupenda y me apetece pasear.

Salió, intentando mantener la calma y controlar la respiración. Soapy Soutar, el chico del piso de la planta baja, arrastraba a un reticente perro hacia un trozo de césped que había en un lado de la calzada. Lo adelantó y se detuvo para decirle algo.

—Es un perro muy bonito.

—No le gusto y come más de lo que vale —dijo volviéndose hacia ella.

—Los perros siempre tienen hambre. Son así.

—¿Sí?, pues mi madre dice que éste tiene un agujero en el estómago. Come y no le gusta salir a pasear.

—Estoy segura de que tú le gustas.

—No, no es verdad.

La conversación llegó a un final espontáneo e Isabel miró hacia los campos. Dos personas se acercaban hacia allí por caminos diferentes, uno de ellos, una alta figura vestida con una fina gabardina de color caqui se parecía a Neil. Isabel empezó a andar en aquella dirección.

Era él. Durante un momento tuvo la impresión de que no la había reconocido, pero después sonrió y la saludó educadamente.

—He venido a verte. Hen me ha dicho que estabas de camino y he pensado en salir a tu encuentro. Hace una tarde maravillosa.

—Sí, magnífica, ¿verdad? —comentó mirándola, como a la espera de que dijera algo más.

«Está nervioso», pensó Isabel; era para estarlo.

—¿Por qué viniste a verme? —le preguntó después de inspirar profundamente—. ¿Por qué quisiste hablarme de lo que le preocupaba a Mark?

Neil contestó rápidamente, casi antes de que ella terminara de hacerle la pregunta.

—Porque no le había dicho toda la verdad.

—Y sigues sin hacerlo.

Neil la miró e Isabel se fijó en que sus nudillos se cerraban con fuerza en el asa del maletín.

—Todavía no me has contado que estuviste allí. Fuiste al Usher Hall, ¿no es así?

Le aguantó la mirada y vio en ella cómo se transformaban sus sentimientos, ira en un principio, que enseguida dejó paso al miedo.

—Sé que estuviste allí. Y ahora tengo una prueba.

Aquello sólo era verdad hasta cierto punto, pero creyó que sería suficiente, al menos para el propósito de aquel encuentro. Neil abrió la boca para hablar.

—Yo…

—Tuviste algo que ver con su muerte, ¿verdad? Os quedasteis solos cuando todo el mundo se fue. Eso también es verdad, ¿no?

—Estuve allí, sí —confesó Neil, incapaz de seguir manteniendo su mirada.

—Ya veo. ¿Y qué pasó?

—Discutimos. Fui yo el que empecé. Tenía celos de él y de Hen, no podía más. Nos acaloramos y le di un empujón, de lado, para que me entendiera. No tenía otra intención. Fue sólo un empujón, nada más. Es lo único que hice, pero él perdió el equilibrio.

—¿Me estás diciendo la verdad, Neil? —Isabel lo miró fijamente cuando éste levantó la vista para contestar y su pregunta quedó respondida. Aún le quedaba por saber por qué tenía celos de Mark y Hen. Pero ¿importaba mucho? Pensó que no, porque el amor y los celos pueden beber de fuentes muy distintas, pero son igual de imperiosos y fuertes surjan de donde surjan.

—Le he dicho la verdad —aseguró con calma—, pero no podía decírselo a nadie más. Me habrían acusado de empujarle y no habría tenido ningún testigo que dijera que sólo había sido un empujón. Si lo hubiera hecho, me habrían detenido. Cuando se agrede a alguien y muere, incluso aunque no se haya tenido intención de hacerlo, es homicidio sin premeditación, ya sabe. Fue un accidente, ésa es la verdad. No tenía ninguna intención, en absoluto. —Hizo una pausa—. Estaba demasiado asustado como para decírselo a nadie. Simplemente tenía miedo. Me imaginé lo que me habría pasado si nadie me creía.

—Yo te creo.

Un hombre pasó a su lado y tuvo que pisar la hierba para evitarlos, preguntándose, imaginó Isabel, qué hacían allí, en medio de una profunda conversación, bajo el cielo de la tarde. «Resolviendo una vida —le respondió con su pensamiento Isabel—, dejando que los muertos descansen en paz y permitiendo que el tiempo y el perdón a uno mismo hagan su parte.»

Los filósofos se enfrentan a este tipo de problemas cuando están en sus estudios. El perdón es un tema muy habitual, al igual que el castigo. Necesitamos castigar, no porque nos haga sentir mejor —en última instancia nunca lo hace—, sino porque restituye el equilibrio moral: es un alegato acerca del mal, sostiene nuestro concepto de un mundo justo. Ese joven, al que ahora comprendía, no había tenido intención de hacer nada malo. No había querido hacer daño a Mark de ninguna forma —todo menos eso— y no había razón ni justificación posible para hacerle responsable de las terribles consecuencias de lo que no había sido nada más que una demostración de enfado. Si el derecho penal escocés lo estipulaba de otra forma, entonces era moralmente indefendible, eso era todo.

Neil estaba desconcertado. A la postre no era otra cosa que sexo, no saber lo que quería, no ser una persona adulta. ¿Qué sentido tendría que le castigaran por algo que no había tenido intención de hacer? Se echaría a perder otra vida y el mundo seguiría sin ser un sitio mejor.

—Te creo —dijo Isabel. La decisión era sencilla y no necesitaba ser una filósofa moral para tomarla—. Es el fin de todo este asunto. Fue un accidente y estás arrepentido. Podemos dejarlo como está.

Lo miró y vio que estaba llorando, así que le cogió la mano y la mantuvo entre las suyas hasta que estuvieron listos para volver por el camino.

Este libro utiliza el tipo Aldus, que toma su nombre
del vanguardista impresor del Renacimiento
italiano, Aldus Manutius. Hermann Zapf
diseñó el tipo Aldus para la imprenta
Stempel en 1954, como una réplica
más ligera y elegante del
popular tipo
Palatino

* * *

* *

*

El Club Filosófico de los domingos se acabó
de imprimir en un día de otoño de 2004,
en los talleres de Industria Gráfica
Domingo, calle Industria, 1
Sant Joan Despí
(Barcelona)

* * *

* *

*

4 charges
2014 last circ

CLEVELAND PARK BRANCH
CONN. AVE. & MACOMB ST., N.W.
WASHINGTON, D.C. 20008